땅콩일기

땅콩일기

글 · 그림 쨍찌

아침달

1부

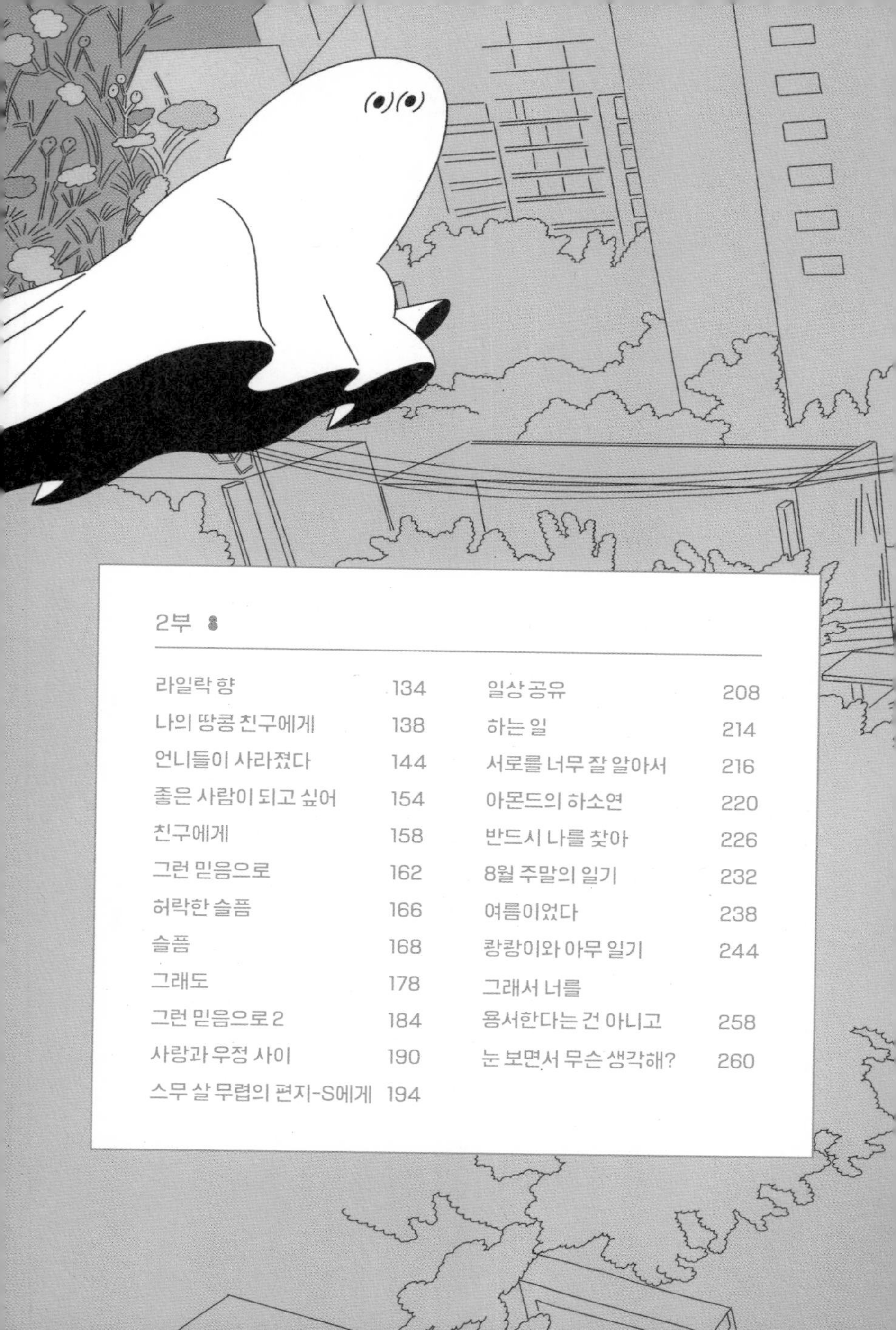

2부

3부

1부

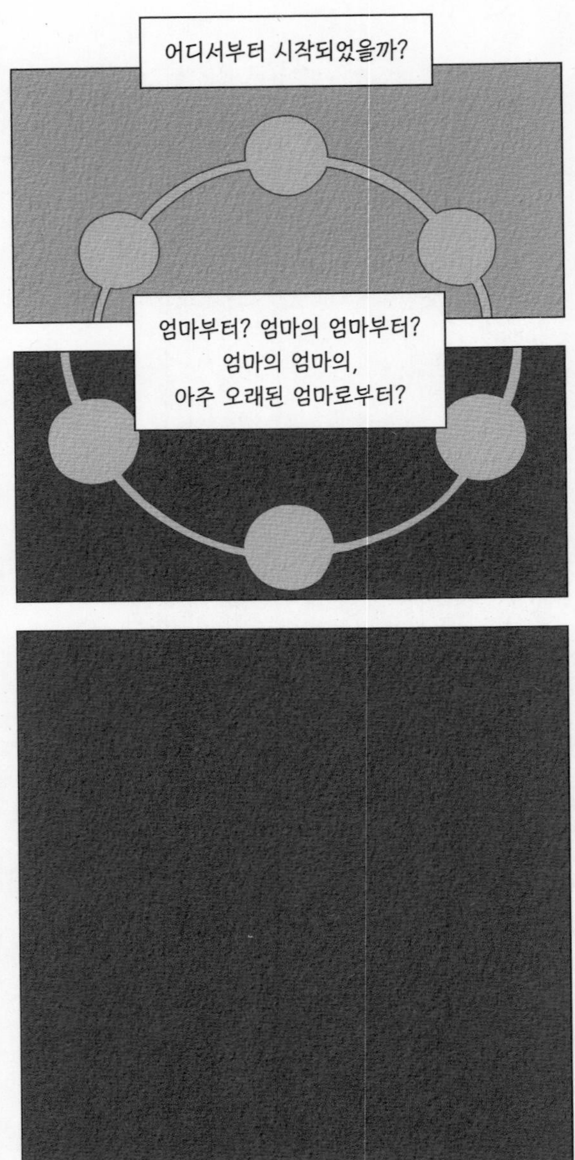
어디서부터 시작되었을까?
엄마부터? 엄마의 엄마부터?
엄마의 엄마의,
아주 오래된 엄마로부터?

엄마는 책상에 앉아 전화를 했다.

식탁에는 출처가 모호한 기념품 펜과
고지서 따위의 종이가 늘 놓여 있었다.

통화를 마친 엄마가
식탁을 떠나면
나는 엄마가 앉았던 자리에
슬그머니 앉아
엄마가 두고 간 종이를
물끄러미 바라보았다.

종이에는 가느다랗고
둥근 잎을 많이 가진, 겹이 많은,
국화과 꽃 비슷한 것이 그려 있었다.

통화가 오래 이어지는 일도 있었다.
그런 날이면 종이 위는
온통 꽃무더기였다.

나는 그 모든 꽃을 한 송이씩
찬찬히 살펴보았다.
엄마의 꽃.

엄마의 꽃에는
봉오리가 없었다.

꽃은 모두 중심으로부터
뻗어나가는 형상으로 활짝 피어 있었고,
잎이 많아 아주 탐스러웠다.

식탁이 아닌, 벽에 기대어
통화를 하는 날에는
엄마는 벽지에 가느다랗게
손톱을 세워 꽃을 그렸다.
나는 벽지에 파인 자국을
내 작은 손끝으로 더듬어보곤 했다.
둥글게, 둥근 잎을 자꾸만 따라 그렸다.

둥글게, 둥글게
나는 둥근 것들을
그리기 시작했다.

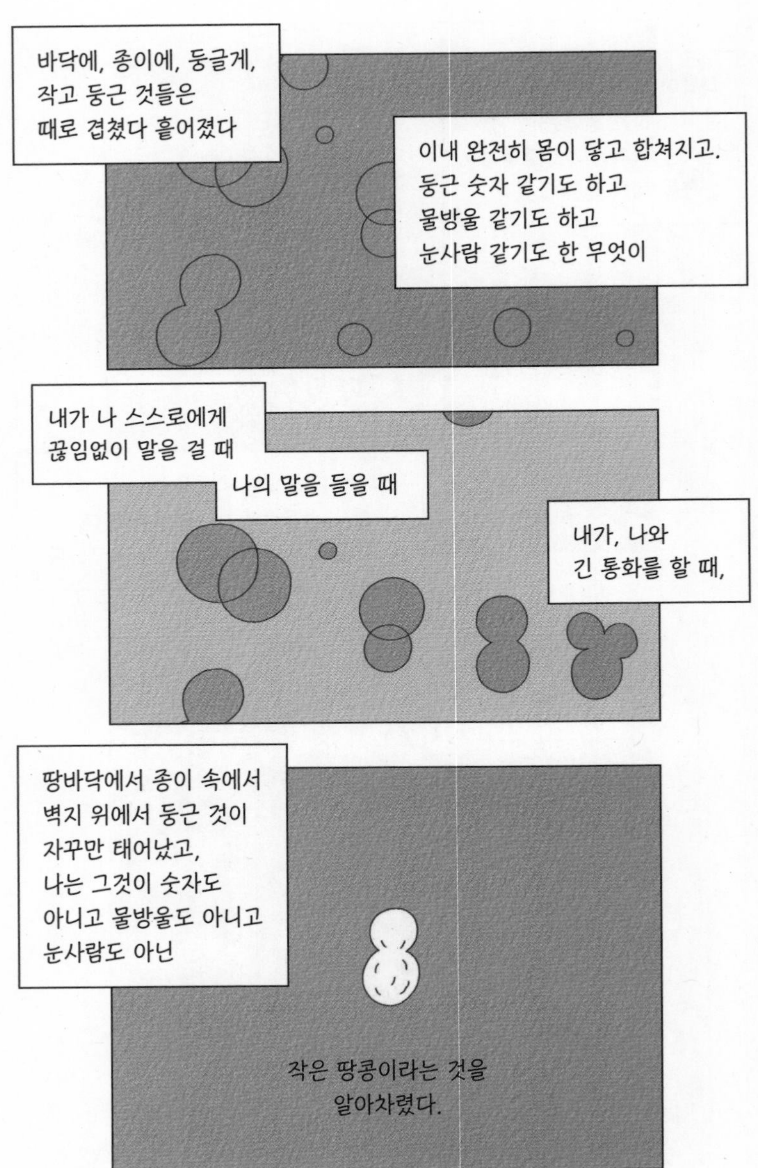
바닥에, 종이에, 둥글게,
작고 둥근 것들은
때로 겹쳤다 흩어졌다
이내 완전히 몸이 닿고 합쳐지고.
둥근 숫자 같기도 하고
물방울 같기도 하고
눈사람 같기도 한 무엇이
내가 나 스스로에게
끊임없이 말을 걸 때
나의 말을 들을 때
내가, 나와
긴 통화를 할 때,
땅바닥에서 종이 속에서
벽지 위에서 둥근 것이
자꾸만 태어났고,
나는 그것이 숫자도
아니고 물방울도 아니고
눈사람도 아닌
작은 땅콩이라는 것을
알아차렸다.

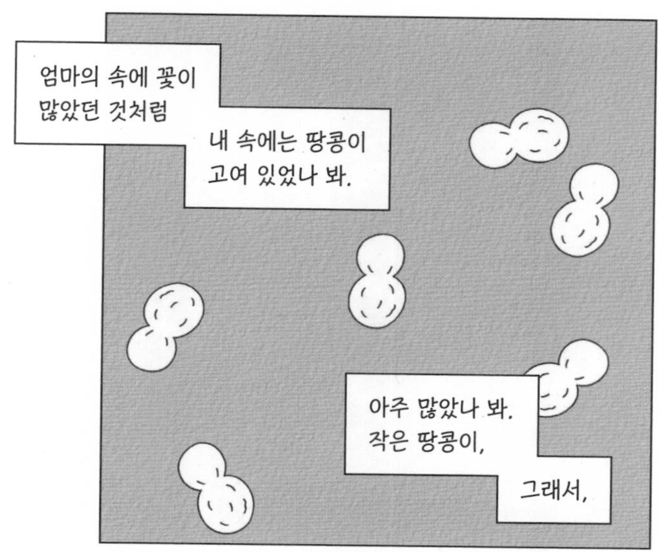
엄마의 속에 꽃이
많았던 것처럼
내 속에는 땅콩이
고여 있었나 봐.
아주 많았나 봐.
작은 땅콩이,
그래서,

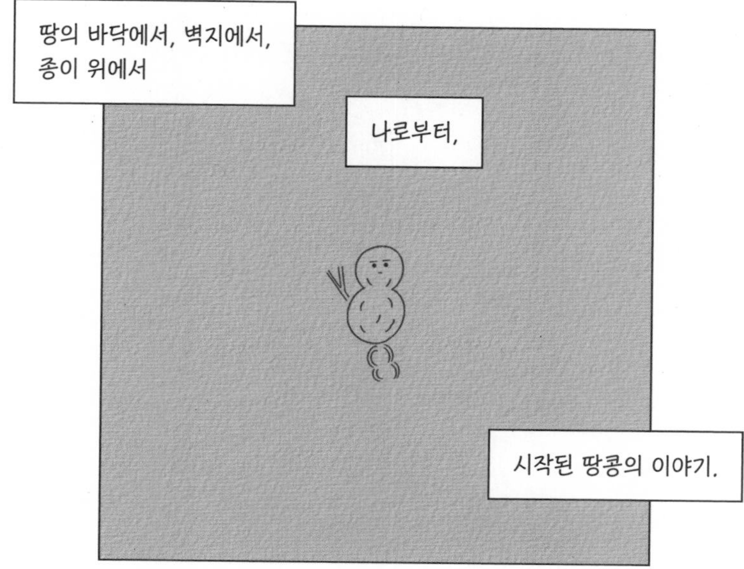
땅의 바닥에서, 벽지에서,
종이 위에서
나로부터,
시작된 땅콩의 이야기.

열일곱의 땅콩.

취미는 배드민턴.
특기는, 언젠가 생기지 않을까?!

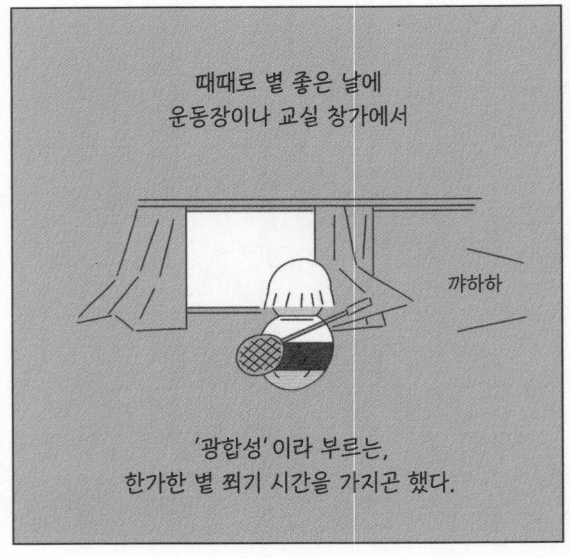

때때로 별 좋은 날에
운동장이나 교실 창가에서
까하하
'광합성'이라 부르는,
한가한 볕 쬐기 시간을 가지곤 했다.

이렇게 좋은 날은
다시 오지 않는 것 아닐까?

어른이 되어서 광합성을
또 하더라도 지금 열일곱의
광합성과는 다른 거니까

지금 이 순간의 감정, 이 햇빛의 양,
지금 이 온도, 바람 같은 건 다시는
만날 수도 느낄 수도 없겠지.

별이 운동장에 놓인 모든 사물을 반사하면서
빛나는 광경을 보며 한동안 서글퍼했던 기억이 난다.
창가에 턱을 괴고
단 한 번밖에 없는 시간을,
그 볕과 빛을 맞으며.

그리고 지금,
어른 땅콩.

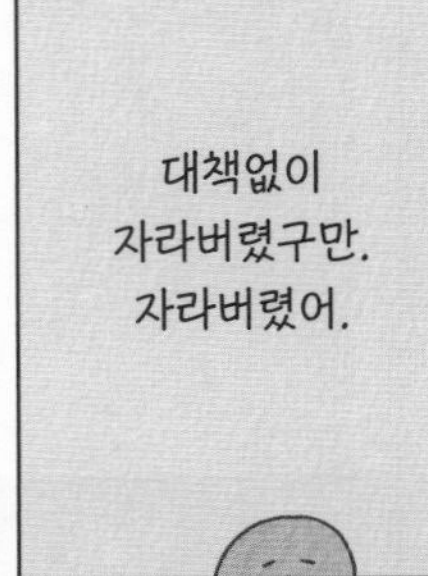
대책없이
자라버렸구만.
자라버렸어.

그때와 꼭 같은 볕인데.

서글퍼하던 땅콩은 없고
책장 넘기는 소리만 무심하다.

나 앞으로도 계속 이렇게
살아가게 되는 걸까.

무심과 무감 속에서.
어느 아름다움도 아쉬워 않고
살아가게 되는 건가.

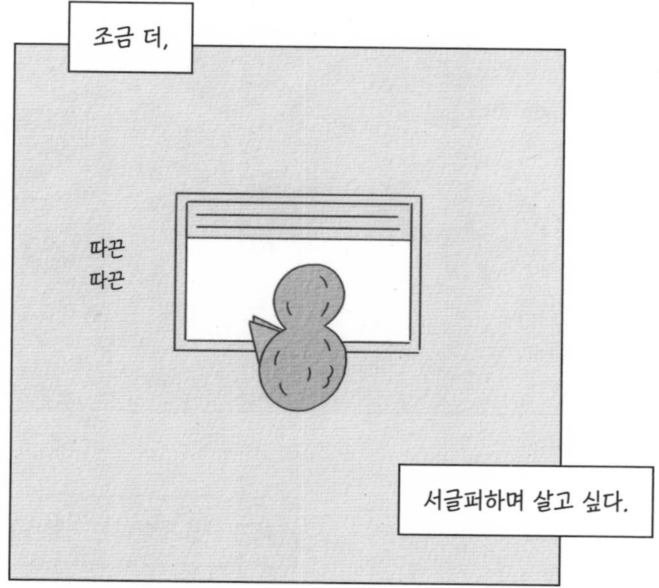

조금 더,
따끈
따끈
서글퍼하며 살고 싶다.

남이 나를 좋아하면 너무 좋다.

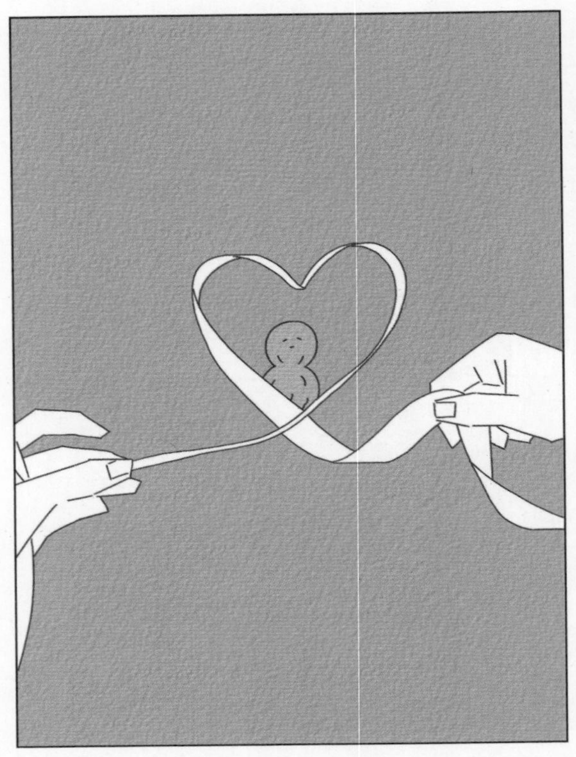

내가 나를 좋아하는 거랑은 다르다.

내가 나를 좋아하는 건
든든히 옷을 껴 입는 일이지만

남이 나를 좋아하면
달려가 안길 수 있다.
체온이 옮아 붙는,
순식간에 따뜻해지는,
나의 안전한 불의 꽃다발.

어제는 칭찬이 필요했다.
그런 날이 종종 있다.
봐
칭찬 항아리
운 좋게 나는 칭찬 고수라서
별 어려움 없이 나를 백 번 칭찬했다.

근데 때로 아무리 칭찬을 쏟아도
절대로 담기지 않는 그릇이 있다.

나는 못 채우고 남이 채울 수 있는 그릇이다.

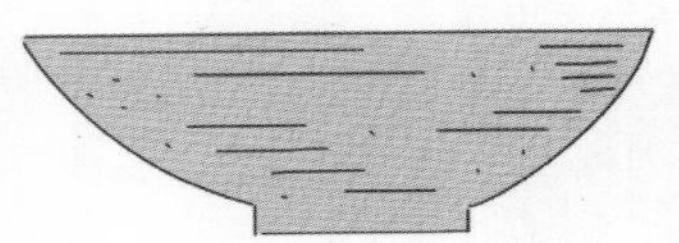

정말이지 성가시고 견디기 싫고
괴롭고 기대된다.

그릇 들고 SNS에
칭찬 받고 싶다고 썼다.

한 명씩 방문해서
칭찬해달라고
할 수도 있는데

칭찬 받고 싶어용

그건 좀 멋이 없고
집착적으로
보이는 게 부끄럽고

불특정 다수의 칭찬도
들어보고 싶어서 그랬다.

듣고 싶은 칭찬이
나올 때까지 보채고 싶다.

그러면 기분이 좋아요.

내가 생각 못했던
칭찬이 나오면
가슴이 뛰어요.

짧게 말고 길게 해주면
사랑에 빠져요.

교활한 나는 고양이 사진
세 장과, 좋아요, 칭찬을 받아 챙겼다.

땅콩은 천재.
땅콩 최고.
땅콩은 멋지다.

다 알던 건데 남의 입으로 들으면 왜 이렇게 좋지?
혹시 마법의 주문을 외울 줄 아시나요?
나를 칭찬해주는 사람이 너무 좋다.
나를 좋아도 했으면 좋겠다.
좀 더 이리로 와.

동시에 남이 나를 좋아하는 것에
초연해졌으면 좋겠다.
그러면 어른이 된 것 같을 텐데.
혼자도 괜찮을 텐데.
근데 내가 진짜 어른이 되고 싶나?
혼자 있고 싶나?

내가 나를 좋아하는 것으로 만족되지 않는 것은
제가 사회적 동물이기 때문인가요?

인간이 너무하네.

그렇게 태어나고 싶어서
태어난 게 아니네.

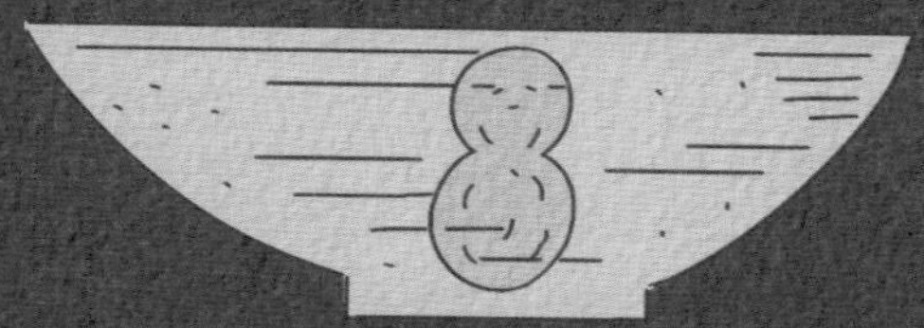

빈 그릇을 들고 태어나버렸네.

너무, 너무하네.

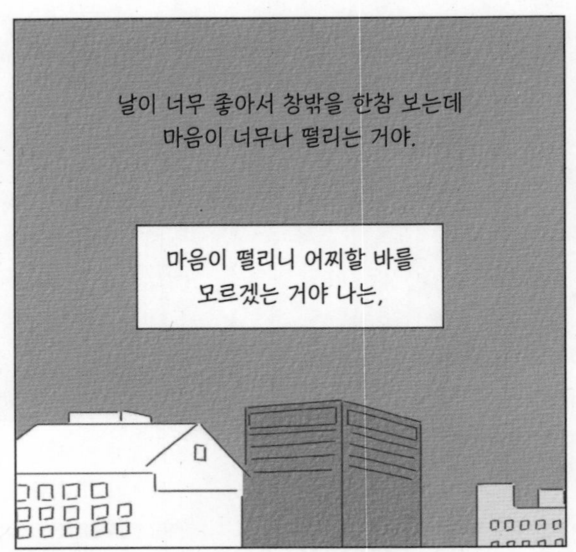
날이 너무 좋아서 창밖을 한참 보는데
마음이 너무나 떨리는 거야.
마음이 떨리니 어찌할 바를
모르겠는 거야 나는,

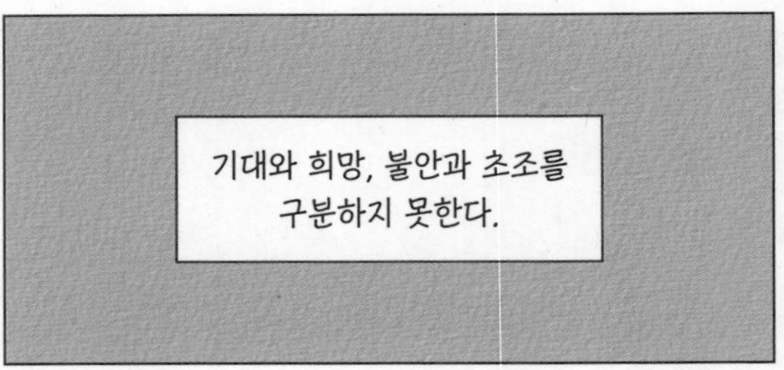
기대와 희망, 불안과 초조를
구분하지 못한다.

오랜시간 천천히 고장 나버린 마음이다.
그러나,

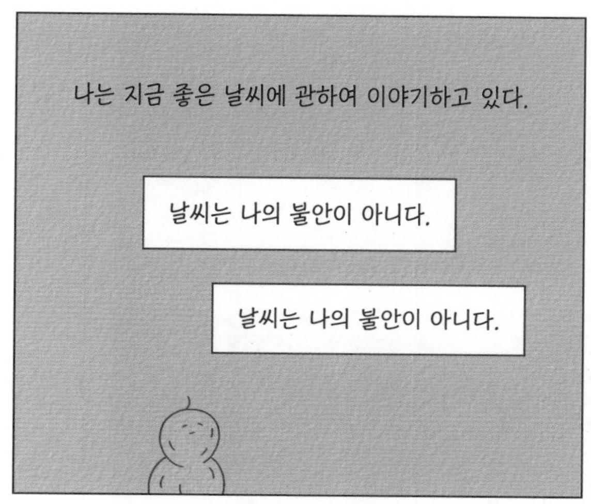

나는 지금 좋은 날씨에 관하여 이야기하고 있다.
날씨는 나의 불안이 아니다.
날씨는 나의 불안이 아니다.

좋은 것을 좋아하는 마음을 좋아한다.

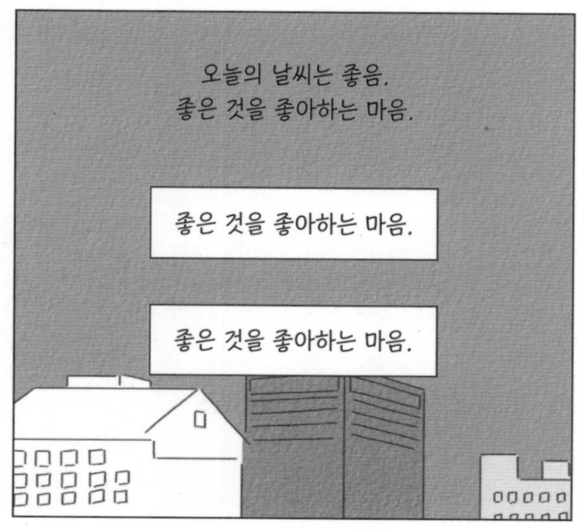

너는 참 차가워.

너는 참 따뜻해.

안녕하세요, 같은 사람입니다.

누구는 나를
차가운
인간이라
한다.

또 누구는
나를 보고
따뜻한 사람이라
한다.

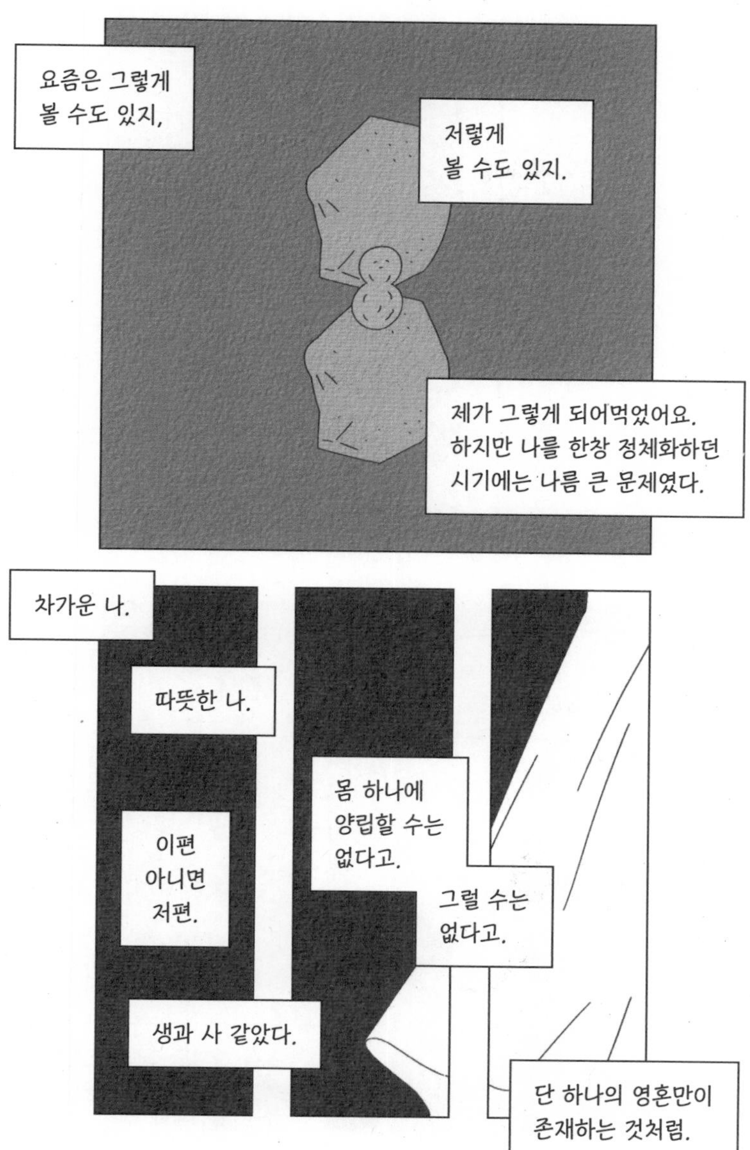
요즘은 그렇게
볼 수도 있지,
저렇게
볼 수도 있지.
제가 그렇게 되어먹었어요.
하지만 나를 한창 정체화하던
시기에는 나름 큰 문제였다.
차가운 나.
따뜻한 나.
이편
아니면
저편.
생과 사 같았다.
몸 하나에
양립할 수는
없다고.
그럴 수는
없다고.
단 하나의 영혼만이
존재하는 것처럼.

차갑다거나, 따뜻하다거나
하는 말을 들으면 약간
어쩔 줄을 모르겠다.
아니오, 저는
차갑기도 한 사람입니다.
아뇨, 저 따뜻하다는
말 되게 많이 듣는데.
(•)(•)
부정을 하기도 그렇고 긍정을
하기도 그래서·가만히 있거나
고맙습니다 하게 된다.

그나마도 차갑다는 말에는
고맙습니다 하기가 어렵다.
따뜻하다는 말에는 저의
어디가 그렇게 보이는 거죠?
되묻기 어렵다.
꽤 곤란한 주제다.

말처럼,
가끔은 아주
차가운 사람이
되고 싶다.

차가운 게
멋있어 보여서.
아니, 진정한
멋짐은 따뜻함에
있는 것 같아.

그렇게 번갈아 다른 사람이
되고 싶다 보면 결국 나는
아무것도 아닌 사람처럼
느껴지기도 한다.

그러면 약간
침울해진다.

어릴 때는
따뜻한 게
좋아 보였다.

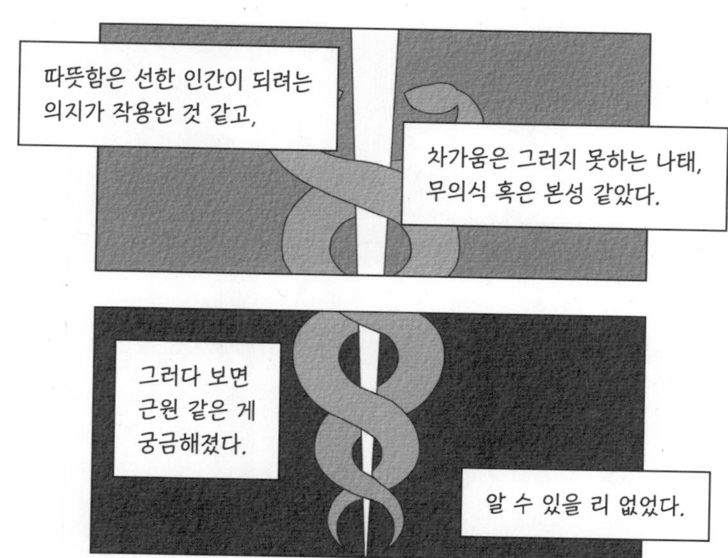
따뜻함은 선한 인간이 되려는
의지가 작용한 것 같고,
차가움은 그러지 못하는 나태,
무의식 혹은 본성 같았다.
그러다 보면
근원 같은 게
궁금해졌다.
알 수 있을 리 없었다.

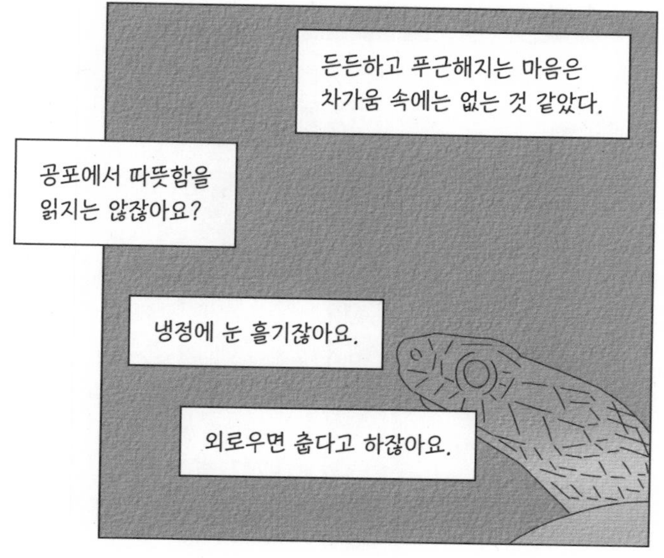
든든하고 푸근해지는 마음은
차가움 속에는 없는 것 같았다.
공포에서 따뜻함을
읽지는 않잖아요?
냉정에 눈 흘기잖아요.
외로우면 춥다고 하잖아요.

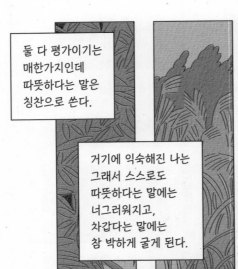

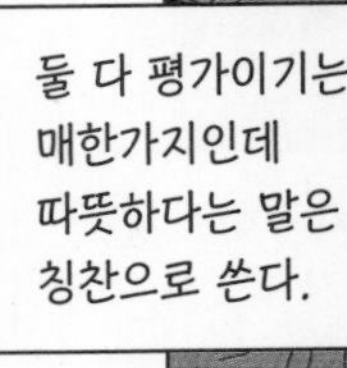
둘 다 평가이기는
매한가지인데
따뜻하다는 말은
칭찬으로 쓴다.

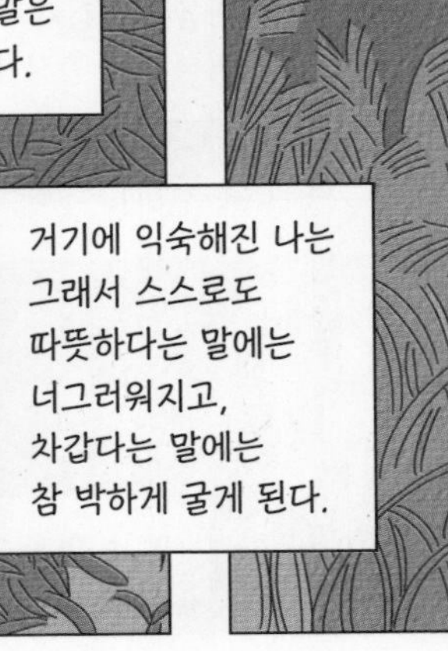
거기에 익숙해진 나는
그래서 스스로도
따뜻하다는 말에는
너그러워지고,
차갑다는 말에는
참 박하게 굴게 된다.

일 년 내내
여름이거나
겨울이라면,
쪄 죽는 것보다
얼어 죽는 게
나아. 그랬는데
마음은
계절이 아니네.

어떤 속성이 차가움과 따뜻함을 가르는 걸까.
특히 차가움은.
왜 마침내 알아냈다는 듯이
이야기를 하는 건지
이해가 잘 안 간다.

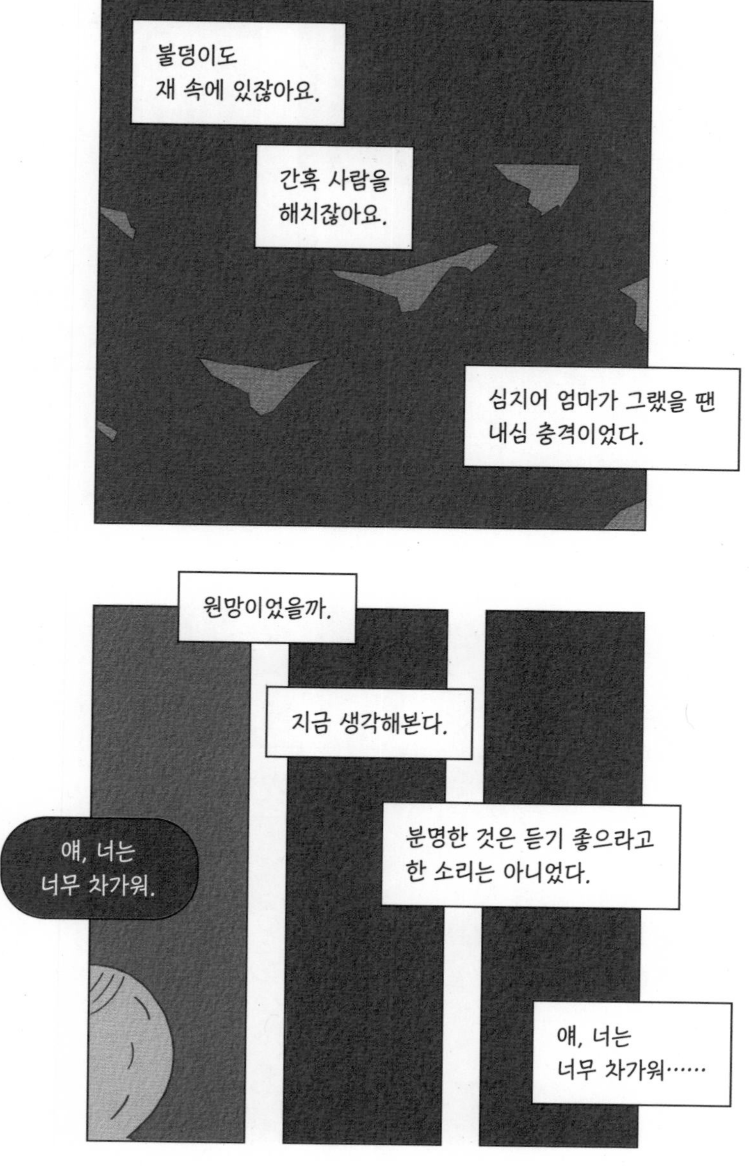
불덩이도
재 속에 있잖아요.
간혹 사람을
해치잖아요.
심지어 엄마가 그랬을 땐
내심 충격이었다.
원망이었을까.
지금 생각해본다.
얘, 너는
너무 차가워.
분명한 것은 듣기 좋으라고
한 소리는 아니었다.
얘, 너는
너무 차가워……

이전까지는
따뜻하다거나
차갑다는 게
어떤 우연, 순간 같은 것들이
남긴 깊은 인상은 아닌지
생각해보기도 했다.
하지만 엄마가 나를
우연으로 보지는 않지.

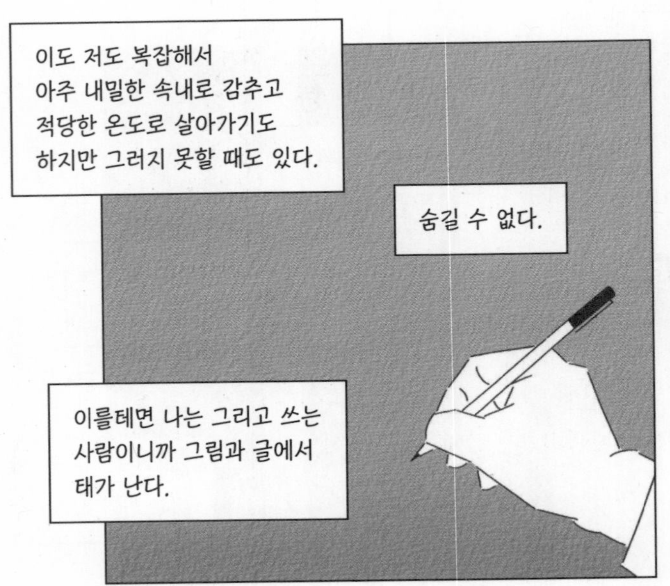
이도 저도 복잡해서
아주 내밀한 속내로 감추고
적당한 온도로 살아가기도
하지만 그러지 못할 때도 있다.
숨길 수 없다.
이를테면 나는 그리고 쓰는
사람이니까 그림과 글에서
태가 난다.

그림이 너무 차가워요,
선생님.

당황했다.
어디가 차가운지를 모르겠어서.
도무지 어디를 고치면 좋을지를
모르겠어서.
몇 번이나 그림을
들여다봤다.

선생님, 어떤 속성이 차가움과
따뜻함을 가르는 걸까요.

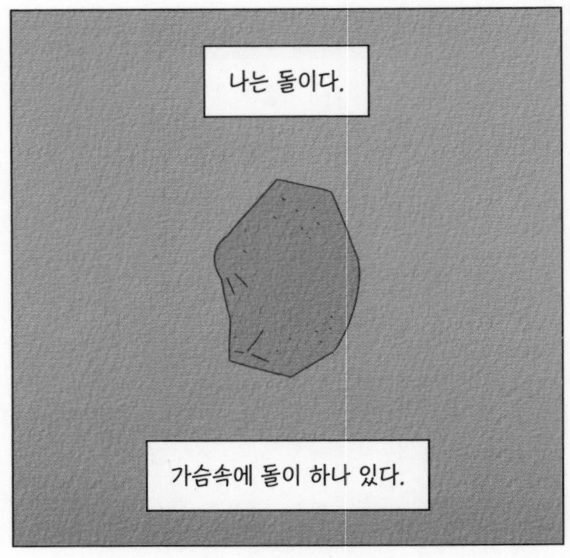
나는 돌이다.
가슴속에 돌이 하나 있다.

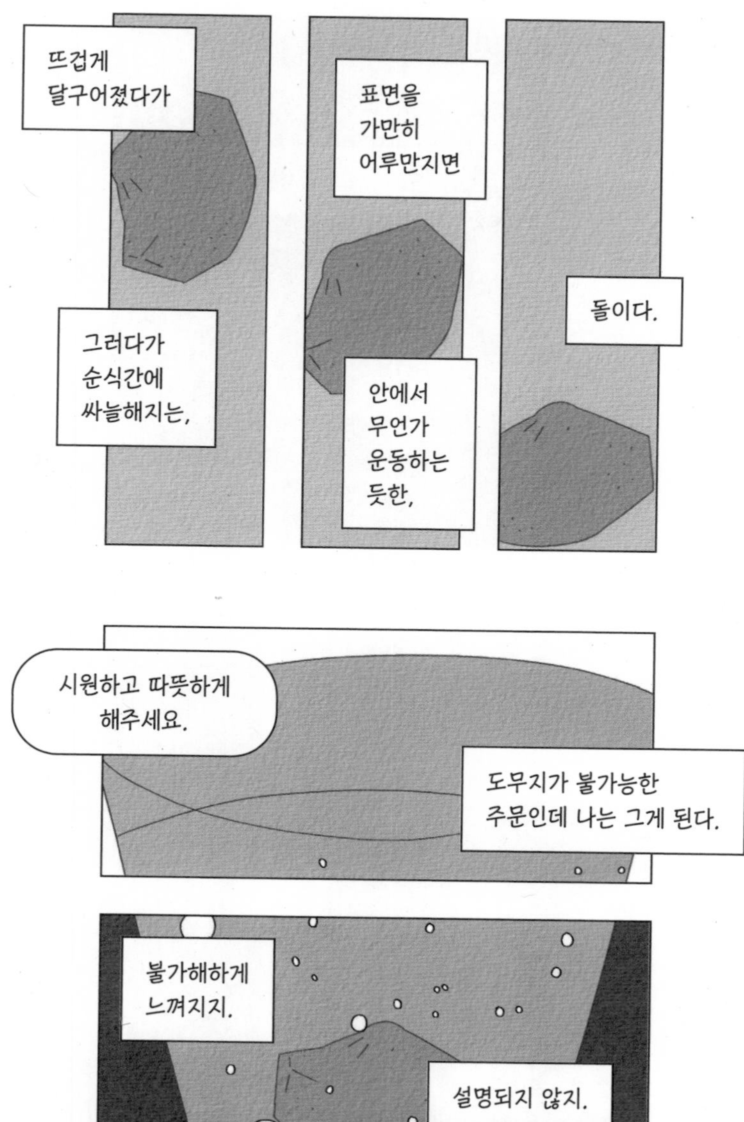
뜨겁게
달구어졌다가
그러다가
순식간에
싸늘해지는,
표면을
가만히
어루만지면
안에서
무언가
운동하는
듯한,
돌이다.
시원하고 따뜻하게
해주세요.
도무지가 불가능한
주문인데 나는 그게 된다.
불가해하게
느껴지지.
설명되지 않지.

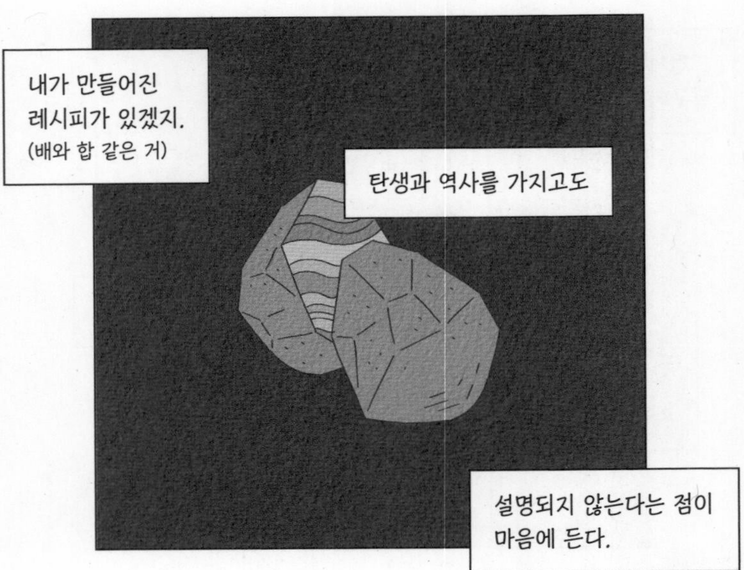
내가 만들어진
레시피가 있겠지.
(배와 합 같은 거)
탄생과 역사를 가지고도
설명되지 않는다는 점이
마음에 든다.

차갑고 부드러운 것을,
뜨겁고 단단한 것을
만져본 일 있니.
지금 내 손 잡아볼래?

가만히 왼쪽 손목을 짚으면
흐르는 것이 느껴진다.

내리는 눈을 똑바로 보고 있었다.
입김 같은 거,
침묵 같은 거.
둘 다 내 것이다.

저는, 차갑고 따뜻한 사람입니다.

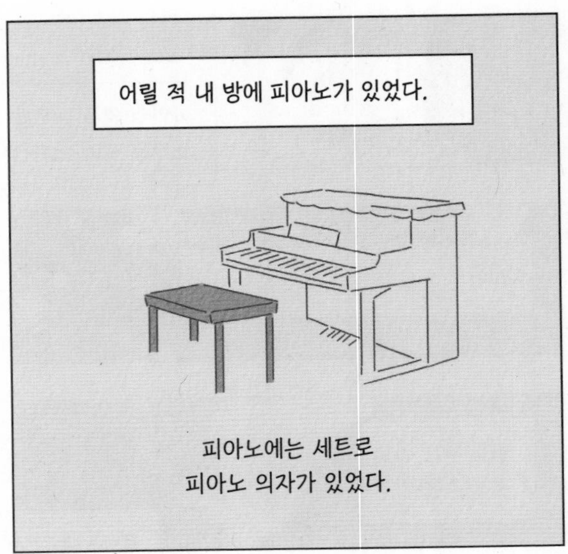
어릴 적 내 방에 피아노가 있었다.
피아노에는 세트로
피아노 의자가 있었다.

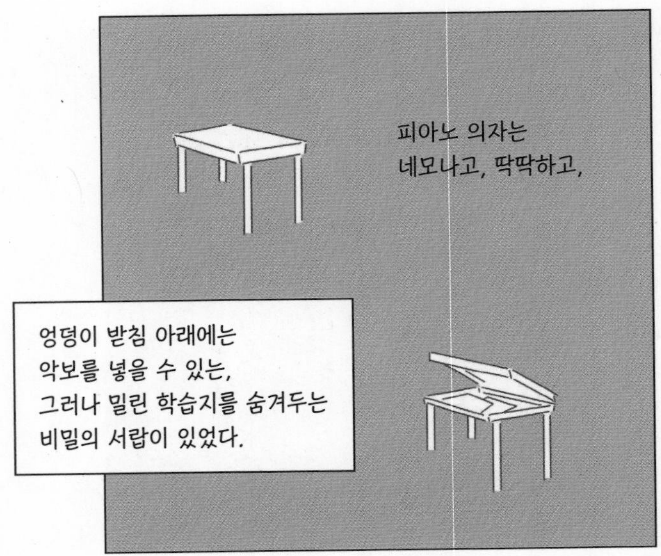
피아노 의자는
네모나고, 딱딱하고,
엉덩이 받침 아래에는
악보를 넣을 수 있는,
그러나 밀린 학습지를 숨겨두는
비밀의 서랍이 있었다.

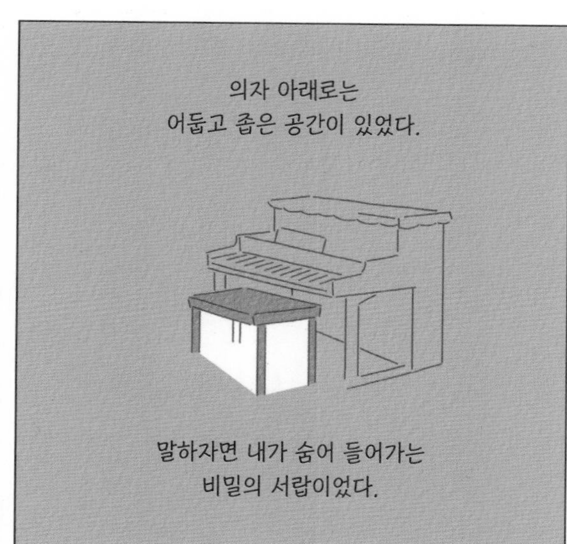
의자 아래로는
어둡고 좁은 공간이 있었다.
말하자면 내가 숨어 들어가는
비밀의 서랍이었다.

엄마 아빠가 싸울 때,
죽음이 무서울 때.
나는 피아노 의자 밑에서 곧잘 울었다.

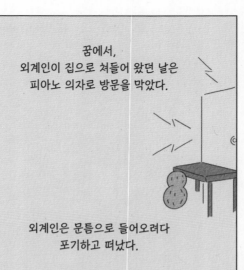

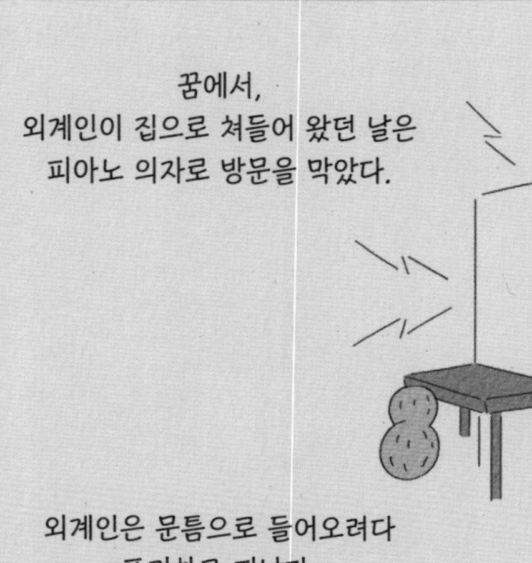
꿈에서,
외계인이 집으로 쳐들어 왔던 날은
피아노 의자로 방문을 막았다.
외계인은 문틈으로 들어오려다
포기하고 떠났다.

피아노 의자 덕이었다.

나는 최근 악몽을 꾸지 않는다.
죽음이 전만큼 무섭지 않다.
울고 싶은 것도 아니다.

그런데,

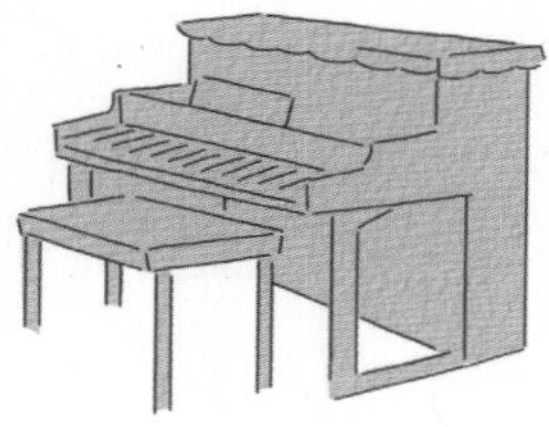

그런데 피아노 의자가 필요해.

그런 생각을 가끔 한다.

선생님, 저에게는
마음의 냉장고가 있어요.

그리고 불현듯 떠오르죠.
(보통은 잠들기 전에요.)

무슨 괴담도
아니고…

그 냉장고 안에 정체를 잊었거나
잊고 싶어서 처박아둔 뭔가가 있다는 것을…

그럼 아차 하면서 이불을 박차거나
이미 컴컴한데도 눈을 가리거나…
아이고!
아무튼 좀 괴로워져요. 보통은
부정 감정들이라. 그, 이불킥이니
흑역사니 하는 것들이랑 비슷해요.

한 번 뭔가 있다는 걸 의식하기
시작하면 걷잡을 수 없어지는데
그러다 선택의 순간이 와요.

냉장고 문을
열어볼 것인가, 말 것인가.

이 속에 내가 감당할 수 없는
엄청나게 엄청난 것이 들어있다면?
혹은 정말 별거 아니어서
안도할 수 있는 것이라면?

상담에서 하도 얘기해서
아시겠지만 저는 겁이 많아서
마음의 여유가 없을 땐 냉장고의
존재 자체를 모른 척해버리는데,

이건 잘못된 건가요?

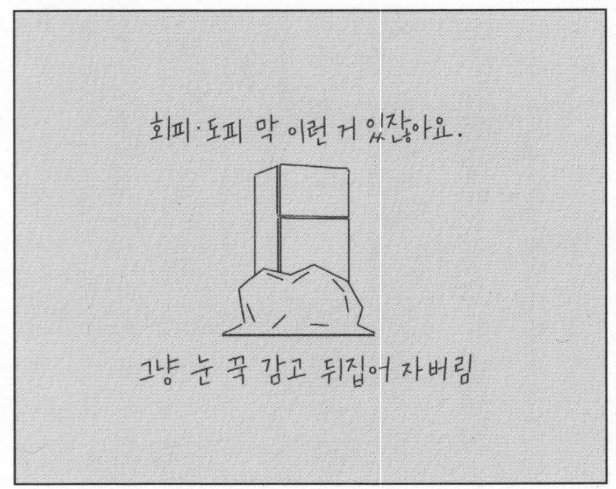
회피·도피 막 이런 거 있잖아요.
그냥 눈 꾹 감고 뒤집어 자버림

아뇨. 단지
선택일 뿐이죠.

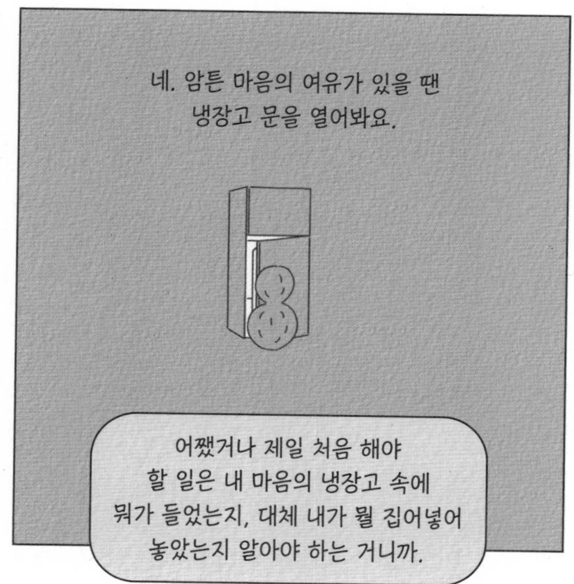
네. 암튼 마음의 여유가 있을 땐
냉장고 문을 열어봐요.
어쨌거나 제일 처음 해야
할 일은 내 마음의 냉장고 속에
뭐가 들었는지, 대체 내가 뭘 집어넣어
놓았는지 알아야 하는 거니까.

엄청나게 엄청나게 용기 낸다고요.
엄청나게 엄청난 막연한 공포감,
심지어 완전 막연하지도 않아,
기분 더러운 예감들을 참아내면서
열어보는 거라고요! 칭찬 주세요!
(갑자기 칭찬을 요구함)
아, 예 예.
(익숙하게 넘김)

그리고 꺼내서 찬찬히 살펴봐요.
꺼내기 전부터 대충
알고 있는 경우도 있지만.

되도록 어렴풋한 느낌이나 기억 말고
직접 살펴보고 판단하려고 해요.
고구마인 줄 알았는데 감자일 수도 있으니까.

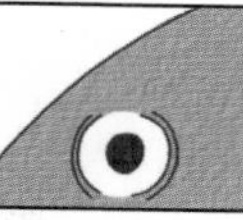
어디보자… 이 쏘아보는 눈

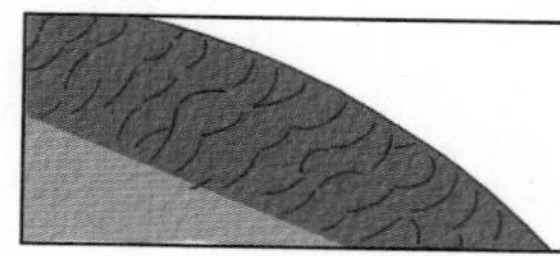
멍보다 더 푸른 등…

수치심이라는 이름의
고등어구나!
화아

그리고 의외로 …오…고등어…
고등어구나 하게 되죠.
물론 공포가 남아 있긴 하지만요.

이제 내 냉장고 속에 고등어가
있었다는 걸 안 거예요.

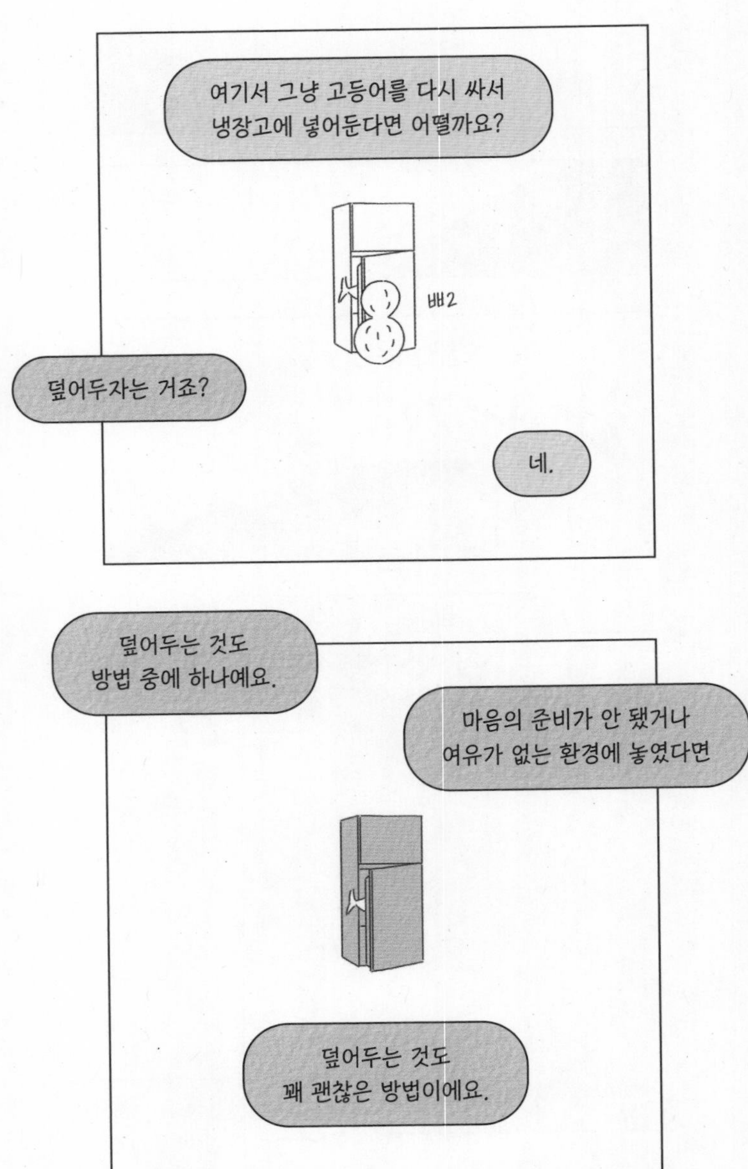
여기서 그냥 고등어를 다시 싸서
냉장고에 넣어둔다면 어떨까요?
빼2
덮어두자는 거죠?
네.
덮어두는 것도
방법 중에 하나예요.
마음의 준비가 안 됐거나
여유가 없는 환경에 놓였다면
덮어두는 것도
꽤 괜찮은 방법이에요.

다만, 변화나 전환을 원한다면
덮어두는 것으로는 부족할 때가 있어요.
…좋아요.

냉장고 문을 열었고,
정체(고등어)를
확인했고,
이제 도마 위에 올려둘게요.

이제부터 뭘 해야 할지 모르겠어요.
어떤 방식으로 이 수치심(크윽)을 요리하면
좋을까요? 레시피가 있지 않을까요?

선조들의
지혜 같은 것이…

물론 나름의 레시피 같은 것이
존재하긴 해요. 정신의학적으로
연구되어 온 것들. 하지만,

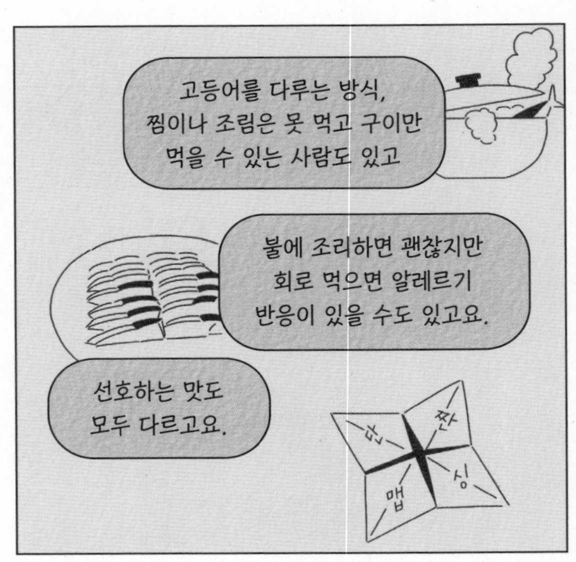
고등어를 다루는 방식,
찜이나 조림은 못 먹고 구이만
먹을 수 있는 사람도 있고
불에 조리하면 괜찮지만
회로 먹으면 알레르기
반응이 있을 수도 있고요.
선호하는 맛도
모두 다르고요.
짠
싱
맵

스스로 천천히 요리해보면서 나에게 잘 맞는 레시피와 맛을 찾아보는 게 가장 좋은 방법이에요.

그럼 선생님은 쿠킹클래스 강사님 같은 거네요. 적어도 제가 요리를 하다가 불에 타 죽지는 않게 해주실 거잖아요.

아아, 칼은 조심해 주세요
불은 끄면 되지만 목숨은 꺼지면 힘들어요~
와장창
깨장창
활
활
피융(?)

그렇죠. 그게 제가 지금 땅콩님 앞에 존재하는 이유죠.

요리하다가 힘들면 중간에
덮어두고 쉬어도 되는 거죠.
그렇죠.
몇 번이고 실패해도 되는 거죠.
네.

그리고 무엇보다…제 친구들이…
제가 만든 고등어 요리를 같이 맛봐주겠네요.
가능하다면 파티도 하고요.
그렇죠.
작품명: 비보이를 사랑한 K-고등어
선생님.

오늘의 대화를 모두 기억했으면 좋겠어요. 하지만 저는 우울증이 심하고, 그 작용으로 기억의 대부분을 잃어요. 아시겠지만요.

괜찮아요. 또 이야기하면 돼요.

…또 이야기하면 된다고요?

네. 또 이야기하면 돼요.

네. 또, 이야기해요.

어느 오후.
아몬드에게 우리 만나면
무릎을 베고 눕게 해달라고 했다.

쓰다듬어달라고도 했다, 머리를.
새 가마를 만들듯이.
반복해서 쓸어달라고.
치카

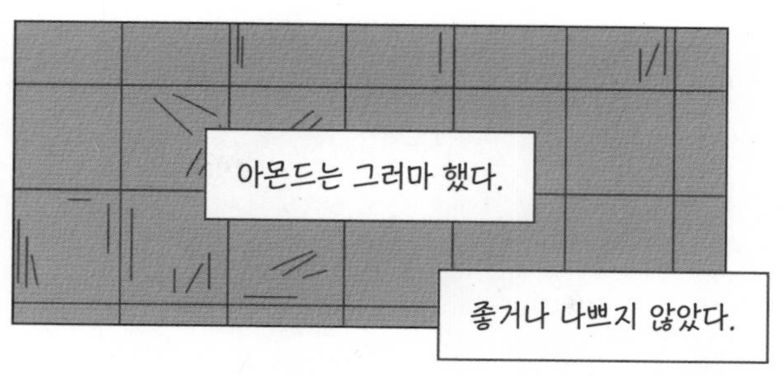
아몬드는 그러마 했다.
좋거나 나쁘지 않았다.

아무 일도 일어나지 않았고
어떤 기분도 아니었다.

우리는 상심하지 않아도
서로의 곁에 있을 수 있다.

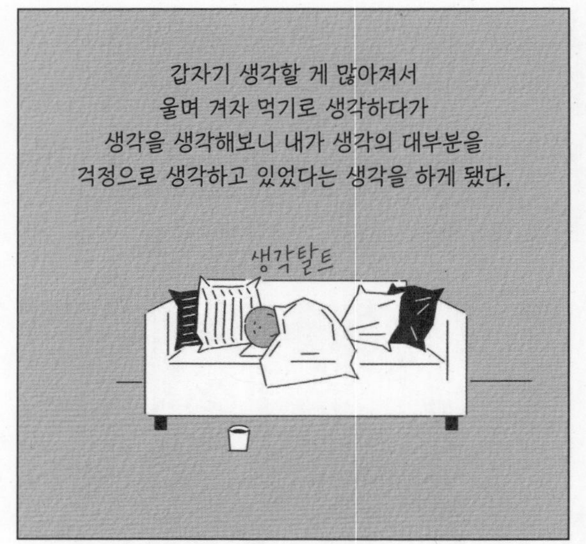

대부분이라고 하기도 민망하다.
그냥 생각 자체를 걱정거리,
혹은 문제 처리 활동으로 생각하고 있었던 듯.

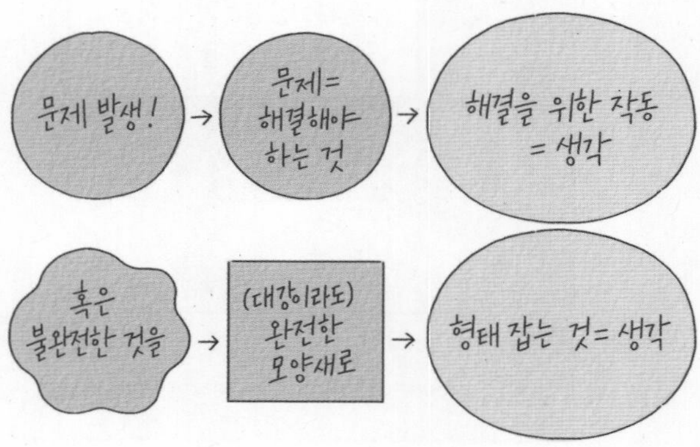

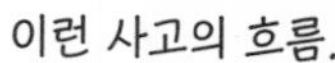
이런 사고의 흐름.

그러니 생각할 게 많다
=걱정해야 할 게 많다,
해결해야 할 문제가 많다
고 생각하게 됨.

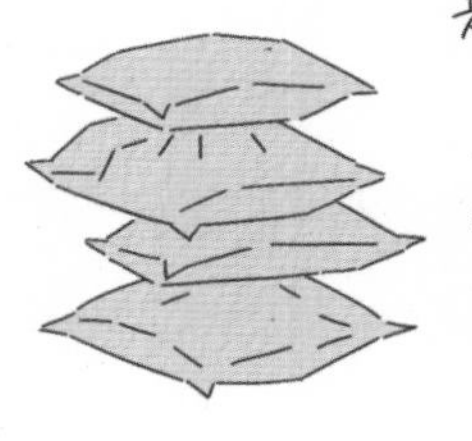

옷을 하나 사려
생각한대도
옷을 어디서
어떻게 사는
'문제'를
해결해야
하는 것

그치만 꼭 생각이 다 걱정은 아니잖아? 귀여운 동물을 생각할 때도 있고…
물론 귀여운 동물이나 좋은 것들을 떠올릴 때도 있지

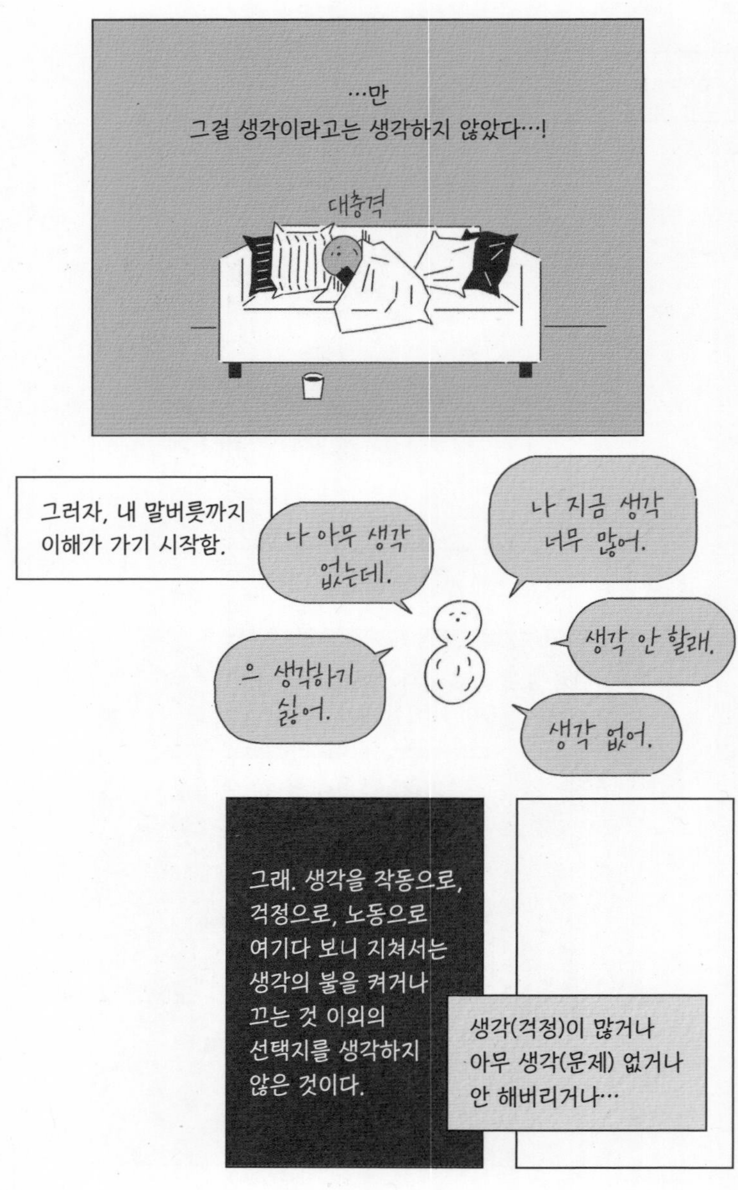
…만
그걸 생각이라고는 생각하지 않았다…!
대충격
그러자, 내 말버릇까지
이해가 가기 시작함.
나 아무 생각
없는데.
나 지금 생각
너무 많어.
생각 안 할래.
으 생각하기
싫어.
생각 없어.
그래. 생각을 작동으로,
걱정으로, 노동으로
여기다 보니 지쳐서는
생각의 불을 켜거나
끄는 것 이외의
선택지를 생각하지
않은 것이다.
생각(걱정)이 많거나
아무 생각(문제) 없거나
안 해버리거나…

생각은 생각보다 더 다양하고
아무것도 아닌 것들로, 때로는
그 자체로 완전한 것들로 이루어져 있음을,
혹은 그 모든 것을 벗어난 것들로
이루어져 있음을
의식하기 시작하자,
그래, 정체를 알 수 없을 수도 있지
문제가 아닐 수도 있고.

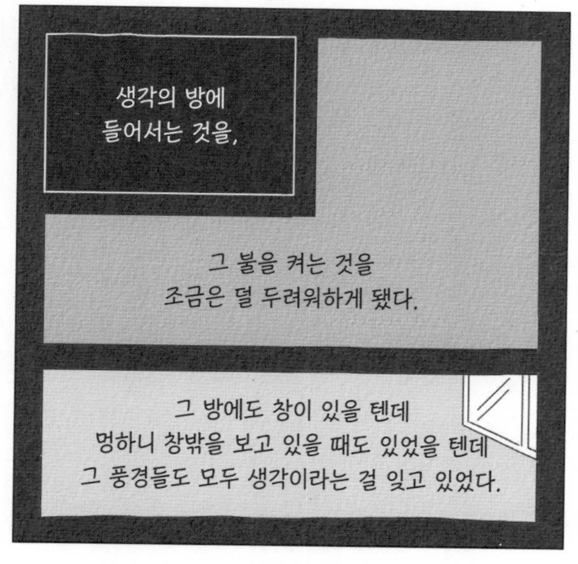
생각의 방에
들어서는 것을,
그 불을 켜는 것을
조금은 덜 두려워하게 됐다.
그 방에도 창이 있을 텐데
멍하니 창밖을 보고 있을 때도 있었을 텐데
그 풍경들도 모두 생각이라는 걸 잊고 있었다.

인생 리셋하고 싶을 때가 있다.
오늘 하루 다 망했다 싶을 때.

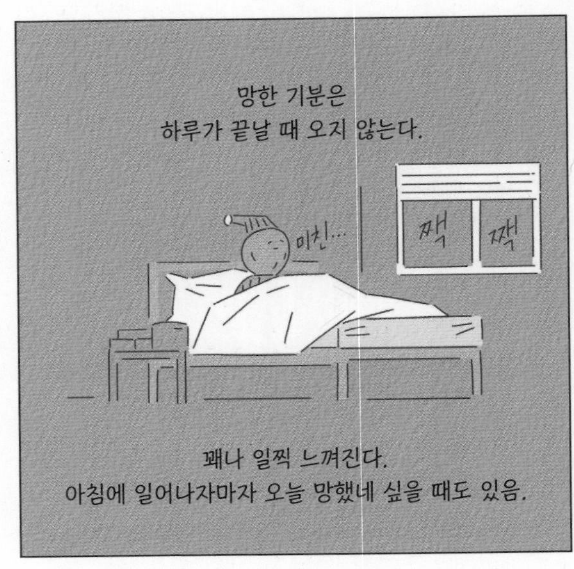
망한 기분은
하루가 끝날 때 오지 않는다.
미친…
짹
짹
꽤나 일찍 느껴진다.
아침에 일어나자마자 오늘 망했네 싶을 때도 있음.

이렬 때 쓰는 방법이 있다.
일종의 초기화-리셋
또는 리로드-라고 하는데

RESET

(리셋과 리로드는 다르지만
일단 나는 리셋이라 부른다)

망한 기분이 들면

그대로 자버린다. (?)
풋

(낮잠, 20분 정도.) 그리고 일어나서
새로운 기분으로 다시 하루를 시작(??)함.
오오옹—
이제 시작해 볼까

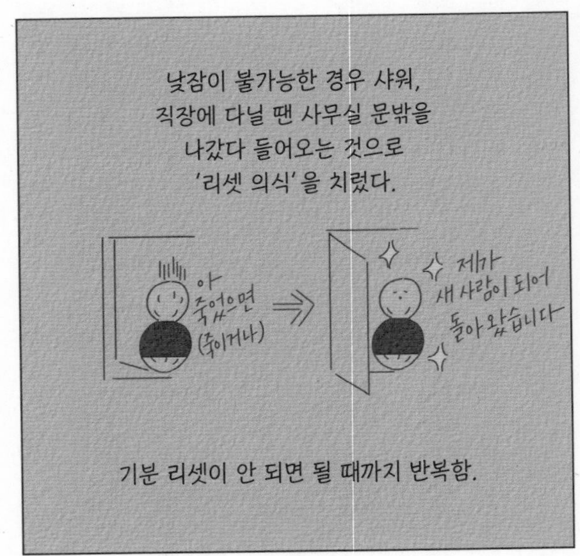
낮잠이 불가능한 경우 샤워,
직장에 다닐 땐 사무실 문밖을
나갔다 들어오는 것으로
'리셋 의식'을 치렀다.
아 죽었으면 (죽이거나)
제가 새 사람이 되어 돌아왔습니다
기분 리셋이 안 되면 될 때까지 반복함.

물론 실제로 하루가 다시
시작되진 않는다. 기분의 문제다.
근데 망한 느낌이 드는 것도
기분의 문제잖아.

눈에는 눈, 이에는 이,
기분에는 기분으로 응수한다…

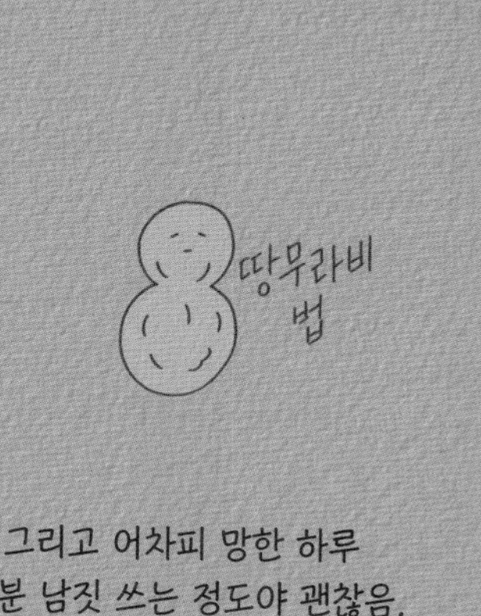

그리고 어차피 망한 하루
20분 남짓 쓰는 정도야 괜찮음.

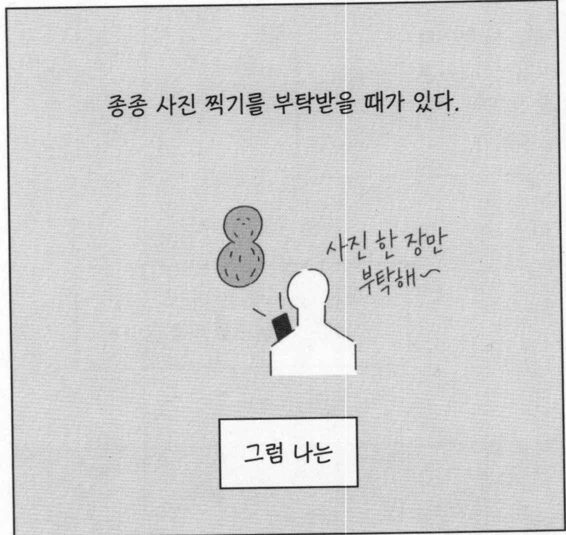
종종 사진 찍기를 부탁받을 때가 있다.
사진 한 장만
부탁해~
그럼 나는

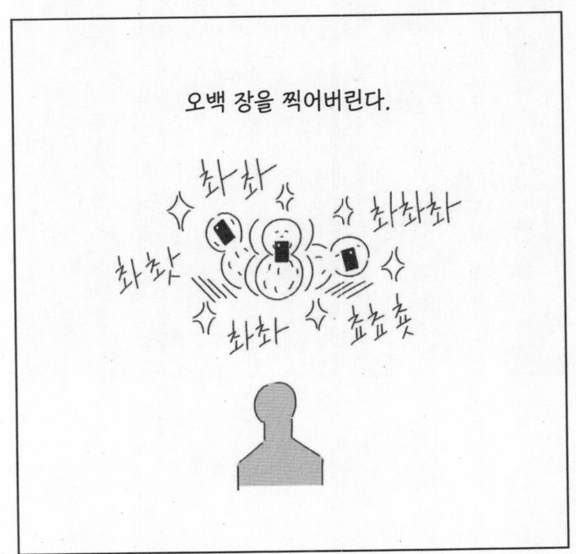
오백 장을 찍어버린다.
촤촤
촤촤촤
촤촥
촤촤
촤촤촥

인물 사진에 서툴러서,
꼭 마음에 들게 찍어주고 싶은데 자신이 없어서

오백 장을 찍으면 그중 한 장은 마음에 드는 컷이 있겠지. 그런 마음으로 셔터를 누르는 것이다.

그리고 아직까지는 그럭저럭
오백 장 전략이 성공하고 있음.

오백 개의 말을 해주고 싶다.

오백 개의 말 중에 네 마음에 들어서,
들어와서, 닿는 그런 말이 있기를 바라며.

오래 살자.

꺄아

끼약
푸드덕덕
저리가!
비둘기
무서워!
구구
구구
구륵

끼
내가… 내가…
푸득
내가…
푸드드덕

지켜주고 싶다…!
푸득

비둘기를 무서워하는
세상 모든 사람들을!
비둘기로부터!

지켜주고 싶다!
구구?

안심
이야!
우왕
이 앞으론
못 지나
간다!
구?
척
구구
구구
구
왜냐하면 나는
비둘기가 안 무서우니까!

아하하
구구구
일종의 재능기부 하고 싶어!
(오히려 좀 좋은 거 같아 비둘기!)
구구구
오호호
얍
도와줘욧
비둘콩

이런 생각을
하면서 걸었다…
도와주고
싶은데
미친놈
같겠지
오히려
내가 더
무서울지도…

타닥
타닥
스스슥
업무를 보고 있는데
동료 N님이 뒤에서 슥 나타났다.

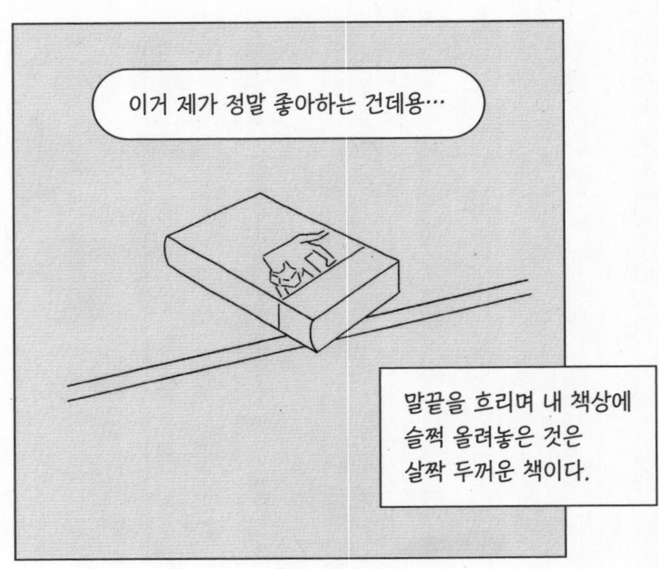
이거 제가 정말 좋아하는 건데용…
말끝을 흐리며 내 책상에
슬쩍 올려놓은 것은
살짝 두꺼운 책이다.

단편집이고요, 제가 정말 좋아하는 거구
이거 다른 사람이랑도 읽은 적 있는데요…
제가 정말 좋아하거든요.

좋아한다는 말을 세 번이나 했다

빌려주겠다는 말인가, 짐작하며
표지에 손을 잠깐 올려두었다가
제가 빌려도 될까요? 했더니
그럼요! 하고 활짝 웃는다.

분명히 일전에 뭐하냐 묻기에 책 읽는다고,
책 읽는 것을 좋아한다고 했던 말을 기억한 거다.

여유가 나면 읽어야지, 하고
가까이에 책을 두고 다시 일하는데
힐끔
책
힐끔
N님
스사삭
스스슥
N님
사무실을 오가며 혹시나
내가 책을 읽기 시작했을까
책이 놓인 곳을 힐끔힐끔 본다.

귀여운 사람.
나도 그 마음이 뭔지 알아요.
좋아하는 것을 나누는 마음도,
나의 좋음을 나눈 후
살짝 초조하고 긴장되는 그 마음도.

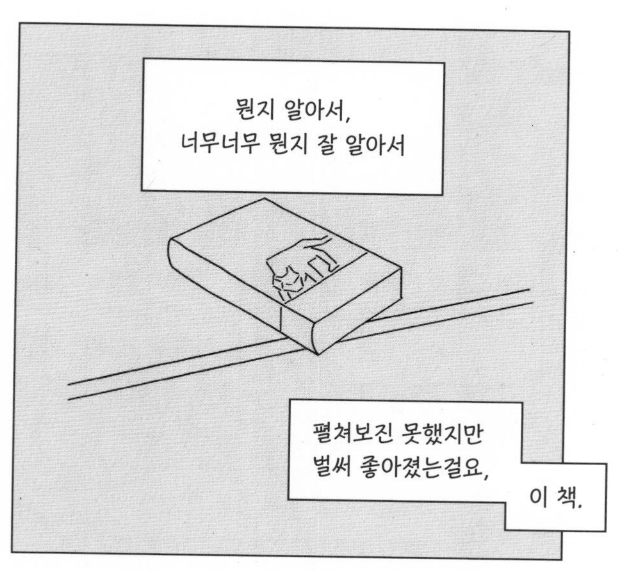
뭔지 알아서,
너무너무 뭔지 잘 알아서
펼쳐보진 못했지만
벌써 좋아졌는걸요,
이 책.

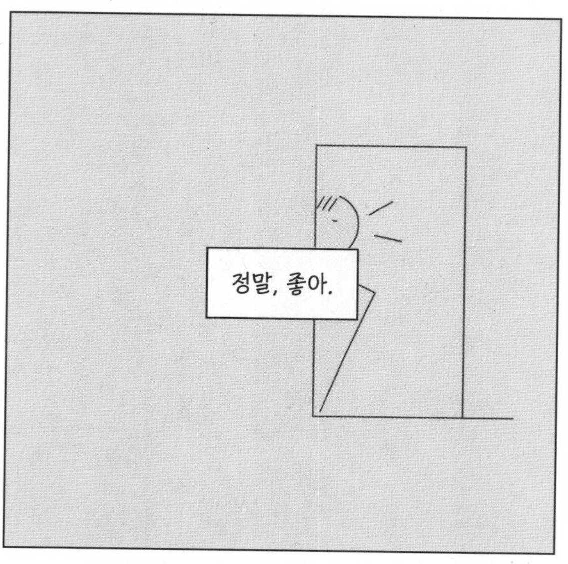
정말, 좋아.

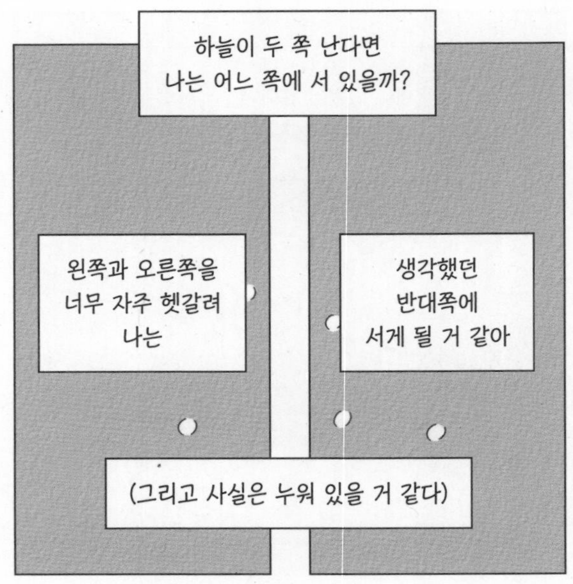
하늘이 두 쪽 난다면
나는 어느 쪽에 서 있을까?
왼쪽과 오른쪽을
너무 자주 헷갈려
나는
생각했던
반대쪽에
서게 될 거 같아
(그리고 사실은 누워 있을 거 같다)

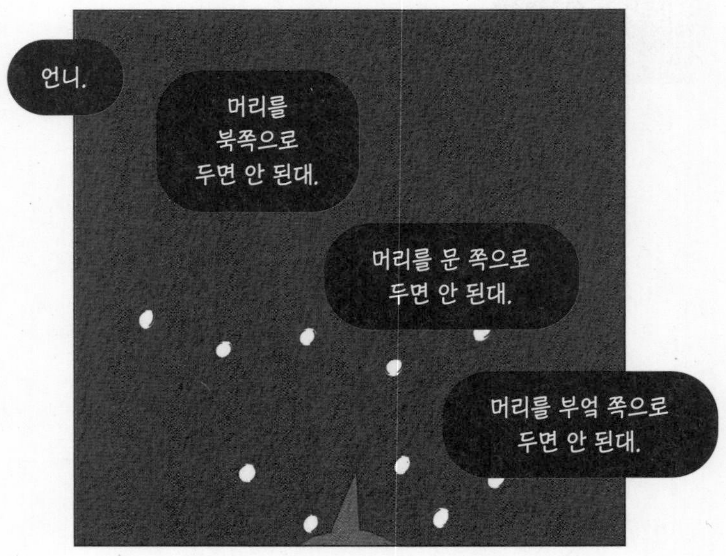
언니.
머리를
북쪽으로
두면 안 된대.
머리를 문 쪽으로
두면 안 된대.
머리를 부엌 쪽으로
두면 안 된대.

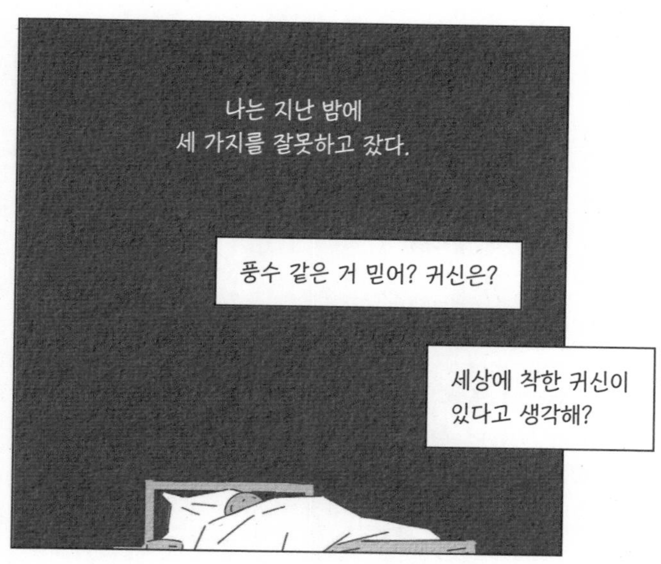
나는 지난 밤에
세 가지를 잘못하고 잤다.
풍수 같은 거 믿어? 귀신은?
세상에 착한 귀신이
있다고 생각해?

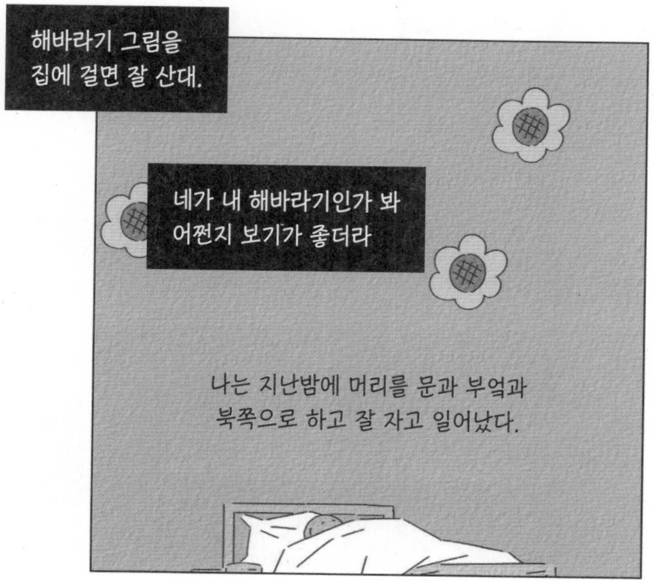
해바라기 그림을
집에 걸면 잘 산대.
네가 내 해바라기인가 봐
어쩐지 보기가 좋더라
나는 지난밤에 머리를 문과 부엌과
북쪽으로 하고 잘 자고 일어났다.

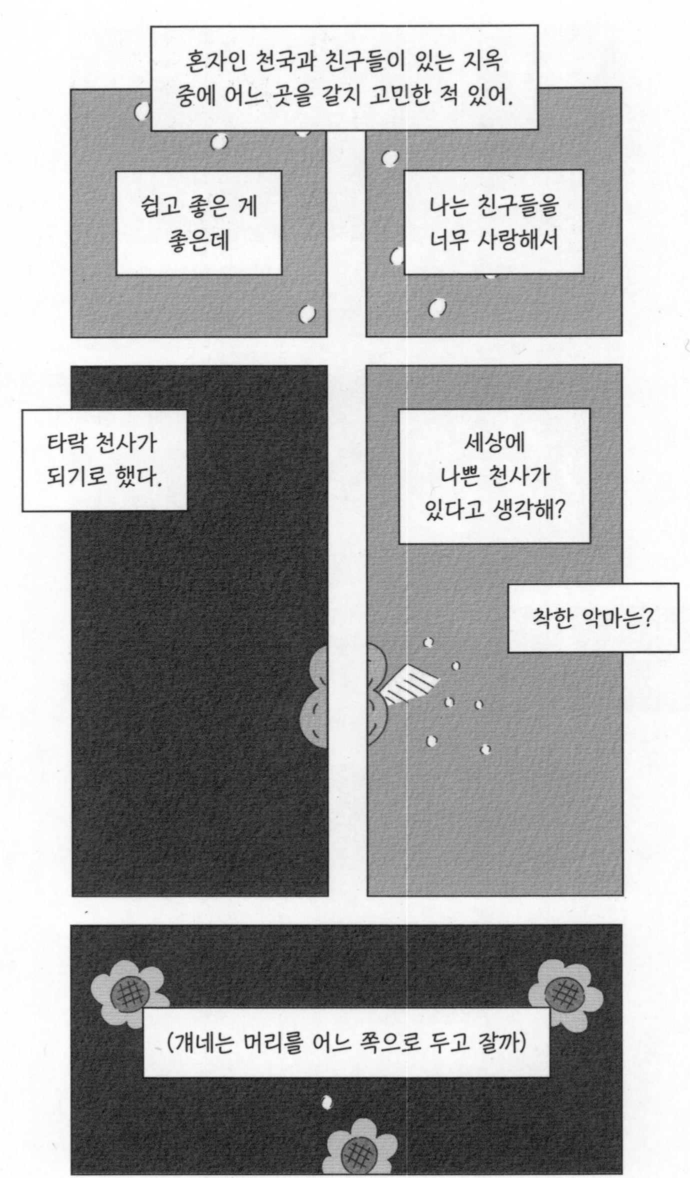
혼자인 천국과 친구들이 있는 지옥
중에 어느 곳을 갈지 고민한 적 있어.
쉽고 좋은 게
좋은데
나는 친구들을
너무 사랑해서
타락 천사가
되기로 했다.
세상에
나쁜 천사가
있다고 생각해?
착한 악마는?
(걔네는 머리를 어느 쪽으로 두고 잘까)

가끔 나는 사실 엄청나게 나쁜 사람이라고
모두를 놀래켜주고 싶은 충동을 느껴.

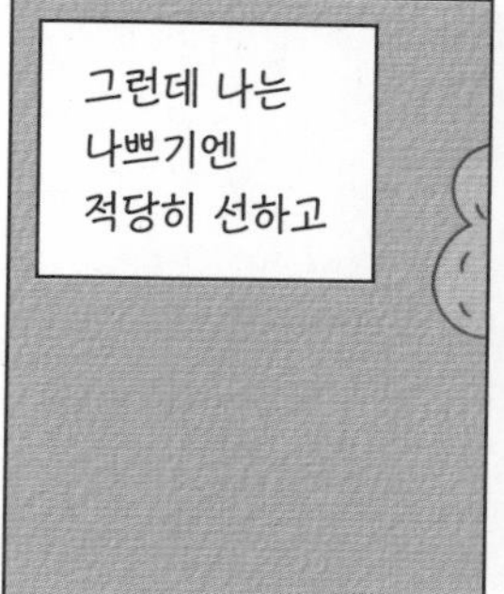
그런데 나는
나쁘기엔
적당히 선하고

선하기엔 또
충분히 나빠서

나의 선함과 악함은 나만 놀래킨다.

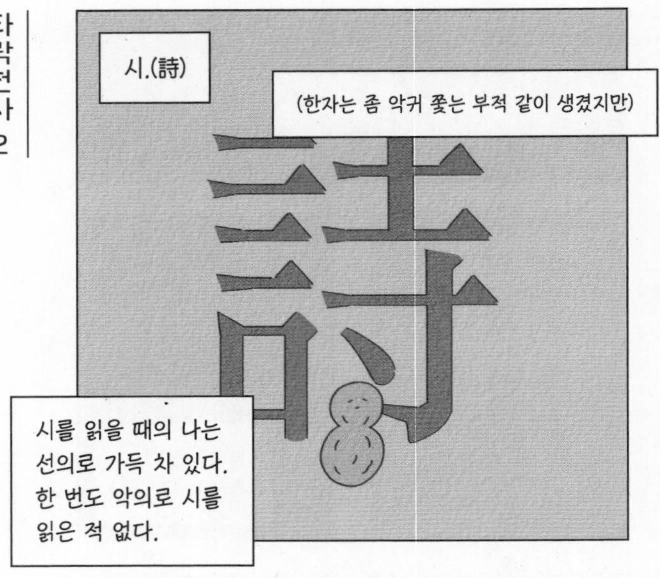
시.(詩)
(한자는 좀 악귀 쫓는 부적 같이 생겼지만)
시를 읽을 때의 나는 선의로 가득 차 있다. 한 번도 악의로 시를 읽은 적 없다.

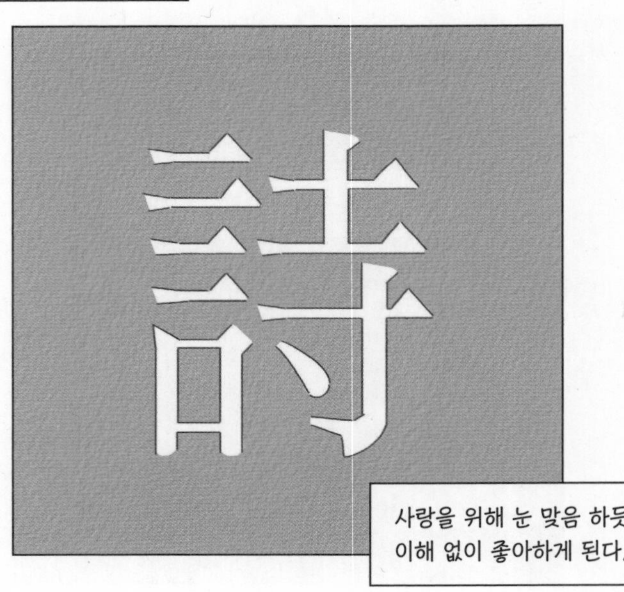
사랑을 위해 눈 맞음 하듯 이해 없이 좋아하게 된다.

특히 좋아하는 시인은
황인찬(브라질너트) 시인인데

내가 아무 공개된 장소에서나
자기의 시를 읽어도 된다고
허락해줬기 때문이다.
라방함.
ㅇㅋ

그리고 나한테
계속 살라고도 해줬다.
계속 살자!
-황인찬이가-

가끔은 네가 나에게 철저하게
속고 있었으면 좋겠다고 생각한다.

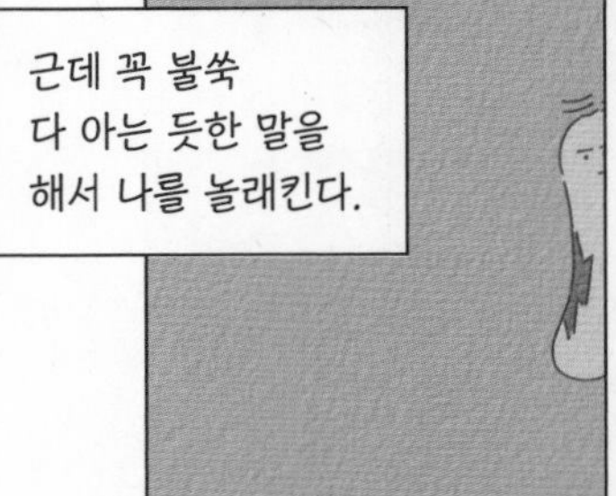

근데 꼭 불쑥
다 아는 듯한 말을
해서 나를 놀래킨다.

귀신같은 자식.

어제 황인찬은 나한테
너는 큰 부자는
못 될 거 같다고 했다.

진심으로 열받았다.
얘는 타락천사의
지옥불맛을 아직 못 봤다.
너 타락이 뭔지 모르지?

하지만 너는 이용 가치가 있으니까 살려둘 거다.

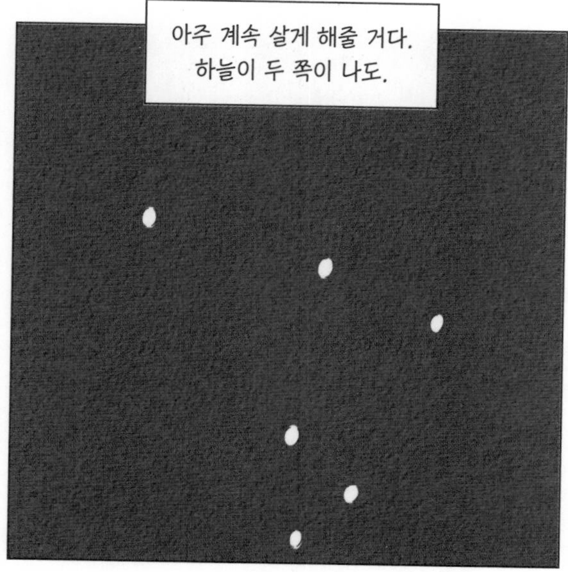
아주 계속 살게 해줄 거다.
하늘이 두 쪽이 나도.

너는 우리 집 소파에
지박하여 누워 졸게 된다.
머리를 북쪽이고,
문이고 부엌인 방향으로 하고.
(이건 몰랐지?)

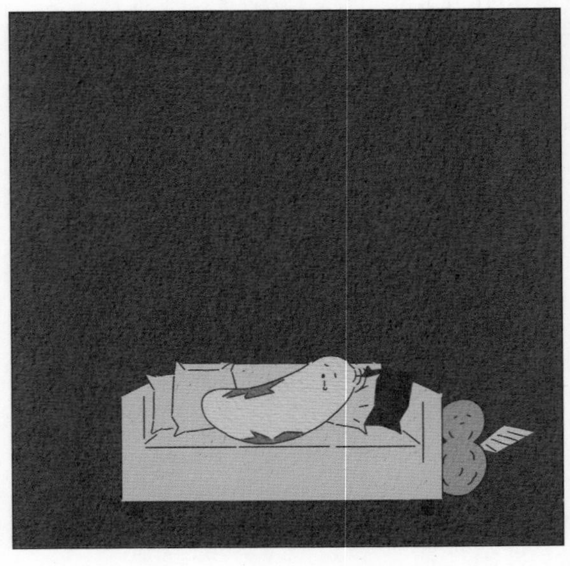

가끔은 네가 나에게 철저하게
속고 있었으면 좋겠다고 생각한다.

보이는 걸 믿어?

보여주는 것만 믿을 거야?

귀신 말고 내 이야기를
하고 있는 거야.

그러나 속일 수 없다. 왜냐하면
나도 나를 모르기 때문에. 속이는 것도
뭘 알아야 하는 건데 알았다
생각하면 모습을 바꾸고 달아난다.

그런데 너는 가끔 나를 뜨끔하게 하는 말을 하니까.

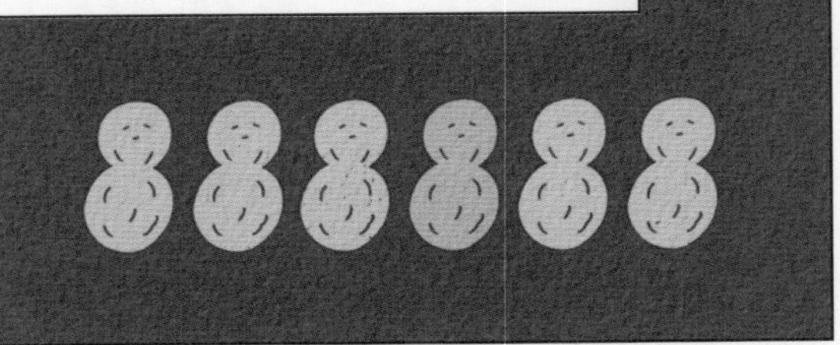

절대로 속지 않는 눈을 하니까.

네가 나 대신 나를 다 알았으면 좋겠다.
네가 다 알면서 속았으면 좋겠다.
나 대신 놀랐으면 좋겠다.
헤아려주었으면 좋겠다.
나의 선함과 악함을. 그리고…

…마침내 사랑해줘.

오늘은 팥죽을 먹었다.
팥죽 먹으면서 막 웃었다.
하나도 안 웃긴데 그냥 웃었다.
나는 사람이니까. 귀신은 못 이럴걸.
그런 생각을 하니 좀 악마 같았다.

근데 악마도 팥죽을 무서워하나?
악마랑 천사랑 친척 아니었나?
그럼 천사도 팥죽 안 먹나?

사실은 귀신이랑 악마랑 천사랑
차이를 모르겠다.

(개는 짖고 소는 운다. 나는 이 차이를
영원히 이해하지 못할 것이라고
생각한 적 있다. 그때의 기분이다.)

분명한 것은 나와는 다르다는 것이다.
나는 인간이고 말을 한다. 걔네랑 나랑
같은 건 둘 다 사는 재미를 모른다는 거다.
걔네는 안 살아 있어서 모르고 나는
살아 있는데 모른다는 게 다르지만.

가끔은 가슴이 터질 것 같아.

그럴 땐 침대로 가. 베개를 적시면서 울 준비를
하는데 눈물이 나오진 않아. 그러면 울지 않는다.

하지만 울고 있다고 네가 속아주면
좋겠다. 내가 울지 않는 것은,
너를 철저하게 속이고 있기 때문에.

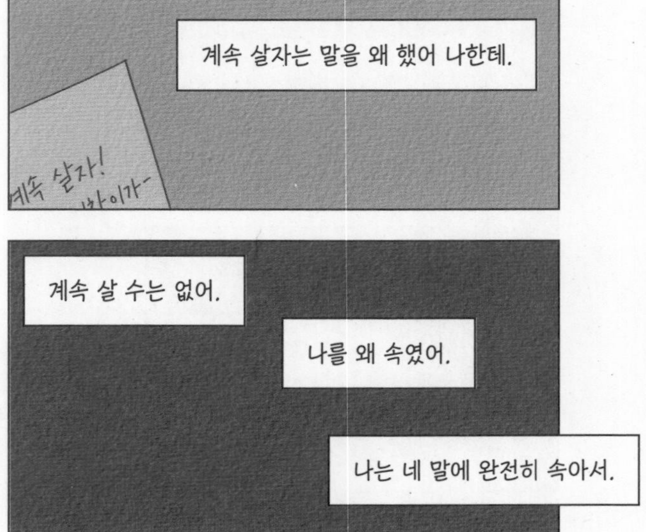

계속 살자는 말을 왜 했어 나한테.
계속 살 수는 없어.
나를 왜 속였어.
나는 네 말에 완전히 속아서.

계속 살자!
-황인찬이가-

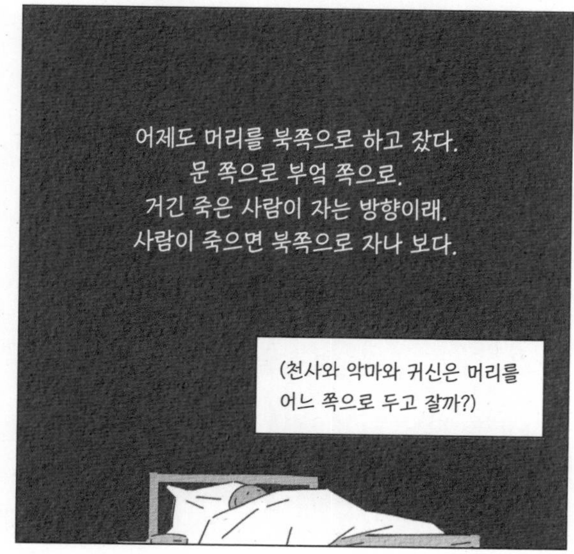
어제도 머리를 북쪽으로 하고 잤다.
문 쪽으로 부엌 쪽으로.
거긴 죽은 사람이 자는 방향이래.
사람이 죽으면 북쪽으로 자나 보다.
(천사와 악마와 귀신은 머리를
어느 쪽으로 두고 잘까?)

천사에게 소원 빌기 Vs. 악마에게 소원 빌기
온화와 기쁨과 부를.

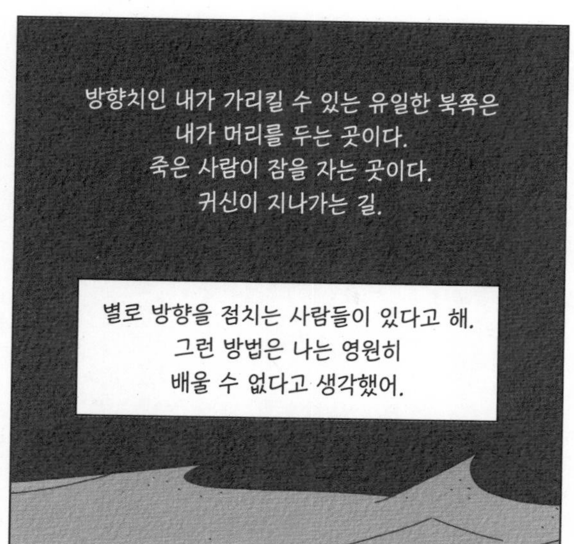
방향치인 내가 가리킬 수 있는 유일한 북쪽은
내가 머리를 두는 곳이다.
죽은 사람이 잠을 자는 곳이다.
귀신이 지나가는 길.
별로 방향을 점치는 사람들이 있다고 해.
그런 방법은 나는 영원히
배울 수 없다고 생각했어.

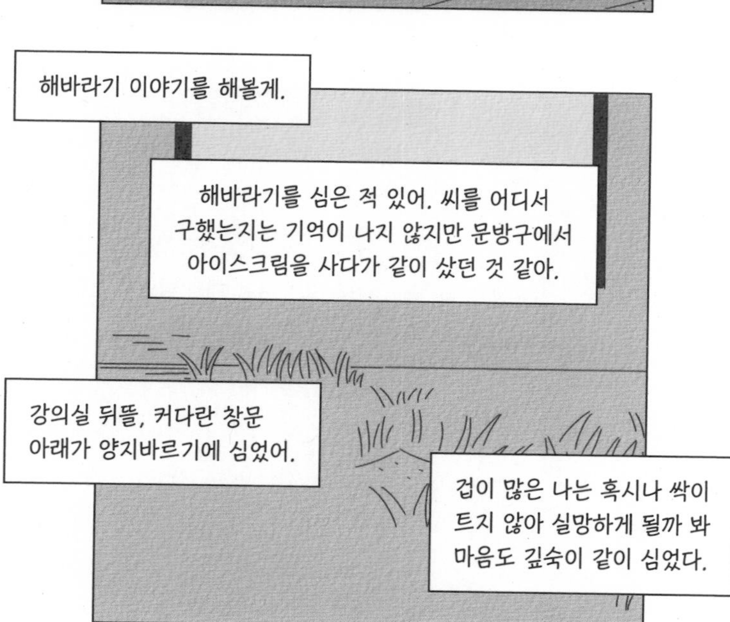
해바라기 이야기를 해볼게.
해바라기를 심은 적 있어. 씨를 어디서
구했는지는 기억이 나지 않지만 문방구에서
아이스크림을 사다가 같이 샀던 것 같아.
강의실 뒤뜰, 커다란 창문
아래가 양지바르기에 심었어.
겁이 많은 나는 혹시나 싹이
트지 않아 실망하게 될까 봐
마음도 깊숙이 같이 심었다.

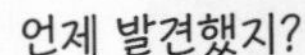

언제 발견했지?

통통한 쌍떡잎이 나더라고.

왼쪽 잎이 오른쪽보다
좀 컸던 것 같은데
그때도 나는 왼쪽과
오른쪽을 헷갈려 했다.

유달리 몸이 굵고 될성불러 보이기에
나는 묻은 마음도 꺼내버렸다.

네가 자라는 방향은
해의 방향.

나는 해의 방향을 점쳤다.

하늘이 두 쪽이 나도 너는
해의 방향으로 자라겠지. 네가 보는 것을 보면
그것이 해의 방향이 된다.

나는 틈만 나면 창틀에 앉아
미친 사람처럼 그 애를 밟지 말라고
소리를 지르고 감시를 하고
볕에 푹 익었다.

그런데 어느 날 잔디를 깎기
위해 잔디이거나 잔디가 아닌
모든 것들이 깎여 나갔고

유난히
마디 굵은
밑동을
발견했을 때.

밟지 말라고 소리를 지르면서
자르지 말라는 말을 안 했어.
팻말 하나를 안 세워뒀어, 내가.
그게 마음이 아팠어.

해바라기가 아닐지도 몰라,
생각한 적 있어.

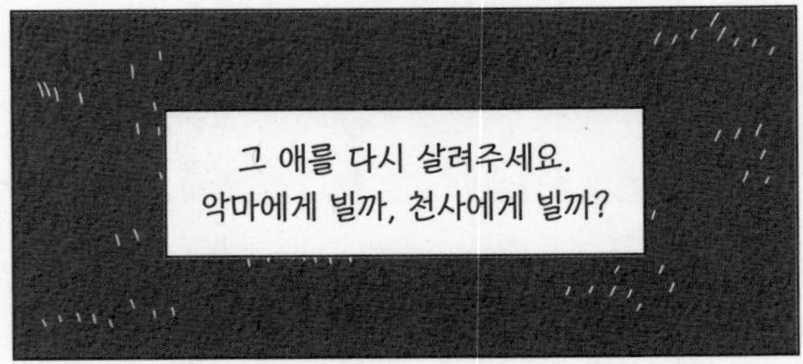

그 애를 다시 살려주세요.
악마에게 빌까, 천사에게 빌까?

해바라기는 온화와 기쁨과 부의 상징이래.

해바라기는 중국 이름인
향일규(向日葵)를 번역한 것이래.

그러고 보니 이름을 주지 않았구나.
아무것도 한 일 없이 겁내고
악 지르고 가슴만 아파하는구나 나는.

오늘도 팥죽을 먹었다.
팥죽을 먹고 나니 졸렸다.

타락천사 시리즈 그리면서 하도
커신 얘기를 해서 커신이 붙었나.
왜 죽을 만큼 졸릴까. 죽은 만큼,
대신 살아났니?
나의 해바라기.

네가 해바라기가 아니어도 상관없었는데.

잃어버린 펜을 책상 위에서 찾고 난 이후로
나는 수호신의 존재를 믿게 되었어.

흔한 얘기야.

잃어버린 물건을 찾아주는
요정 같은 게 있다고. 절대로
찾을 수 없던 작은 물건을
눈에 띄는 곳에 꼭 두어준다고.

나는 사실 마법을 쓸 수 있다고,
바람을 다루거나 주문을 외우면 공중에 조금은
뜰 수 있다고 믿었던 어릴 때의 이야기야.

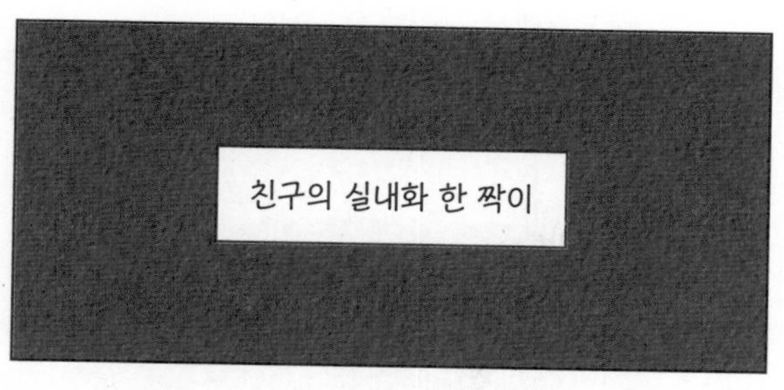

감쪽같이 사라졌다.

반의 여자애들이
아무리 애를 써도
실내화는 찾을 수
없었다.

그래서 최후의 수단으로,

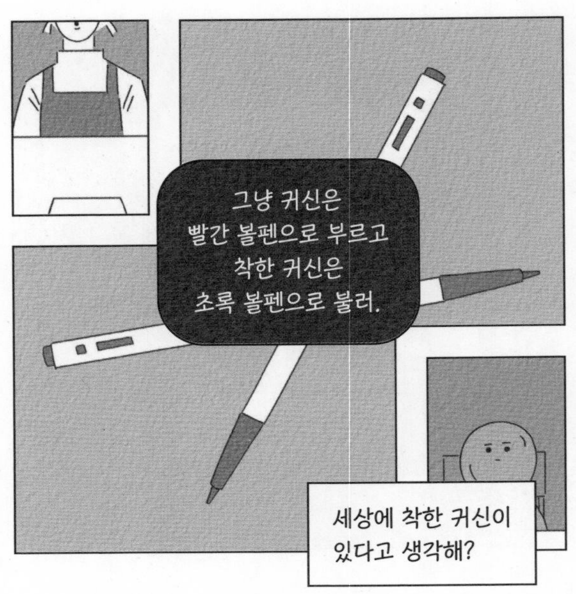
그냥 귀신은
빨간 볼펜으로 부르고
착한 귀신은
초록 볼펜으로 불러.
세상에 착한 귀신이
있다고 생각해?

지금 계세요?
yes. …예스.

어디에 계세요?
…

네 등 뒤에.
진짜 있어!

친구의 실내화는 학교 뒤편
계단 아래에 있었다.
귀신이 말한(정확히는
펜으로 그은) 방향이었다.

불러야만 오시나요?

....

귀신이 지나가는 길에 머리를 두고 자면 만날 수 있나요?

....

물건 말고 제 마음 좀 찾아주세요. 제 기억 좀 찾아주세요.

명랑하고 사랑 넘치던 저 좀 찾아주세요.

주문을 외우면 하늘을 날 수 있는 용기가 솟아나던 저를, 남보다 많은 내 사랑이 마침내 이긴다 믿던 저를.

그 해바라기 아래에 묻혀 있나요?

절대로 찾지 못할 것 같은
그 마음을 찾아주기만 한다면
백 번을 부르겠어요. 어떤 색으로든.

(그러나 쉽고 좋은 것만
좋아하는 교활한 나는
초록색 펜을 쓸 것이다)

오늘은 팥죽 먹지 않았다.

오래전 아몬드네 집에서
얌전히 책 읽고 있을 때
택배가 한 상자 왔다.
띵
동

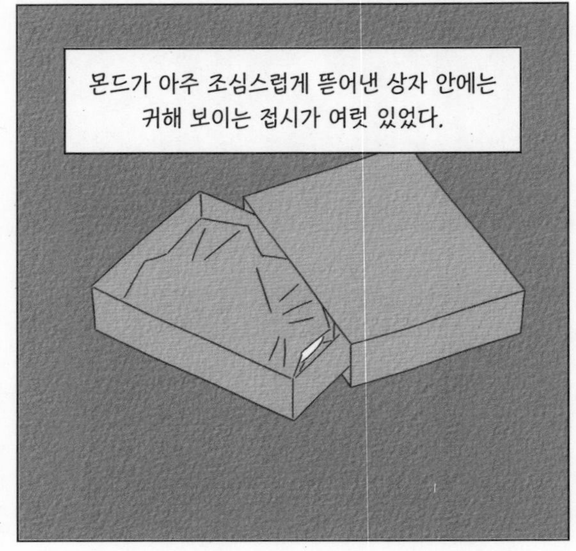
몬드가 아주 조심스럽게 뜯어낸 상자 안에는
귀해 보이는 접시가 여럿 있었다.

몬드는 접시를 꼼꼼하게 살피고
손으로 몇 번 더듬었다.
그러고는 부엌으로 가더니

막 도착한 새 접시에
쿠키를 담아 내 앞에
덜컥 놓아주었다.

몬드야 어떻게,
아무렇지도 않게
새 접시를
내어줄 수 있어?
어떻게 그럴 수 있어?

새 접시를,
친구에게,
내어주는 사람,
과 친구라는 것이
놀랍고 뭉클했다.

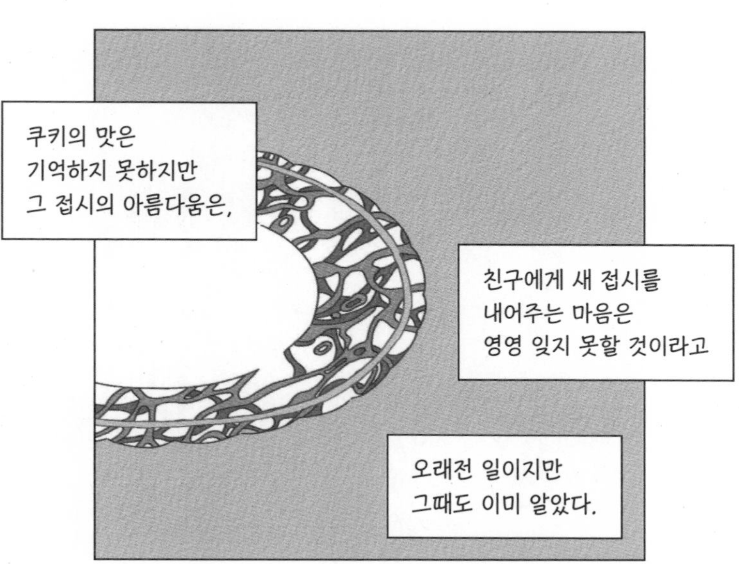
쿠키의 맛은
기억하지 못하지만
그 접시의 아름다움은,
친구에게 새 접시를
내어주는 마음은
영영 잊지 못할 것이라고
오래전 일이지만
그때도 이미 알았다.

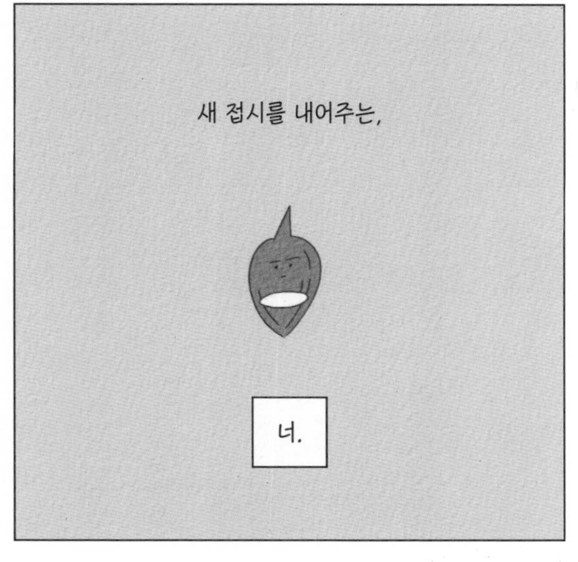
새 접시를 내어주는,
너.

가끔 들어.
이런 질문.
제일 좋아하는 책이 뭐예요?
BEST!
제일 좋아하는 영화가 뭐예요?
BEST!
제일 좋아하는 작가가 누구예요?

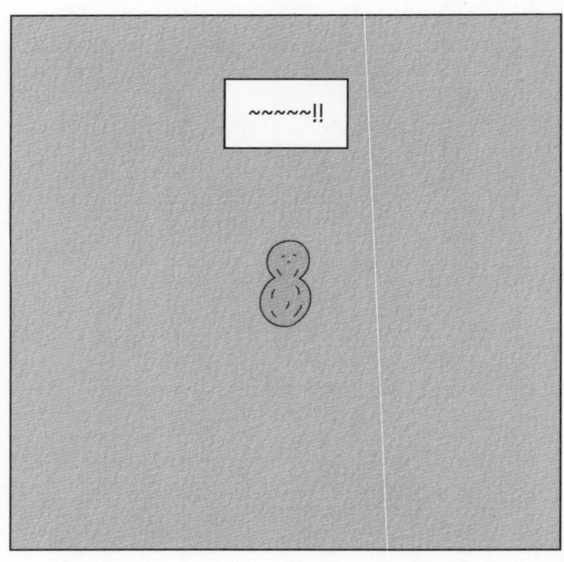

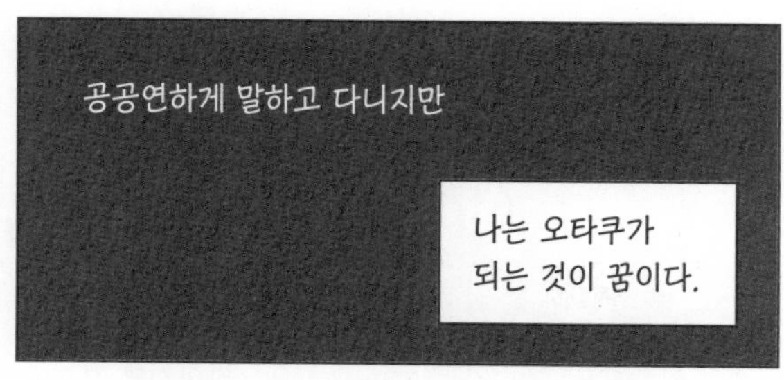
공공연하게 말하고 다니지만
나는 오타쿠가 되는 것이 꿈이다.

오타쿠가 되고 싶다.

미쳐버리고 싶지는 않지만
미친 듯이 좋아하고 싶다.
무엇을?
무엇이든.
No.1
제일이 있었으면 좋겠어.

늘 그랬던 것 같아.
뭐든 제일 좋아지지는
않았던 거 같아.
잠깐 재밌고, 순간 좋고,
다시 나빠지거나
곧 아무렇지도
않아졌던 것 같아.

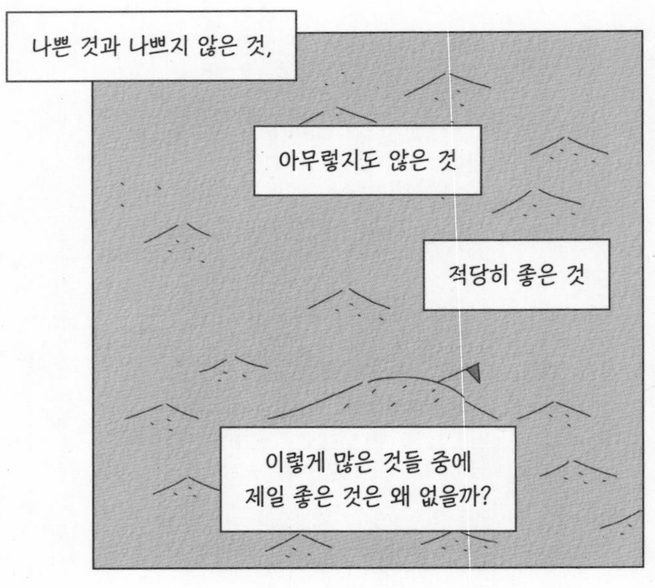
나쁜 것과 나쁘지 않은 것,
아무렇지도 않은 것
적당히 좋은 것
이렇게 많은 것들 중에
제일 좋은 것은 왜 없을까?

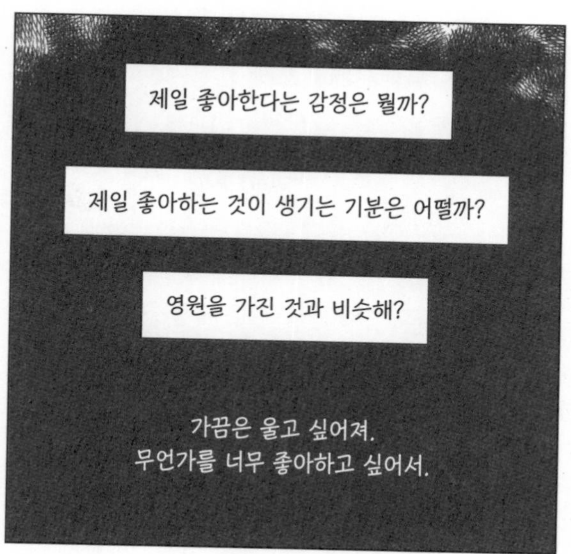

제일 좋아한다는 감정은 뭘까?
제일 좋아하는 것이 생기는 기분은 어떨까?
영원을 가진 것과 비슷해?
가끔은 울고 싶어져.
무언가를 너무 좋아하고 싶어서.

흉내를 내본 일도 있었다.
GOOD!
같이 좋아해보려고 애썼다.

그런데 흉내를
내고 나면 허무해져.

어설픈 자신이
견딜 수 없어져.

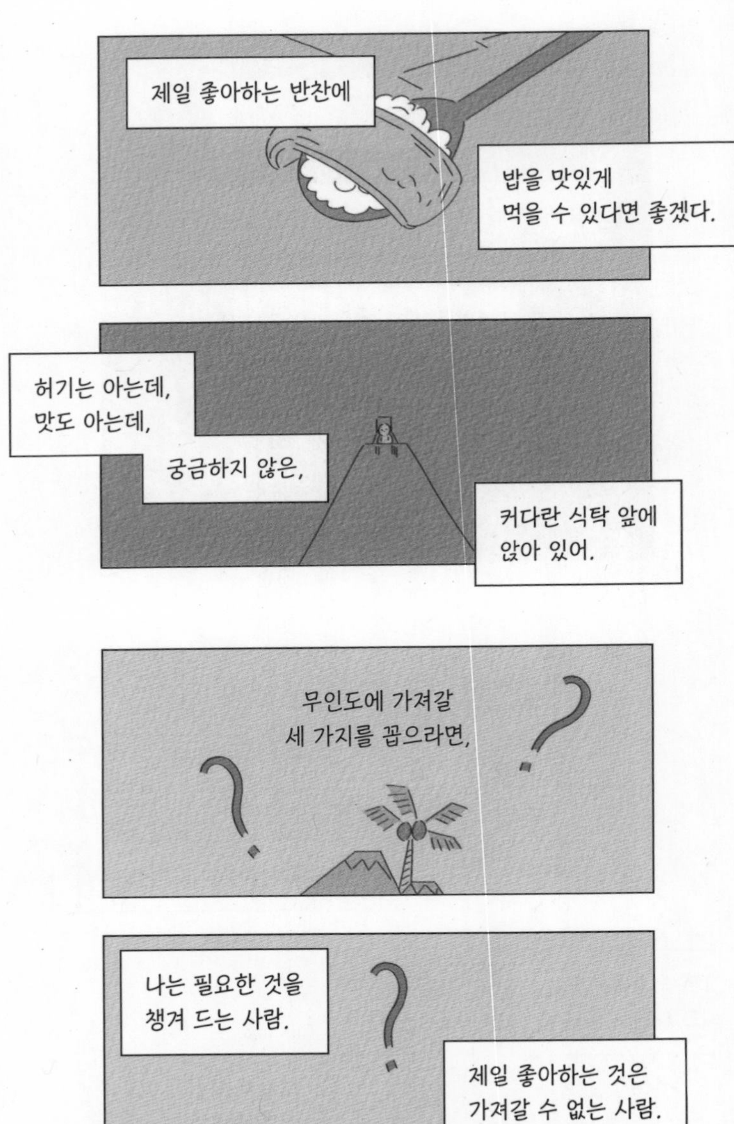
제일 좋아하는 반찬에
밥을 맛있게
먹을 수 있다면 좋겠다.
허기는 아는데,
맛도 아는데,
궁금하지 않은,
커다란 식탁 앞에
앉아 있어.
무인도에 가져갈
세 가지를 꼽으라면,
나는 필요한 것을
챙겨 드는 사람.
제일 좋아하는 것은
가져갈 수 없는 사람.

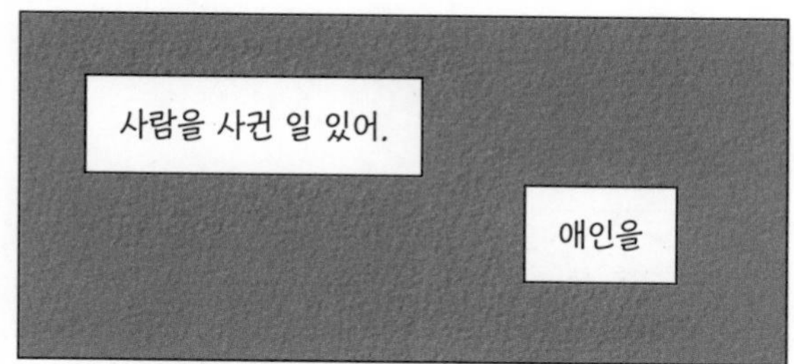
사람을 사귄 일 있어.
애인을

너무나 사랑하고
제일 좋아하지 않았다.

나는 나 자신조차
제일 좋아할 수 없는
인간인 건 아닐까.

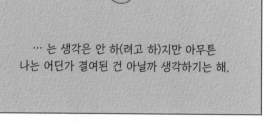

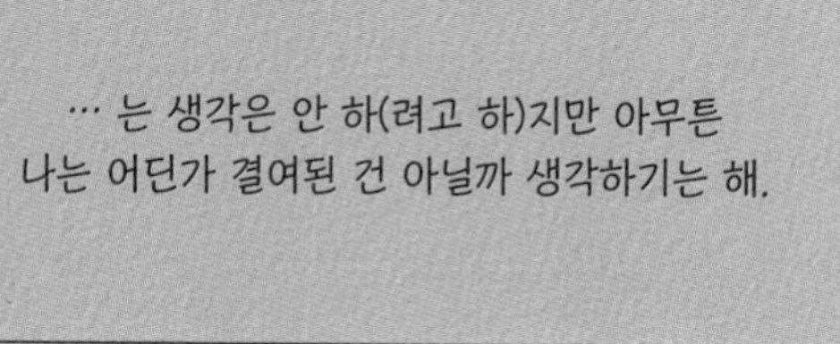
… 는 생각은 안 하(려고 하)지만 아무튼
나는 어딘가 결여된 건 아닐까 생각하기는 해.

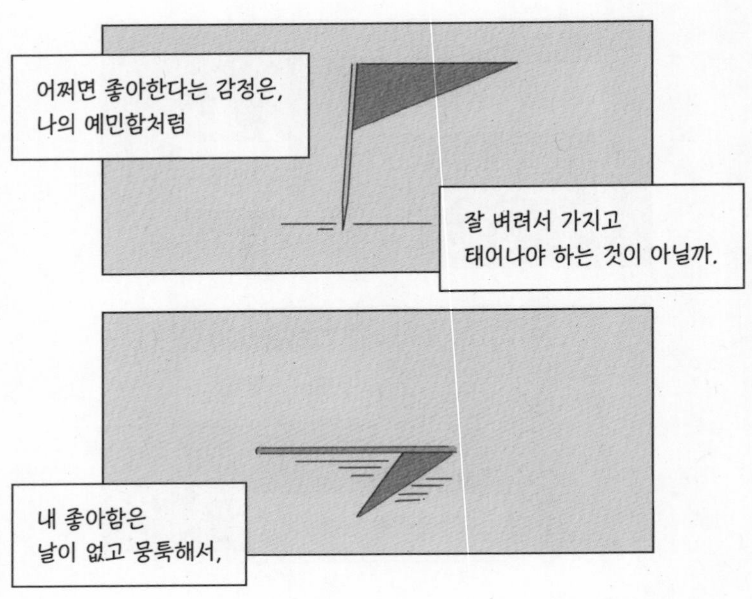
어쩌면 좋아한다는 감정은,
나의 예민함처럼
잘 벼려서 가지고
태어나야 하는 것이 아닐까.
내 좋아함은
날이 없고 뭉툭해서,

어디에도 꽂혀 서 있을 수
없는 거 아닐까.

어젯밤 잠들기 전에는
뭐든지 좋아지게 해주세요 빌었다.

일어나자 아무것도
좋아지지 않았다.

아무 일도 없었고,
아무렇지도 않았다.

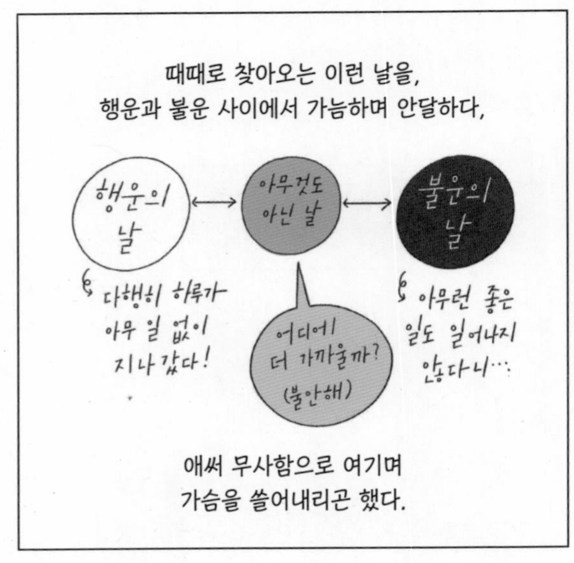

최근의 나는, 아무것도 아닌 날을

아무것도 아닌 날로 받아들이기로 했다.

그렇다.

아무것도 아닌 날도 있는 것이다.

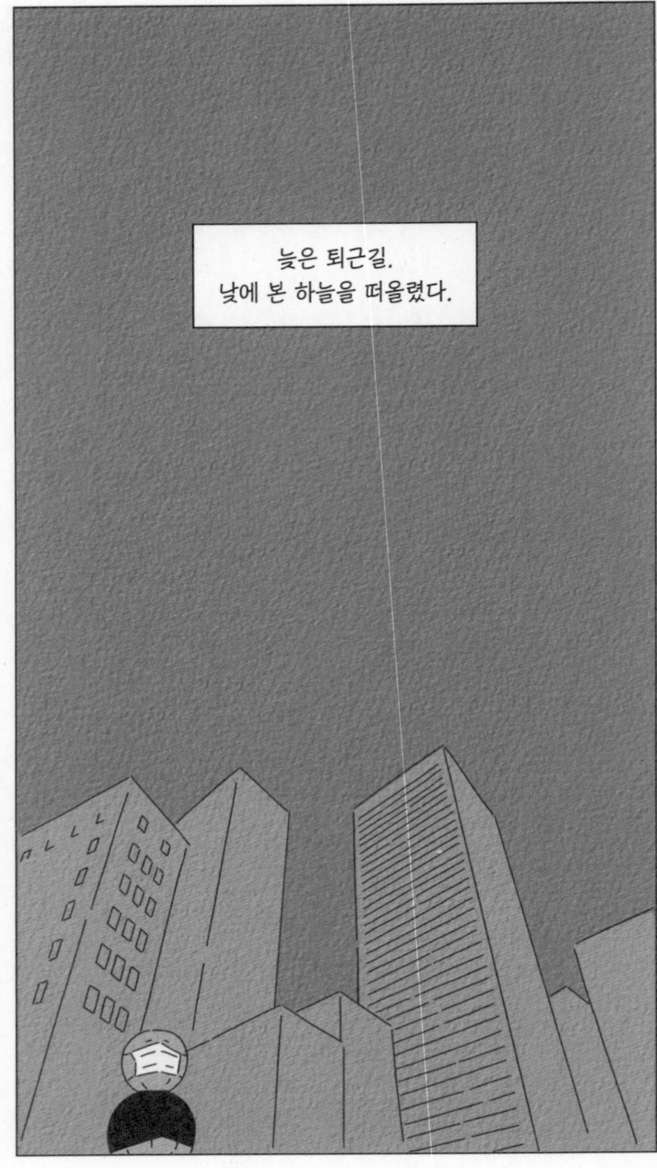
늦은 퇴근길.
낮에 본 하늘을 떠올렸다.

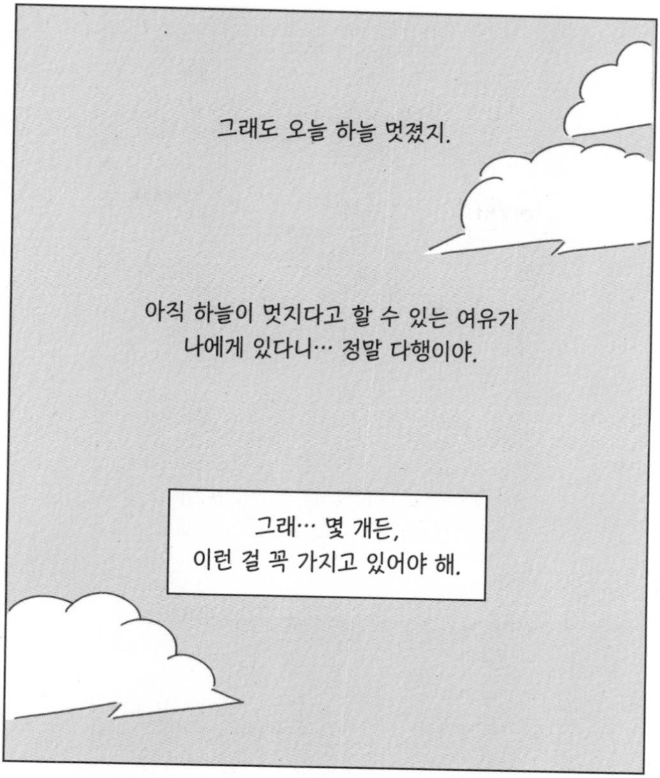

그래도 오늘 하늘 멋졌지.

아직 하늘이 멋지다고 할 수 있는 여유가
나에게 있다니… 정말 다행이야.

그래… 몇 개든,
이런 걸 꼭 가지고 있어야 해.

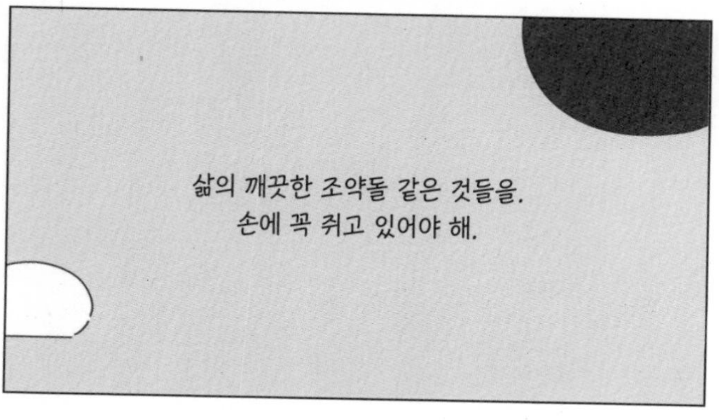

삶의 깨끗한 조약돌 같은 것들을.
손에 꼭 쥐고 있어야 해.

잠이 안 온다.
문득 내가 너무나 작게 느껴진다.

너무 작아서… 작아서…

작아서…
이렇게
작아지다가…
…잃어버릴
것만 같아

…서!
잃어버리기 전에
머릿속에서 작은 나를
일단 형태로 만들어
앞에 놓아보았다.
8

작은 나…

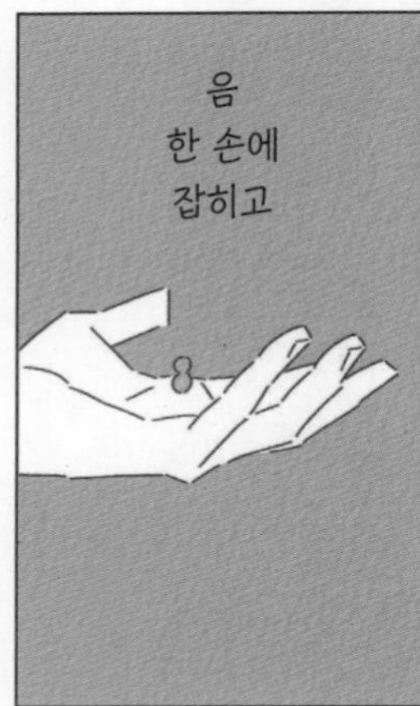
음
한 손에
잡히고

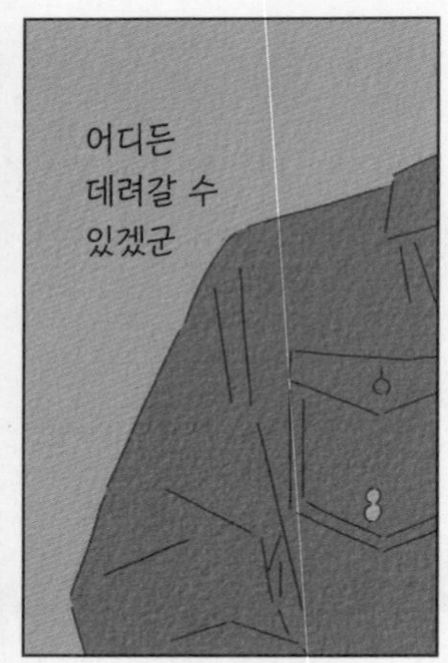
어디든
데려갈 수
있겠군

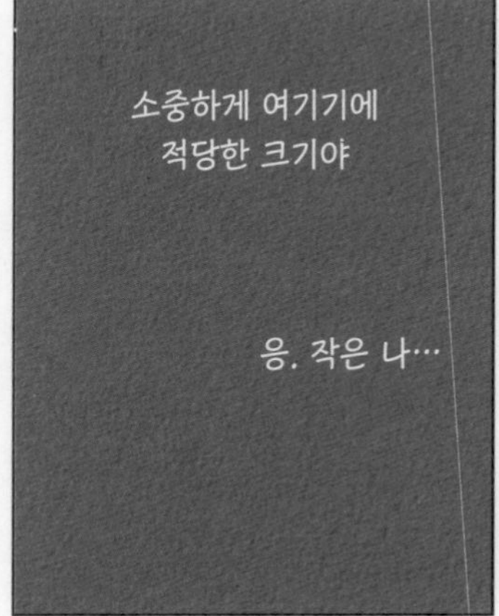
소중하게 여기기에
적당한 크기야
응. 작은 나…

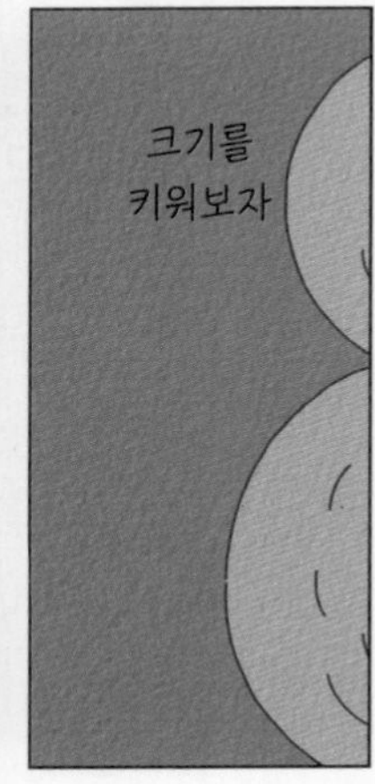
크기를
키워보자

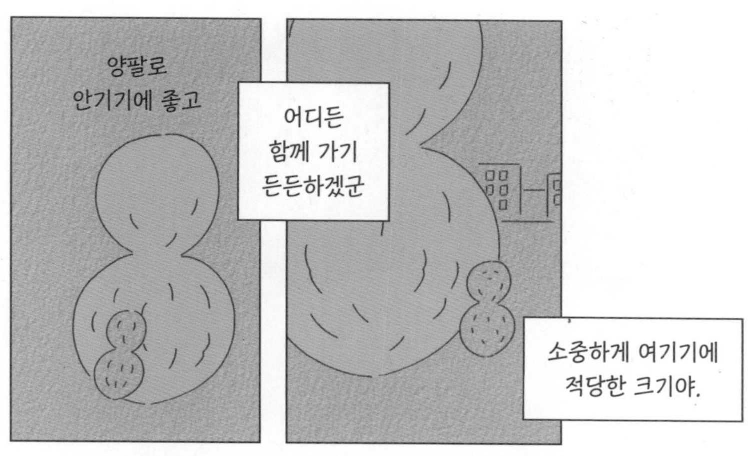
양팔로
안기기에 좋고
어디든
함께 가기
든든하겠군
소중하게 여기기에
적당한 크기야.

음음. 어느새
내가 커졌다.
이제 잠들어야지.

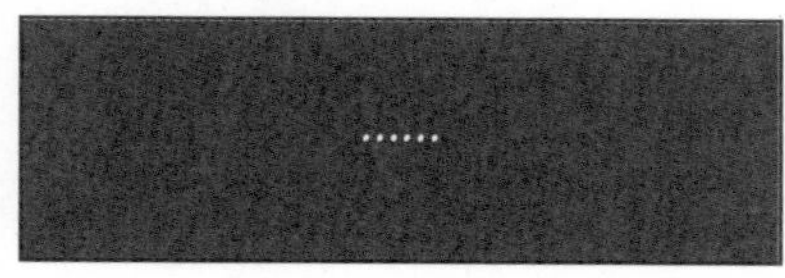
……

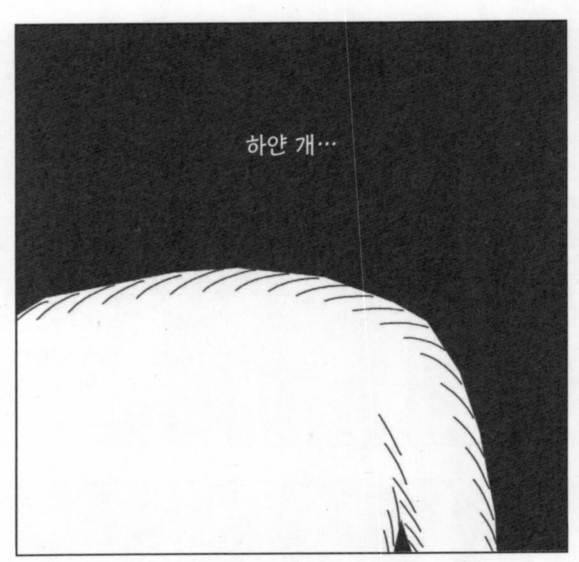
하얀 개…

하얀 개의 쌍커풀 같은 것을 생각한다.

그 아래로 내려앉은,
보송하고 가볍고 빽빽한 눈썹의 뭉치들

그 뭉치의 결이
드리우는 그늘

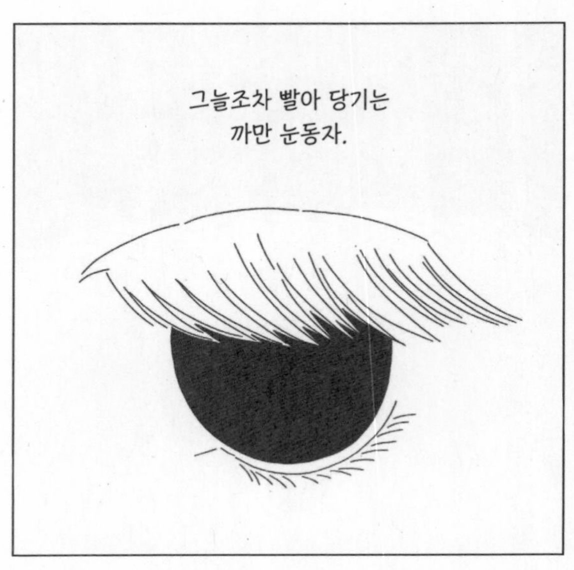
그늘조차 빨아 당기는
까만 눈동자.

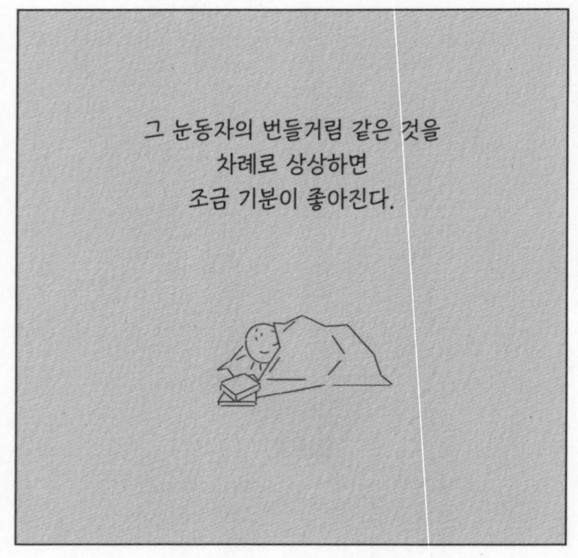
그 눈동자의 번들거림 같은 것을
차례로 상상하면
조금 기분이 좋아진다.

오늘의 잠이
꼭 그 눈동자 같기를.

2부 8

이시영 시인의 시집 『무늬』 중
「라일락 향」이라는 시를 읽은 일 있다.

… 라일락 향기가 그중 진하기로는
자정 지난 밤 깊은 골목 끝에서
애인을 오래오래 끌어안아본 사람만이 느낄수
있는 것

이시영, 「라일락 향」 중

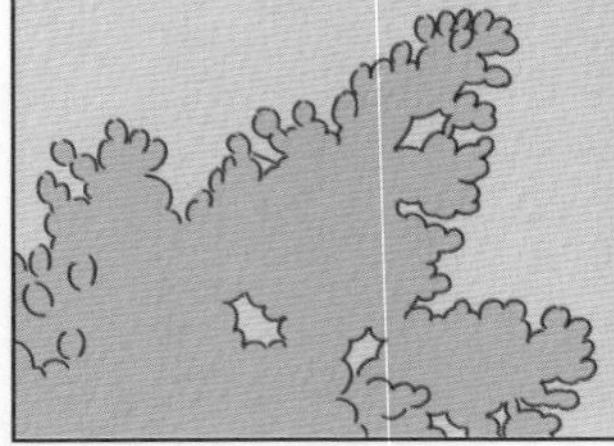

호기심 왕성했을 때라
당시 사귀던 애인을 끌고
자정 지나기를 기다렸다가
골목에서 끌어 안아본 일 있다.

물론 라일락 향 같은 건 나지 않았지만
(심지어 라일락 향이 뭔지 정확히도 모름)

라일락 향
맡겠다고
킁킁대느라
무드 없음

구라
아녀

컴컴한 골목 끝,
사방이 고요한 가운데
뺨에 달큰 들러붙는 온기가
어떤 향을 닮은 것 같기도 해서
그냥 그 시를 믿게 된 일 있다.

그래서 가끔 골목 끝에서
끌어안고 있는 연인들을 보면
라일락 향을 맡는구나, 하고 지나가게 된다.

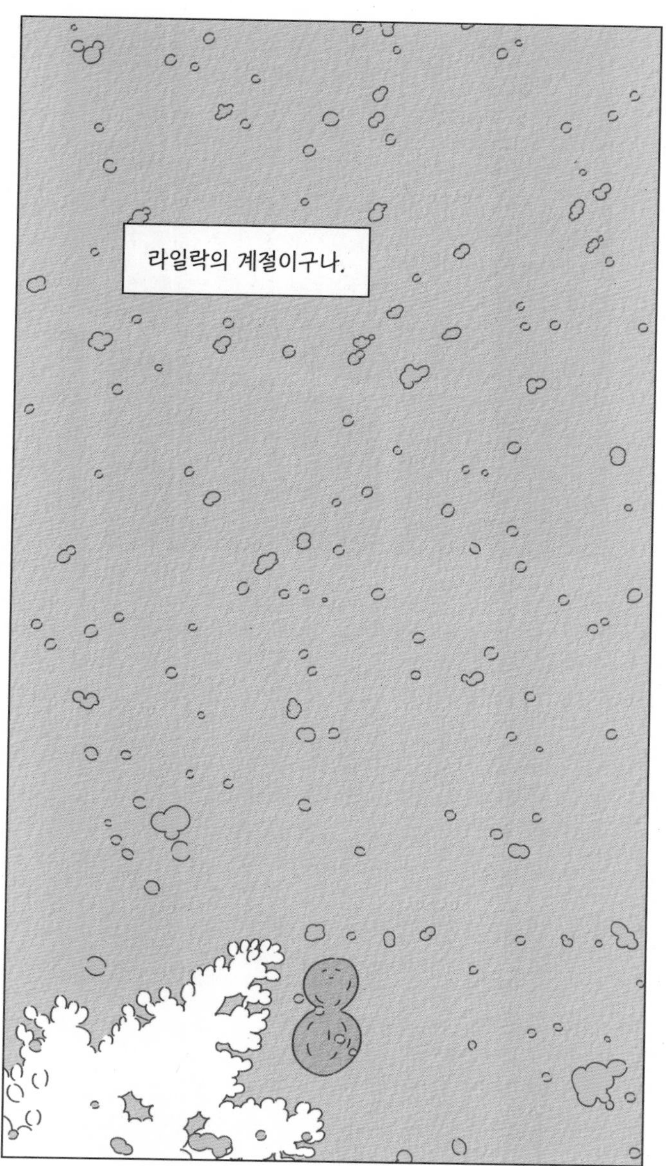
라일락의 계절이구나.

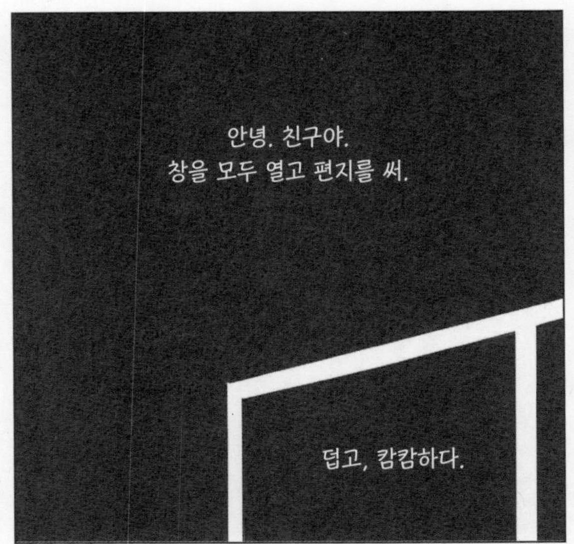

안녕. 친구야.
창을 모두 열고 편지를 써.
덥고, 캄캄하다.

오월이야.

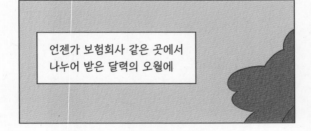

언젠가 보험회사 같은 곳에서
나누어 받은 달력의 오월에

커다랗고 빨간 동백 몇 송이가
그려져 있던 것을 기억해.

오월은 동백이
지는 때인데.

가끔 이렇게 터무니없는
그림을 만날 때가 있어.

터무니없이, 그렇게 내게 오월이
붉은 동백을 떠올리는 계절이 된 것처럼.

오월을 생각해.

하늘은 밝고, 나무는 무성하고,
바람이 사방에서 불어오고,
거리에는 꽃과 빛과 사람과
아름다운 것들이 넘쳐나겠지.

그래서 좋고 좋다가
깜박 나를 잃어버리는 계절.

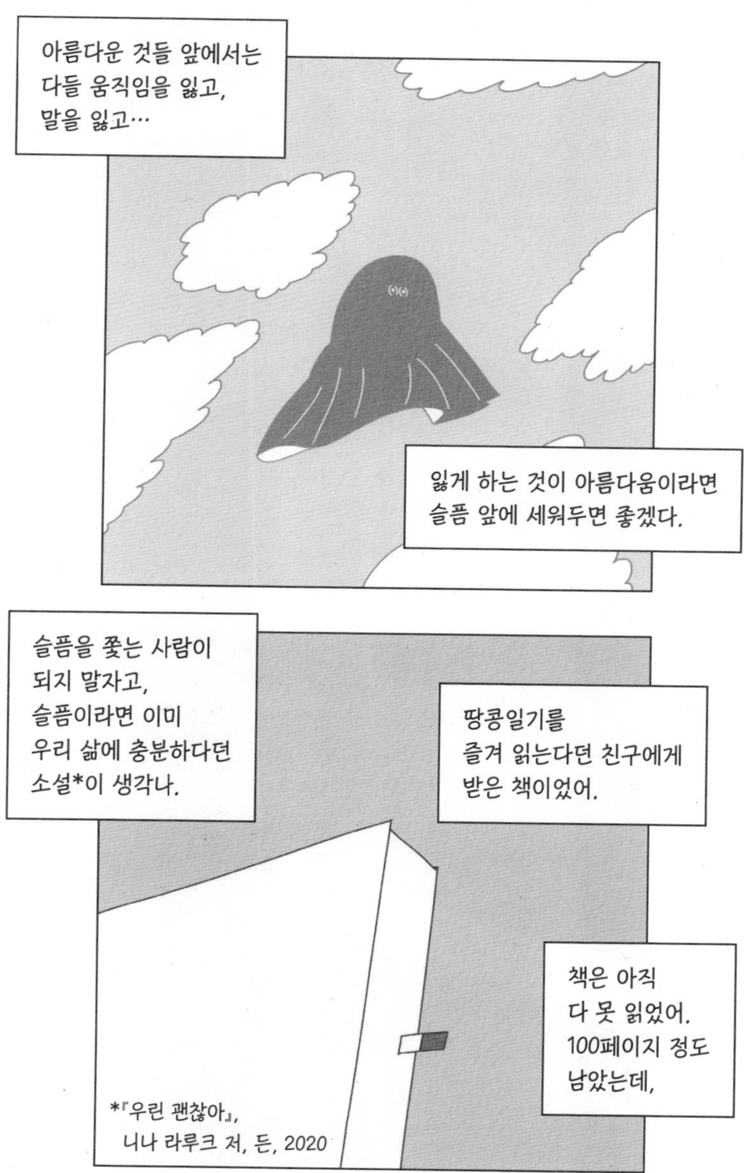
아름다운 것들 앞에서는
다들 움직임을 잃고,
말을 잃고…
잃게 하는 것이 아름다움이라면
슬픔 앞에 세워두면 좋겠다.
슬픔을 쫓는 사람이
되지 말자고,
슬픔이라면 이미
우리 삶에 충분하다던
소설*이 생각나.
땅콩일기를
즐겨 읽는다던 친구에게
받은 책이었어.
책은 아직
다 못 읽었어.
100페이지 정도
남았는데,
*『우린 괜찮아』,
니나 라루크 저, 든, 2020

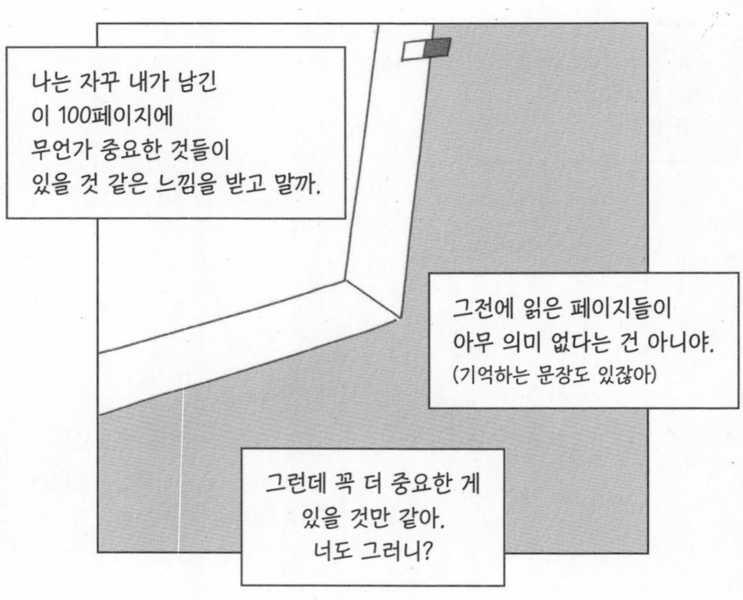
나는 자꾸 내가 남긴
이 100페이지에
무언가 중요한 것들이
있을 것 같은 느낌을 받고 말까.
그전에 읽은 페이지들이
아무 의미 없다는 건 아니야.
(기억하는 문장도 있잖아)
그런데 꼭 더 중요한 게
있을 것만 같아.
너도 그러니?

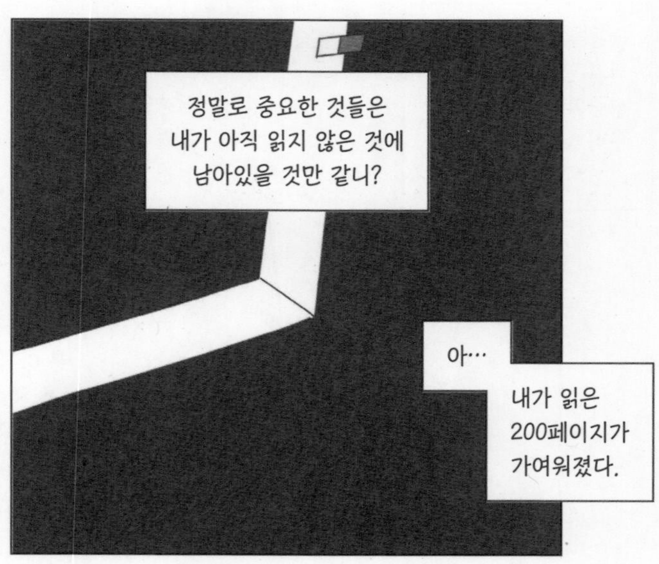
정말로 중요한 것들은
내가 아직 읽지 않은 것에
남아있을 것만 같니?
아…
내가 읽은
200페이지가
가여워졌다.

칸이 짧아 이제
편지를 끝내야 해.

답장은 보내도, 보내지 않아도
좋아. 내가 쓰고 싶었을 뿐이야.

또 편지를 써도 될까?
이렇게 문득 네가 생각이 나는
날에. 창을 모두 열고.

아직 사랑을 덜 쓴 것 같아.

친구 땅콩이. 사랑을 담아.
오월의 첫날에.

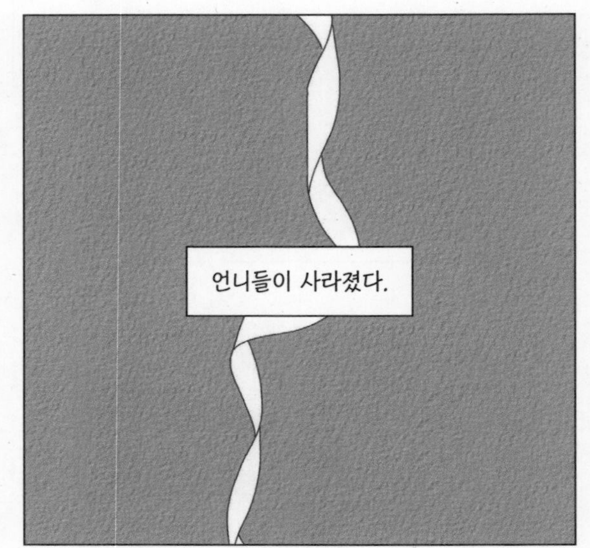
언니들이 사라졌다.

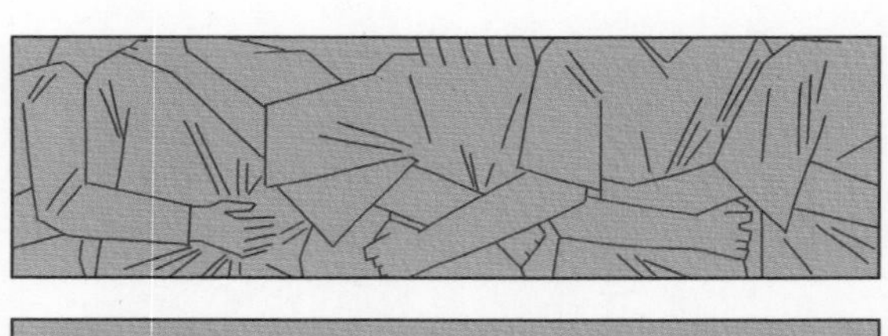

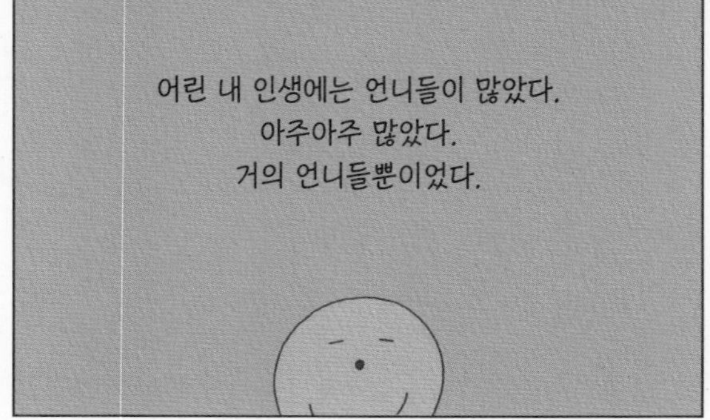
어린 내 인생에는 언니들이 많았다.
아주아주 많았다.
거의 언니들뿐이었다.

나의 많은 언니들은 나에게 책을 빌려주거나
요리를 해주거나 내 요리를 먹어주거나
카페에서 커피와 샌드위치를 사주고

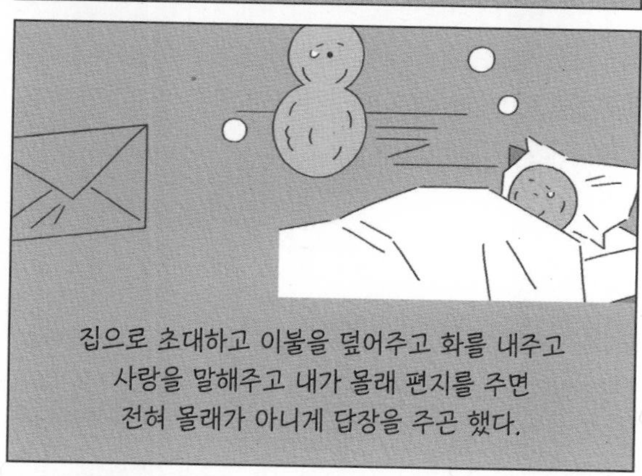
집으로 초대하고 이불을 덮어주고 화를 내주고
사랑을 말해주고 내가 몰래 편지를 주면
전혀 몰래가 아니게 답장을 주곤 했다.

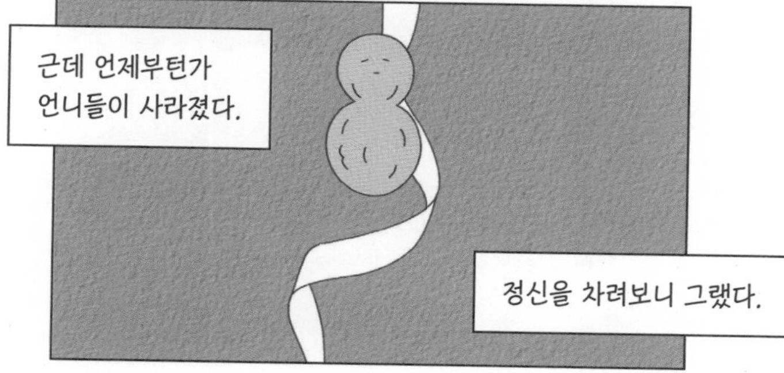
근데 언제부턴가
언니들이 사라졌다.
정신을 차려보니 그랬다.

언니들이 사라졌기 때문에 나는 언니가 되었다.

나는 친구들, 동생들에게 책을 주거나
요리를 해주거나 요리를 먹어주거나
차를 사주고 집으로 초대하고 커피를 내려주고

청포도와 복숭아를 먹이고
화를 내주고 이불을
덮어주고 전혀 몰래가
아니게 사랑을 말하게 됐다.

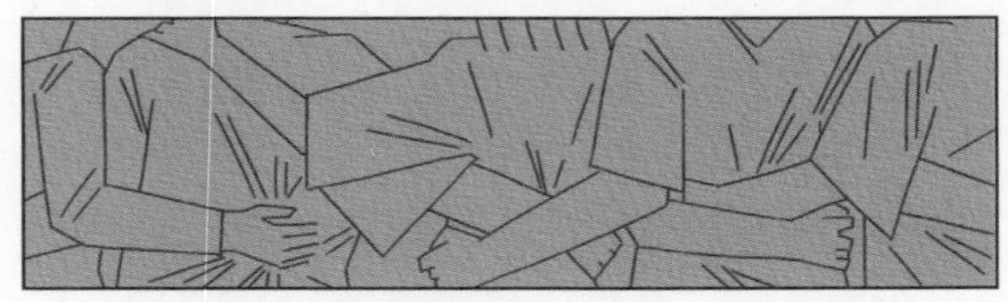

언니들은 어디로 갔을까?
내가 뭔가 잘못한 걸까?
언니들을 소중히 하지 못해서 잃어버렸나?

내가 나도 모르는 사이에
언니가 되어버려서
언니를 배워버려서
이제는 언니들을 만날 수 없나?

나는 여전히 언니들이 필요하고
언니들이 보고 싶다.

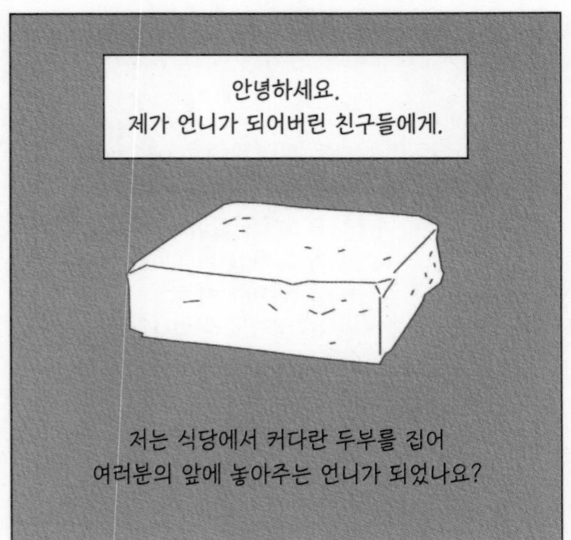
안녕하세요.
제가 언니가 되어버린 친구들에게.
저는 식당에서 커다란 두부를 집어
여러분의 앞에 놓아주는 언니가 되었나요?

오늘 저녁에는 대강 밥을 비벼 먹다가
지금의 나보다 몇 살이나 몇 살이나
어린 손으로 저를 밥 해 먹이던
언니들이 생각나 조금 울었습니다.

굴국밥, 삼계탕, 탕수육…
손 많이 가는 음식을
아무렇지도 않게
불러 먹였어요.
저도 아무렇지도 않게
맛있다며 먹었어요.
아무것도 모르고요.

이제는 무언가를 조금 아는데
언니들이 사라졌습니다.
저는 그릇이 채 비기도 전에,
더 먹어도 되냐고,
쉽게 물어볼 수 있는
언니가 되었나요?

비 맞지 마.
밝은 데로 다녀.
좋은 것만 보자.
혼자 있지 마.
언니한테 연락해.
말해주던가요?

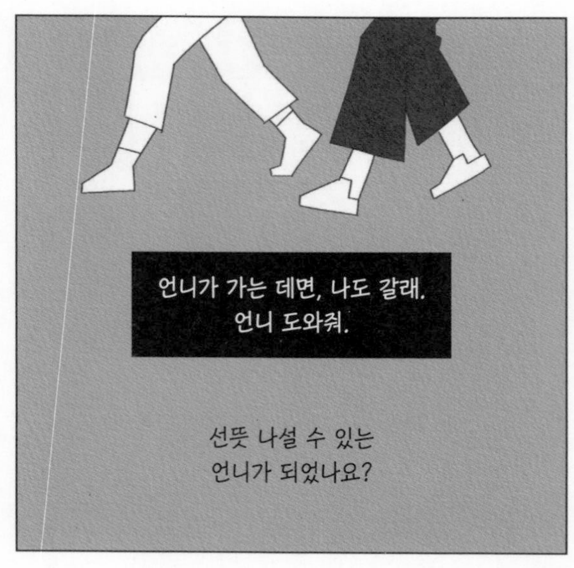
언니가 가는 데면, 나도 갈래.
언니 도와줘.
선뜻 나설 수 있는
언니가 되었나요?

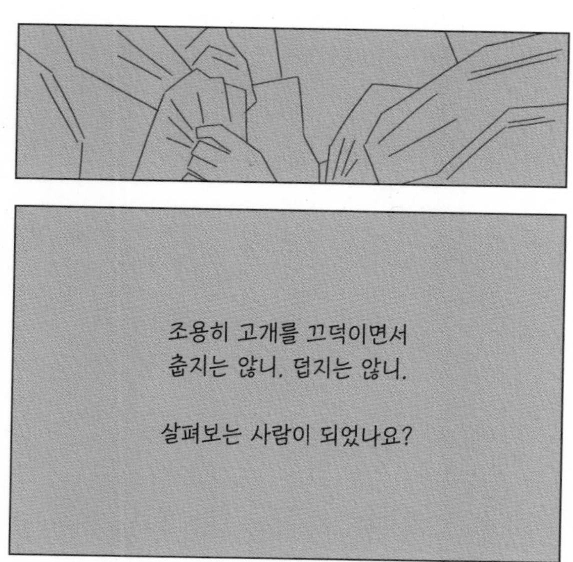
조용히 고개를 끄덕이면서
춥지는 않니. 덥지는 않니.
살펴보는 사람이 되었나요?

이름 앞에 우리를 붙여 부르면서,
가만히 머리를 쓸어봐 주던가요?
소중하게 귀 뒷머리를
매만져 주던가요?
뭐가 자꾸 미안하다고,
언니가 미안해. 하던가요?

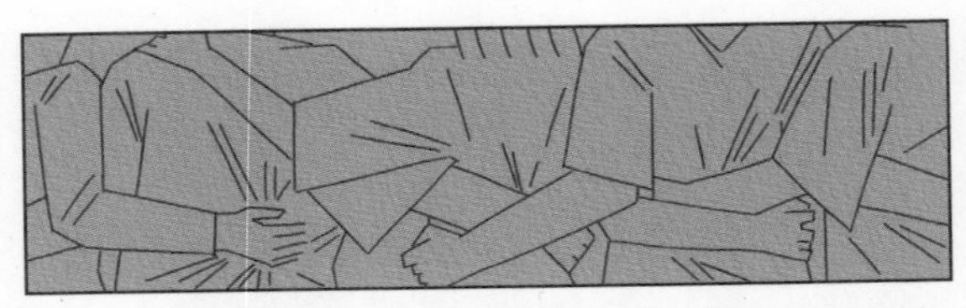

언니들 같은 언니는 영원히 못 될 것 같다고.
언니들을 자꾸 보고 싶어 하던가요?

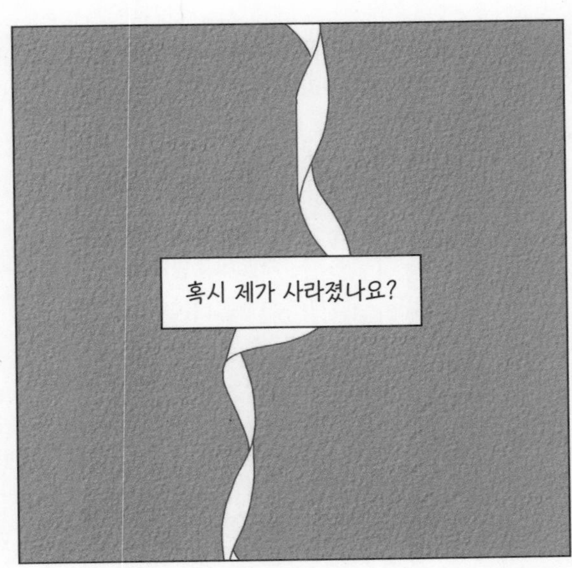

어떤 금요일이었던 것 같다.

친구의 집이거나, 내 집이었고
조금 어두웠고

각자 커피나 차 같은 것이 있었지만
자리를 아랑곳하지 않고
아무렇게나 놓아두었고

나는 모르고,
친구는
아는 음악을
무심하게
흘리다가
친구들의 얼굴을,
그 밝은 이마를,
대화의 결을 따라
천천히 움직이는
부드러운 손을,
이제는 제법 단단해진 말들이 오가는 것을
마주하고 있노라니 가슴에 뭔가 차오르는데
정체는 알 수 없고

골똘하다가 자리가 파할 즈음
나, 나 더 좋은 사람이 되고 싶다고.
그래서 오래 너희의 친구로 남고 싶다고 소리치곤
허겁지겁 두고 떠난 것을 쫓은 듯 숨차 했다.

친구들이 뭐라고 대답했더라? 모르겠다.

요즘도 종종 느낀다.
나의 친구들을 마주할 때, 혹은 잠자리에 누워
가만 사람들을 더듬어볼 때, 그림을 그릴 때,
지금 이 일기를 읽는 당신들을 생각할 때.

뭉근하게 벅차오르는 순간들.
나를 산 채로, 앞으로 나아가게 하는 것.
나 더 좋은 사람이 되고 싶다고
가슴 쓸어보는 것.

나의 친구에게
시간을 세는 건 잊었어, 우리

몇 번 과자를 주고받은 일 있고
몇 가지 질문을 공유하거나
일어난 일들에 대해 각자 이야기했지

아침 인사를 주고받는 우리
그 아침의 인사가 몇 번이나 몇 번이나
나를 일으켰다는 걸 친구여 알까.

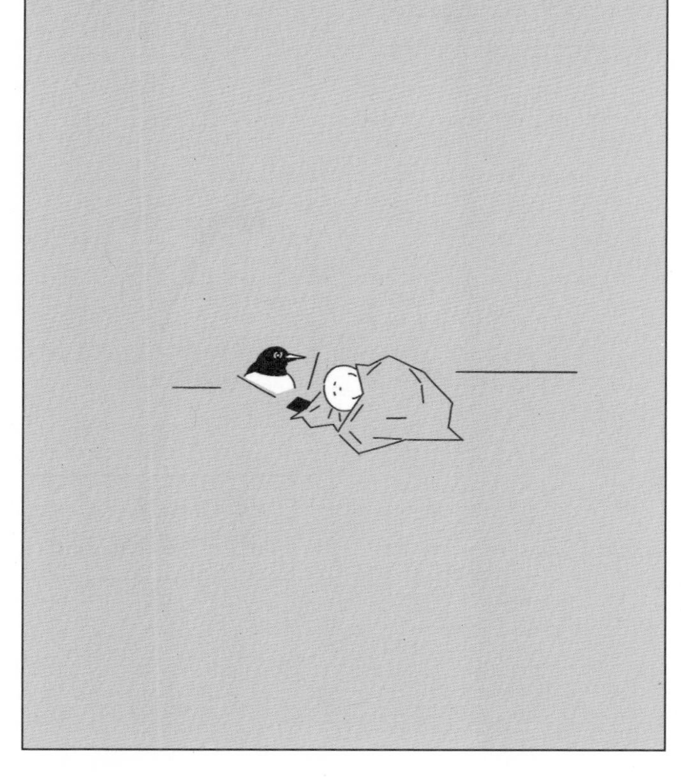

캄캄한 아침에 울리던 작은 알람이
맹렬하고 다정한 기운으로
몇 번이고 나 다시 살게 했다는 것을

가능하다면 설명하고 싶어
마주앉아서 아주 깊고 오랫동안

그럴 때마다 친구여
나는 사랑을 이야기했네

왜 사랑하면 큰 소리로
떠들고 싶을까 나는
나를 봐 지금도 그래

떠다니는 우정의 이야기는 우리의 것

유령 같은 그 말들을 우리는
마침내 우리의 것으로 만들고
지금도 함께 있어 친구여

떠나도 헤어지지 않을 사랑을,
사랑을 보내며.

나의 친구에게.

종일 누워 있었다.
요 며칠 상태가 좋다 했더니
마음이 끝없이 떨어진다.
차라리 지옥이었으면 한다.
적어도 지옥에는 바닥이 있을 것 같다.

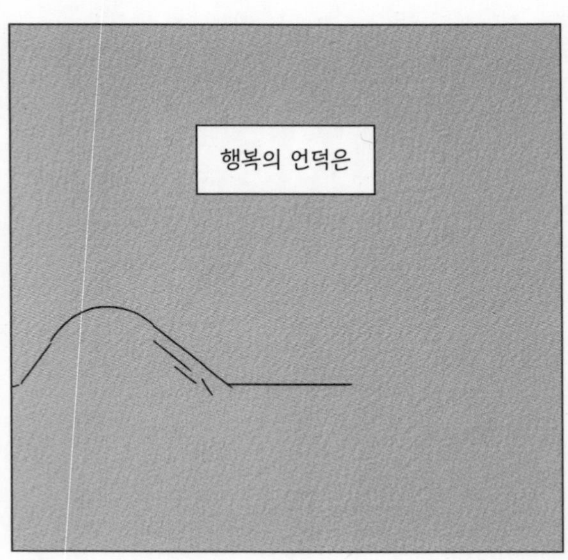

구덩이가 쌓아 올린
흙더미 같다.
발밑이 흔들린다.

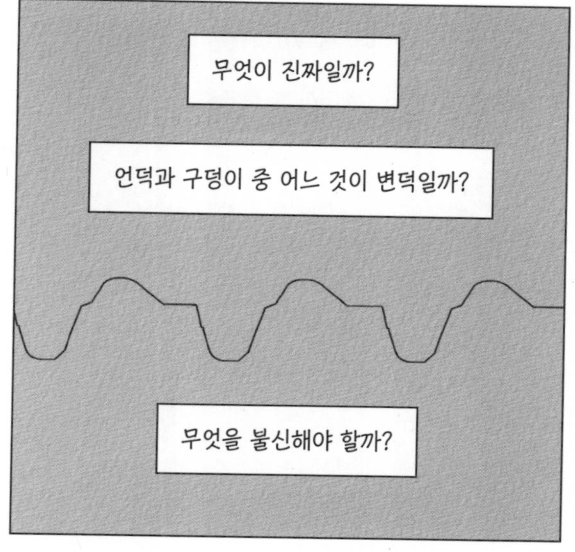
무엇이 진짜일까?
언덕과 구덩이 중 어느 것이 변덕일까?
무엇을 불신해야 할까?

끔찍한 기분이 들 때마다
영원을 믿고 싶지 않아진다.
(영원이 사랑일지라도)

그럼에도
불구하고
단 하나.
단 하나.

내일은 반드시 나아진다.
내일은 반드시 나아진다.
그런 믿음 단 하나로.
그래서 오늘의 나는
나쁘지 않았다는
그런 믿음으로
나는 살아 있다.

밟고 서 있다.
그것이 무엇이든.

가끔,
나는 슬픔을
기다리는 사람 같다.
슬픔을 겪어보지 않은 듯이.
(어쩌면 정말 겪어보지
않았을지도 모르지만)
마치 슬픔을 느끼는 것이 내 인간성의 증명인듯,
아직 그것을 잃지 않았음을 내보이려는 듯
나의 냉담과 무감을 부정하려는 듯.

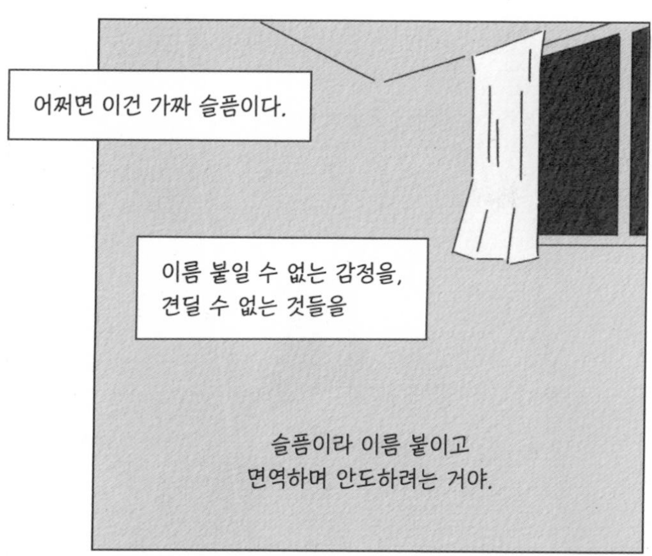
어쩌면 이건 가짜 슬픔이다.
이름 붙일 수 없는 감정을,
견딜 수 없는 것들을
슬픔이라 이름 붙이고
면역하며 안도하려는 거야.

진짜로 슬픔이 찾아오면
어쩔 줄 몰라 할 거면서
나는 내가 허락한
슬픔을 기다린다.

1. 저녁 7시 슬픔이 조용히 들어와 있었다.

저녁 7시부터 슬프기 시작하면
잠은 어떻게 자라는 거야

2. 어디로 어떻게 들어왔는지 알 수 없었다.

3. 그러나 들어온 곳으로만
나갈 수 있는 것은 아니다.

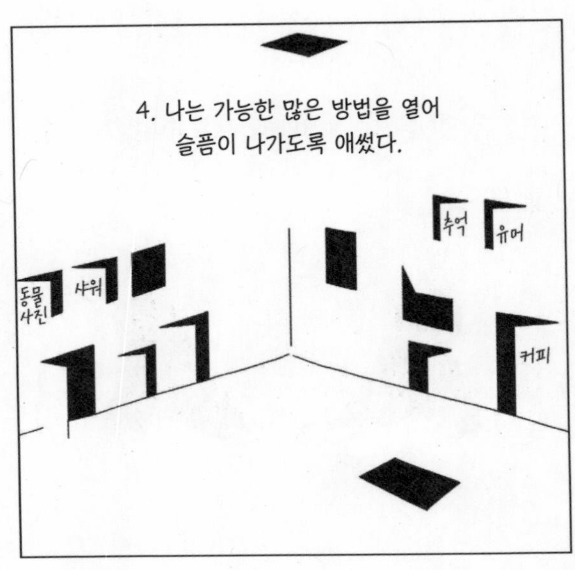
4. 나는 가능한 많은 방법을 열어
슬픔이 나가도록 애썼다.
동물
사진
샤워
추억
유머
커피

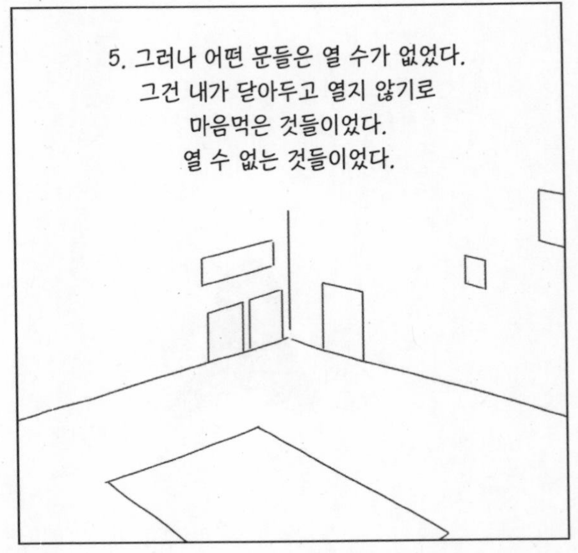
5. 그러나 어떤 문들은 열 수가 없었다.
그건 내가 닫아두고 열지 않기로
마음먹은 것들이었다.
열 수 없는 것들이었다.

6. 그것을 아는 듯, 모르는 듯
슬픔은 아주 가만히 있었다.

7. 슬픔은 생각이를 많이 닮았다.

8. 닮았다고 생각하면 전혀 다른 모양이 된다.

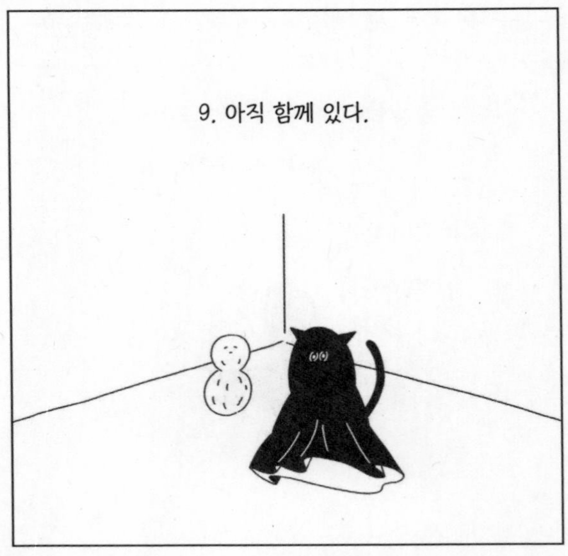
9. 아직 함께 있다.

…

10. 여전히 슬픔과 함께 있다.

11. 생각해보면 나는 슬픔의 일들 대부분을
하지 못하게 막아왔다.
가까이 오지 마
날뛰지 마
멈춰 있지도 마
자라지 마

12. 슬픔이 하려는 일이 조금
궁금하기도 했다. 그래서

13. 슬픔을 마음껏 놔두기로 했다.
!
네 마음대로
슬프게 해줄게.
벌러덩

14. 아주 감당 못할 것은 아니지만 다시는
겪고 싶지 않은 일들이

일어날 것이라고 생각했다.

15. 가만히 눈을 감고 기다렸다.

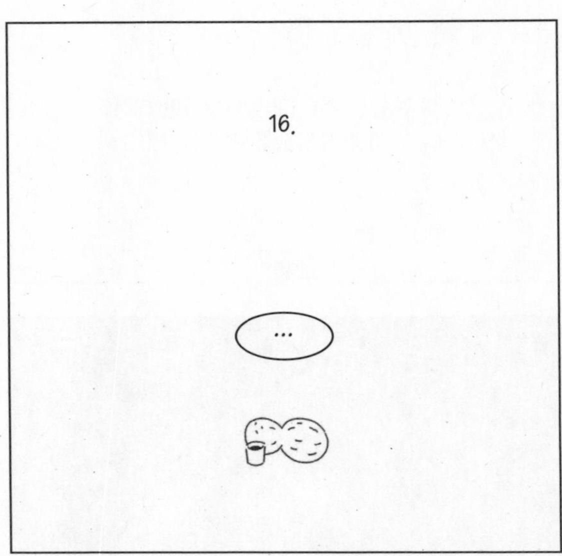
16.
...

17. 아무 일도 일어나지 않았다.

18. 너는 나의 슬픔임은 분명한데
내 것은 아닐지도 모른다고 생각했다.

지난 며칠간 나는 전혀 괜찮지 않았다.

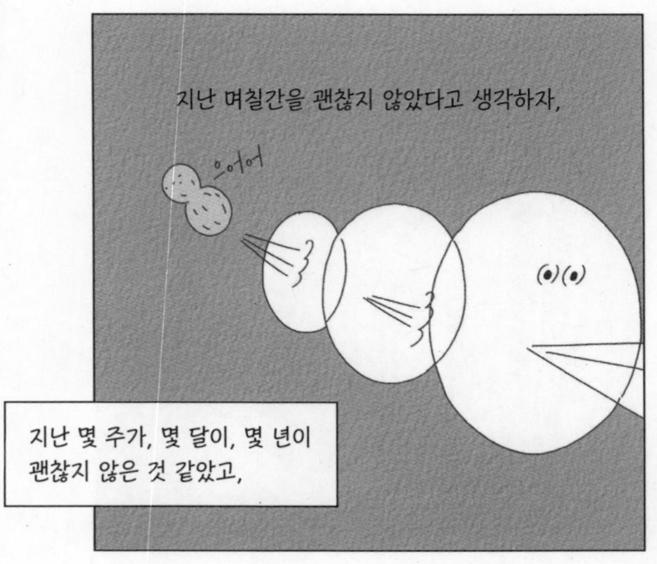

지난 며칠간을 괜찮지 않았다고 생각하자,
으어어
지난 몇 주가, 몇 달이, 몇 년이
괜찮지 않은 것 같았고,

도대체가 괜찮은 건 어떤 상태였는지
생각이 나지 않아 슬펐다.
생각이 불러와-
슬픔의 바다
쏴-

슬픔으로 나는 마음의
모든 깨끗한 조약돌들을 꺼내어 씻으며
잘강
잘강

그래도 먹었고,
그래도 썼고,
그래도 그렸고,
그래도 사랑했다.
그러니까,

그래도.
그랬다는 말이다.
두—둥
그래 아일랜드
이쪽은 둥둥
그렇게 표류하다

마침내 오늘,
나는 그래도를 만나,
꼬옥
나의 지난 그래도를 안아줄 수 있게 되었다.

나는, 내일도 그래도
그려야지. 그래도
사랑해야지.
오늘 같은 날들을
주워 담으며 살아 있어야지.

이 기분을,

기분만으로 괜찮아지는 것은 없다고 하더라도
그래도 오늘의 이 기분을,
그 포옹을 잊고 싶지 않아서,그려둔다.

그래도로
오세요!

"어둠이 무서워요."

나에게 우울은
한낮이고 빛이었어.

우울은 나의 생활에
그림자를 바짝 붙여 드리우고
절대로 떨어지지 않았어.

벽을 치면
창으로 쏟아져 나왔어.

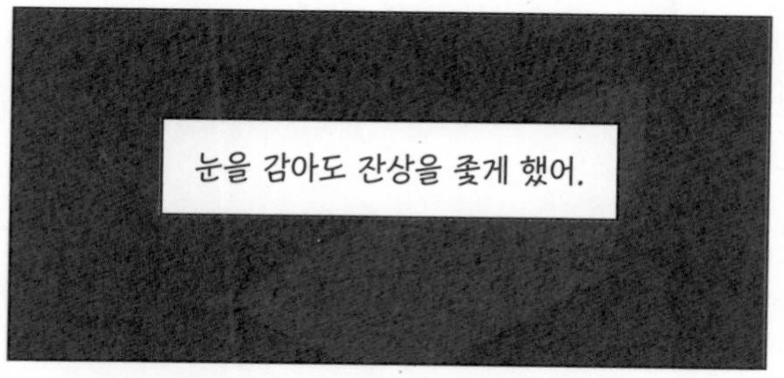
눈을 감아도 잔상을 좇게 했어.

잠이 들면 꿈마저 총천연 빛이었어.

우울은 내 이곳저곳을 비추고 들쑤시며
많은 것들이 놀라 달아나게 했어.

명랑했던 날들이 아득히 멀어져가고
나중에는 기억조차 할 수 없었어.

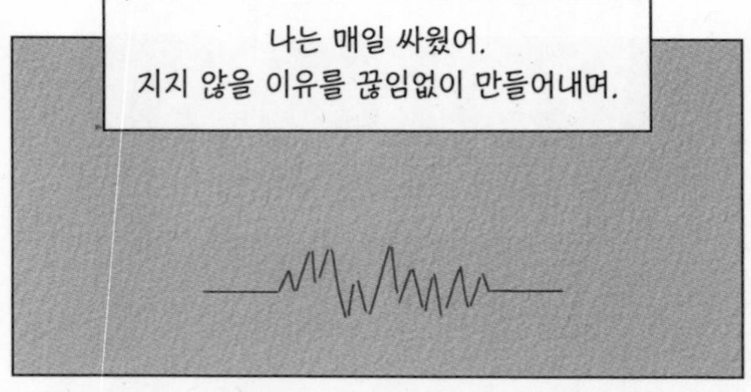

나는 매일 싸웠어.
지지 않을 이유를 끊임없이 만들어내며.

그런데 정작 싸움에는 이유가 없고,
누가 싸움을 거는지조차 알 수 없었어.

그럼에도 불구하고 이유를 잃는다면?
싸우지 않는다면?

싸우며, 나는 다정해졌어.

누군가가 나와 같은 싸움을
하고 있다면, 아침 인사를
나누는 데에 각오가 필요하다면,

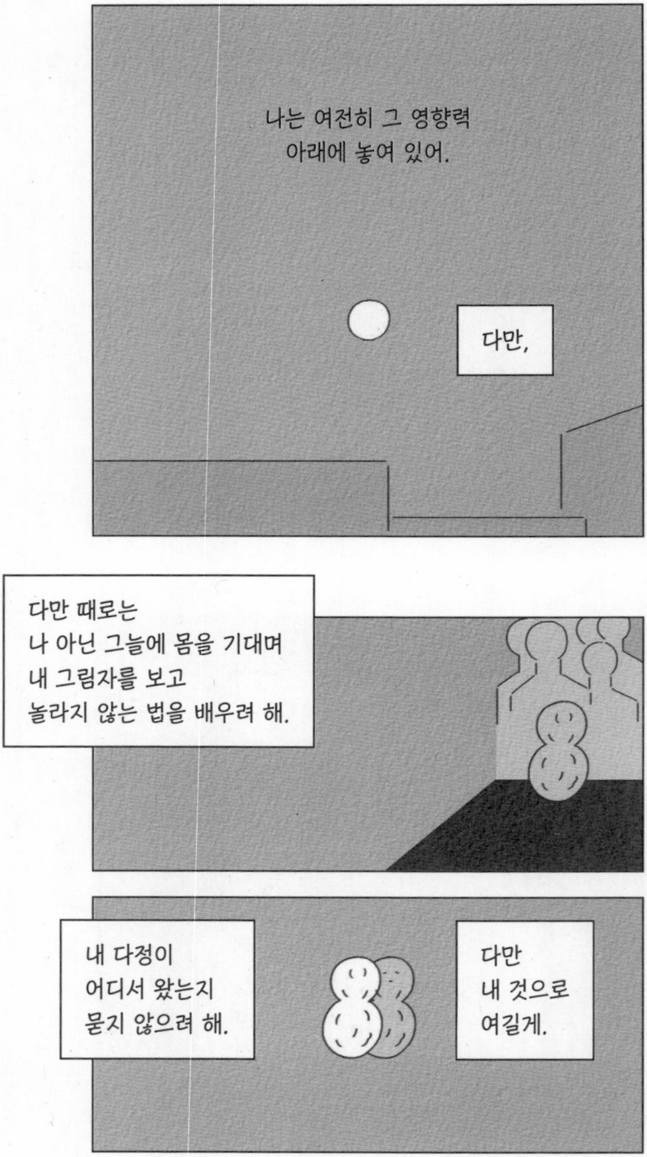

나는 여전히 그 영향력
아래에 놓여 있어.
다만,

다만 때로는
나 아닌 그늘에 몸을 기대며
내 그림자를 보고
놀라지 않는 법을 배우려 해.

내 다정이
어디서 왔는지
묻지 않으려 해.

다만
내 것으로
여길게.

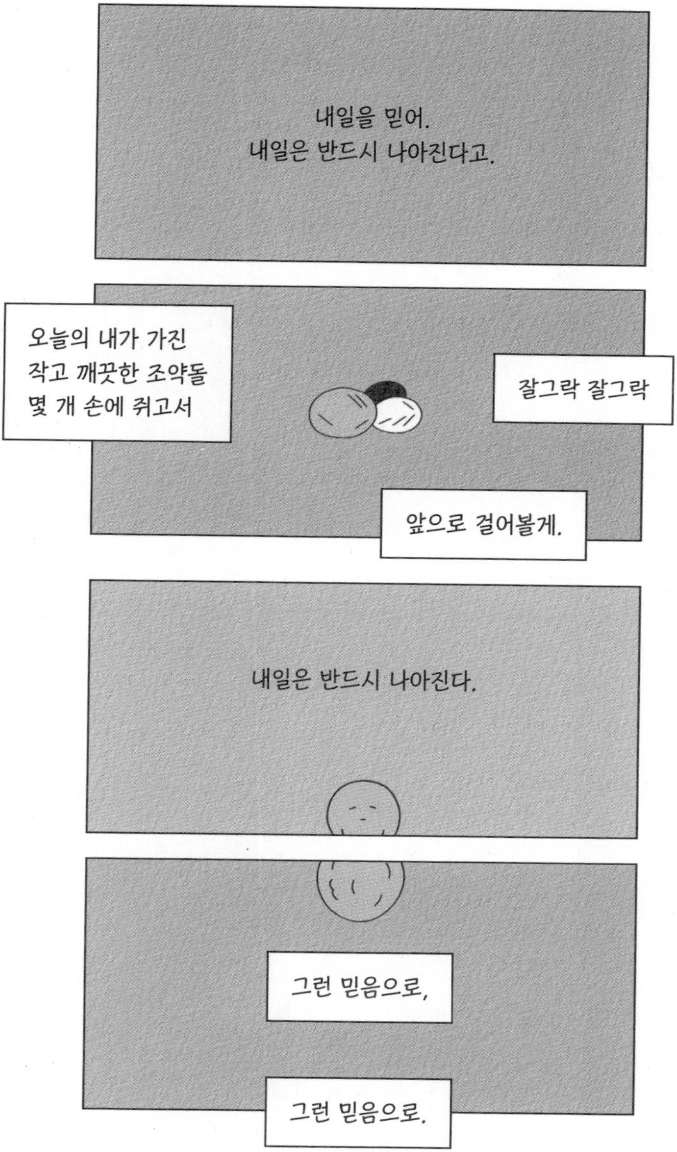

내일을 믿어.
내일은 반드시 나아진다고.

오늘의 내가 가진
작고 깨끗한 조약돌
몇 개 손에 쥐고서

잘그락 잘그락

앞으로 걸어볼게.

내일은 반드시 나아진다.

그런 믿음으로,

그런 믿음으로.

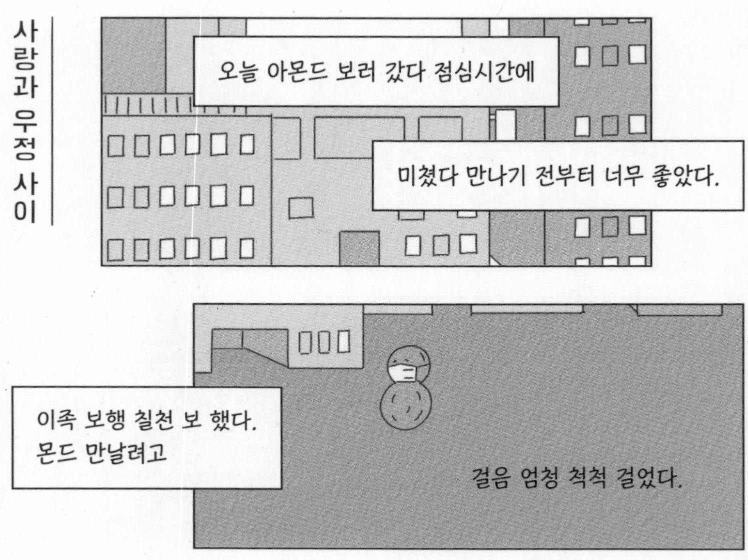

오늘 아몬드 보러 갔다 점심시간에
미쳤다 만나기 전부터 너무 좋았다.
이족 보행 칠천 보 했다.
몬드 만날려고
걸음 엄청 척척 걸었다.

어디서 이런 힘이 나지?
마음에서 솟나? 마음에 힘이 있어?

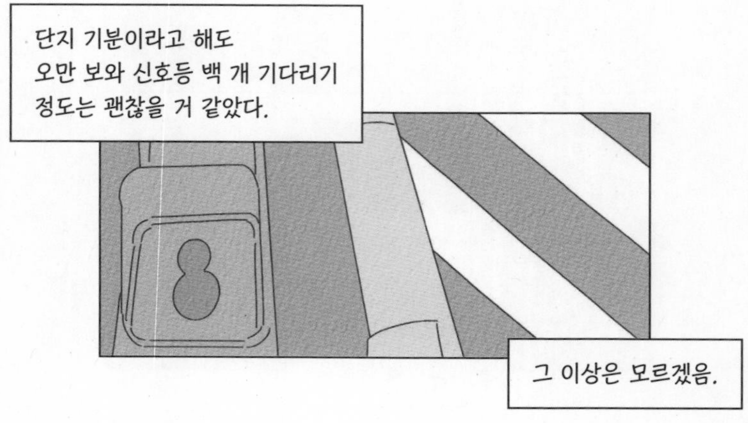

단지 기분이라고 해도
오만 보와 신호등 백 개 기다리기
정도는 괜찮을 거 같았다.
그 이상은 모르겠음.

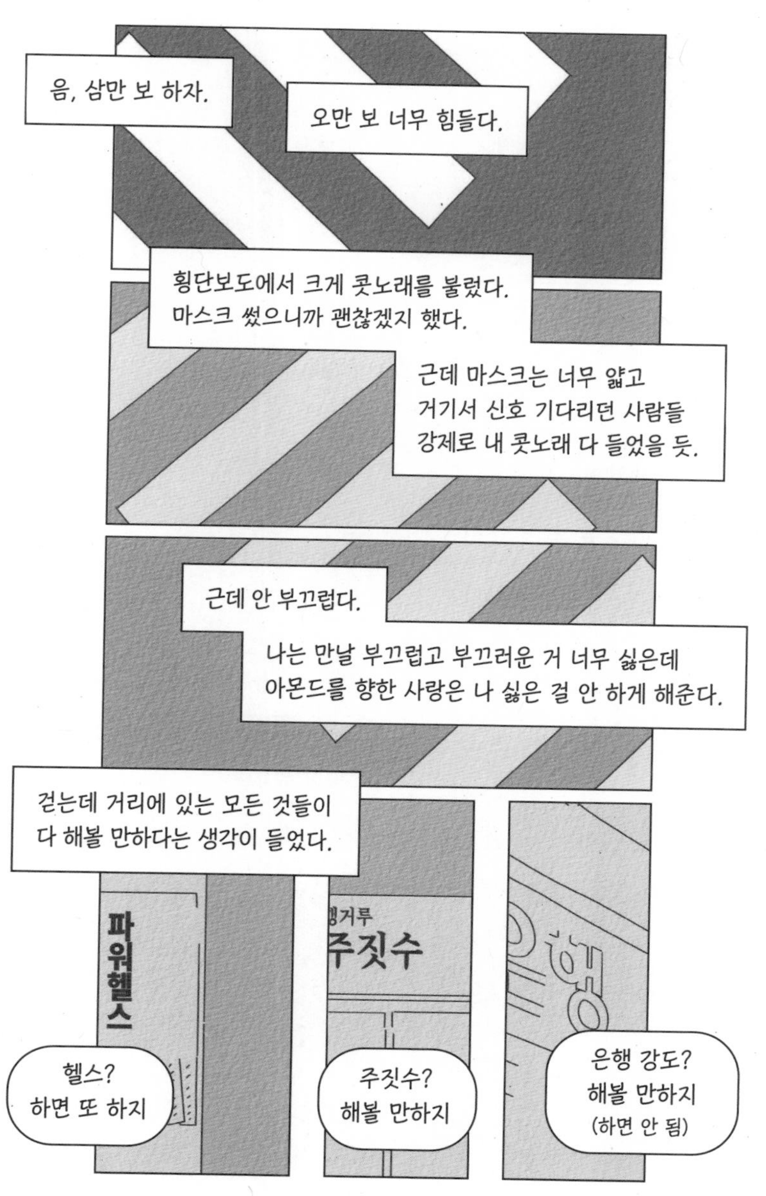
음, 삼만 보 하자.
오만 보 너무 힘들다.
횡단보도에서 크게 콧노래를 불렀다.
마스크 썼으니까 괜찮겠지 했다.
근데 마스크는 너무 얇고
거기서 신호 기다리던 사람들
강제로 내 콧노래 다 들었을 듯.
근데 안 부끄럽다.
나는 만날 부끄럽고 부끄러운 거 너무 싫은데
아몬드를 향한 사랑은 나 싫은 걸 안 하게 해준다.
걷는데 거리에 있는 모든 것들이
다 해볼 만하다는 생각이 들었다.
파워헬스
헬스?
하면 또 하지
행거루
주짓수
주짓수?
해볼 만하지
은행 강도?
해볼 만하지
(하면 안 됨)

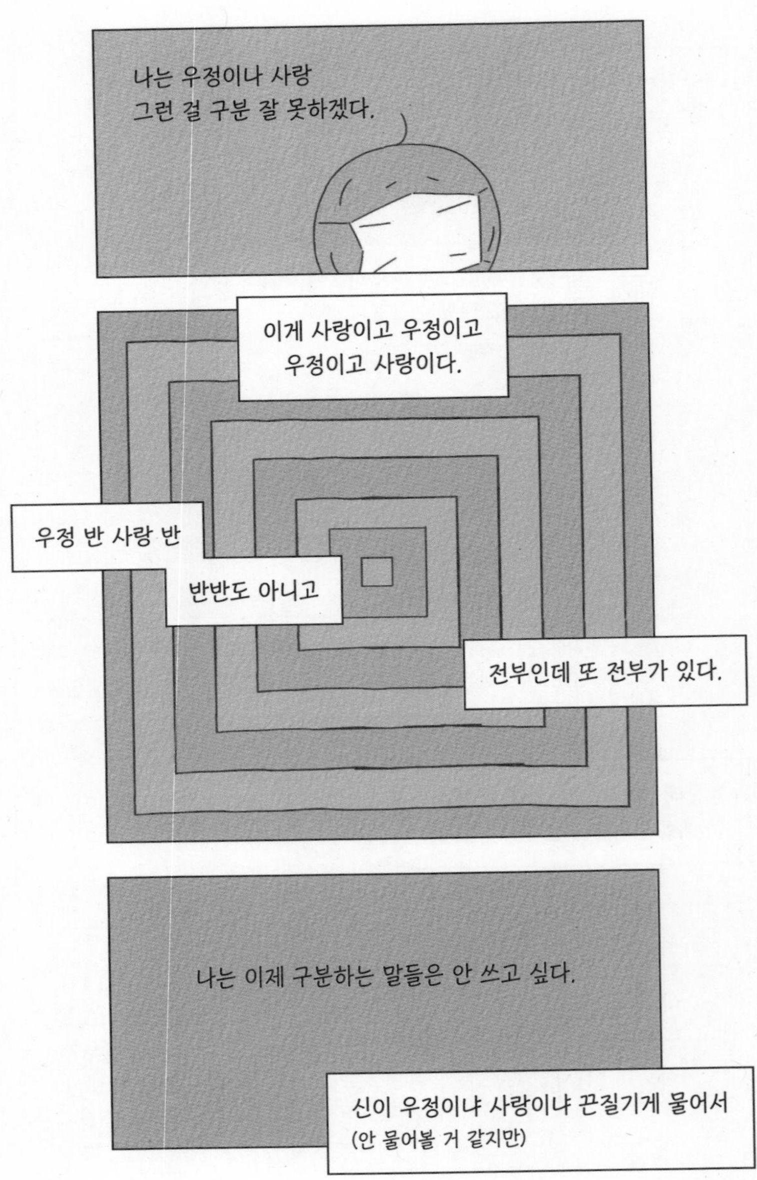
나는 우정이나 사랑
그런 걸 구분 잘 못하겠다.
이게 사랑이고 우정이고
우정이고 사랑이다.
우정 반 사랑 반
반반도 아니고
전부인데 또 전부가 있다.
나는 이제 구분하는 말들은 안 쓰고 싶다.
신이 우정이냐 사랑이냐 끈질기게 물어서
(안 물어볼 거 같지만)

대답해야 한다면
그런다면
하나 둘 셋
동시에 대답하기로 해.
몬드가 "오는 데 얼마나 걸렸어? 이십 분 걸렸어?" 그래서 삼십 분 걸렸는데 으응 이십 분 맞는 척했다.
너무 멀다고 나 또 못 오게 할까 봐 무서워서 그랬다.
몬드야 미안해 내가 뻥쳤어.
몬드 만나서 화나는 얘기 했는데 얘기하면서도 웃음이 자꾸 샜다.
몬드 만나서 좋아서.

S를 좋아한다.
S는, 순한 소같이 생겼다.

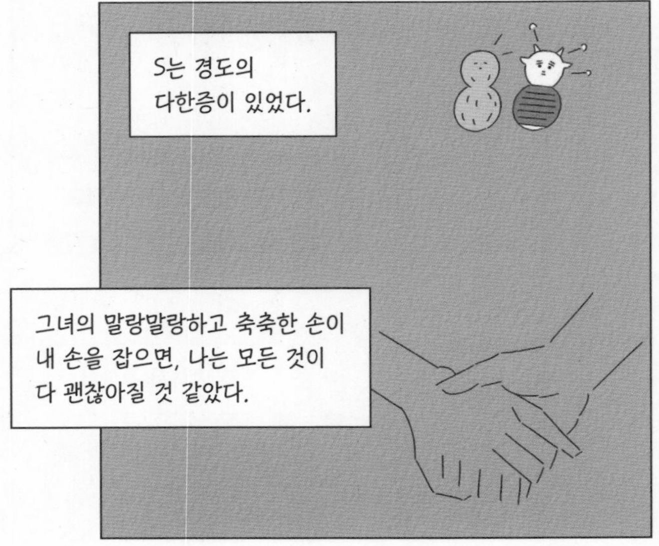
S는 경도의
다한증이 있었다.
그녀의 말랑말랑하고 축축한 손이
내 손을 잡으면, 나는 모든 것이
다 괜찮아질 것 같았다.

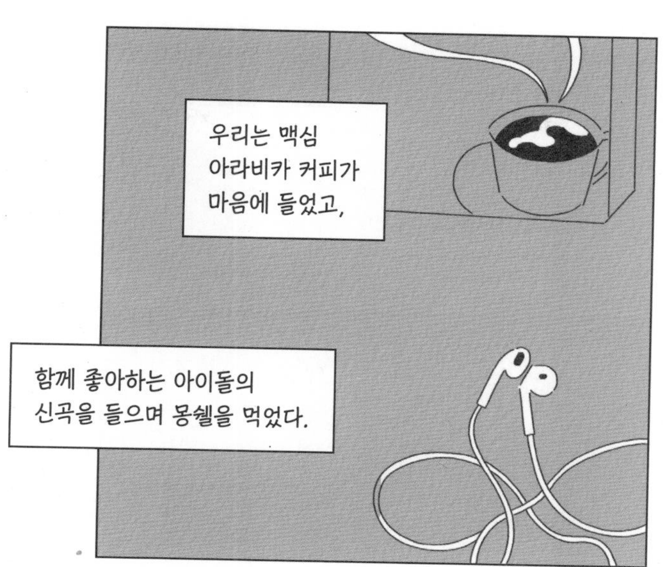
우리는 맥심
아라비카 커피가
마음에 들었고,
함께 좋아하는 아이돌의
신곡을 들으며 몽쉘을 먹었다.

단것을 먹지 못하는 나 때문에,
S는 자기가 좋아하는 카카오 맛
몽쉘 대신 상대적으로 덜 단
오리지널 몽쉘을 사 왔다.
물론 오리지널 몽쉘도 달았다.
나는 그녀가 주는
몽쉘만 먹었다.

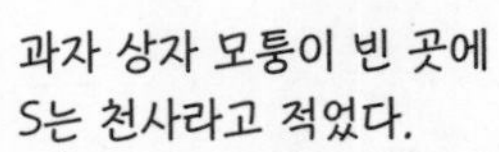

과자 상자 모퉁이 빈 곳에
S는 천사라고 적었다.

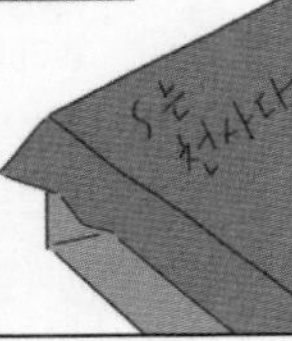

(S는 상당히 만족스러워했다.)

S에게는
예쁜 신발이 많았다.

S는 예쁜 것이 많았다.

나는 그녀의 자취방에 들러서,
그녀가 가진 색색의 매니큐어와
작은 물건들을 구경하고
몸무게를 재고 커피를 마셨다.

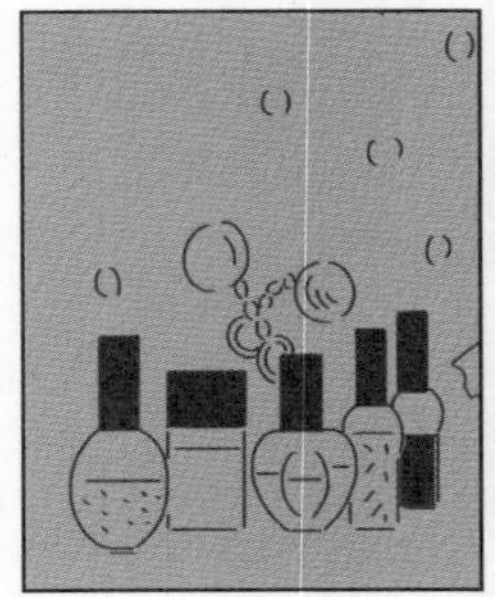

그 방에서 우리는
몹시 많은 밤을 보냈다.

나는 잘 체했고,
S는 내 등을 두들겨주었다.
S는 내성발톱으로 자주 아팠지만
병원을 무서워했다.
괘안타.
하면서 S는 커다란 눈을
느리게 꿈벅였다.

비슷한 지방 출신인 우리는
둘만 있을 때는 사투리로 대화했다.
이케가꼬
그케가꼬
그리고 누군가 나타나거나 식당에
가게 되면은 능숙하게 서울말로 인사를
건네거나, 점심 메뉴를 골랐다.
치즈 돈가-스
왕사이즈로
2개 주시겠어요?

S와 함께한 그 수많은 밤 동안,
필시 가장 아름다운 별이
빛났을 그 밤 동안
우리는 분개했고, 향수에
젖었으며, 가장 신나는
이야기들을 공유했다.
정치와, 소설과, 학교
도서관에서 보이는
커다란 해와, 불판에 구운
돼지고기를 이야기했다.

그 순간은 외롭지
않았기 때문에,
우리는 실컷 외로움에 관하여
이야기할 수 있었다.
너무나 실컷이어서,
때로 외로움이
사무치면
S는 울었다.

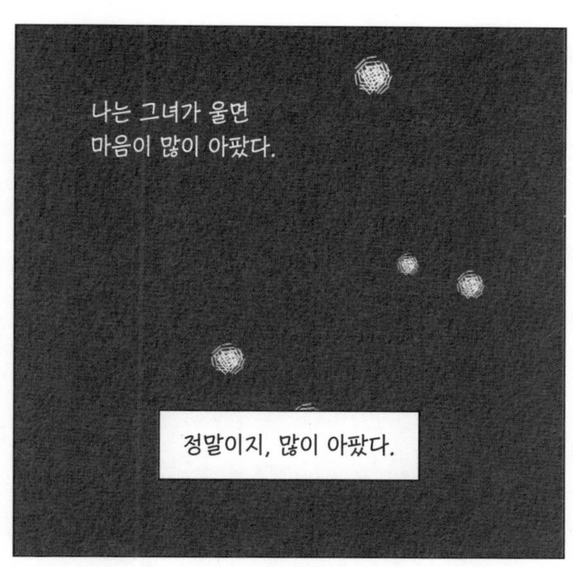
나는 그녀가 울면
마음이 많이 아팠다.
정말이지, 많이 아팠다.

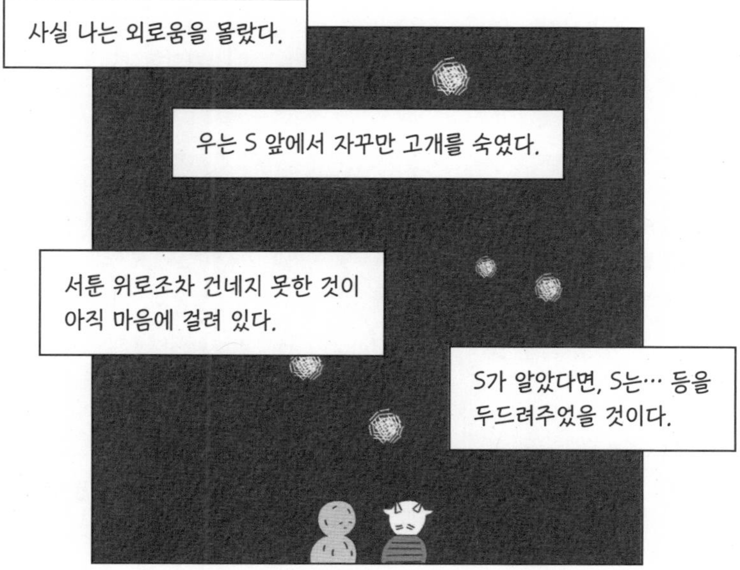
사실 나는 외로움을 몰랐다.
우는 S 앞에서 자꾸만 고개를 숙였다.
서툰 위로조차 건네지 못한 것이
아직 마음에 걸려 있다.
S가 알았다면, S는… 등을
두드려주었을 것이다.

어떤 생소한 감정,
너무 새삼스러워
말하지 않는 것들,
낯선 얼굴을 해야 하는 것을
우리는 감추지 않았다.
LOVE!
S는 부정했지만, 나는 사랑이라는
단어와 그녀의 이름이 매우
잘 어울린다고 생각했다.
나는 자주 S에게
사랑한다고 말했다.

S는 술에 취해
내게 뽀뽀해주었다.
!
나는 S가 뽀뽀한 일을
일기에 적었다.

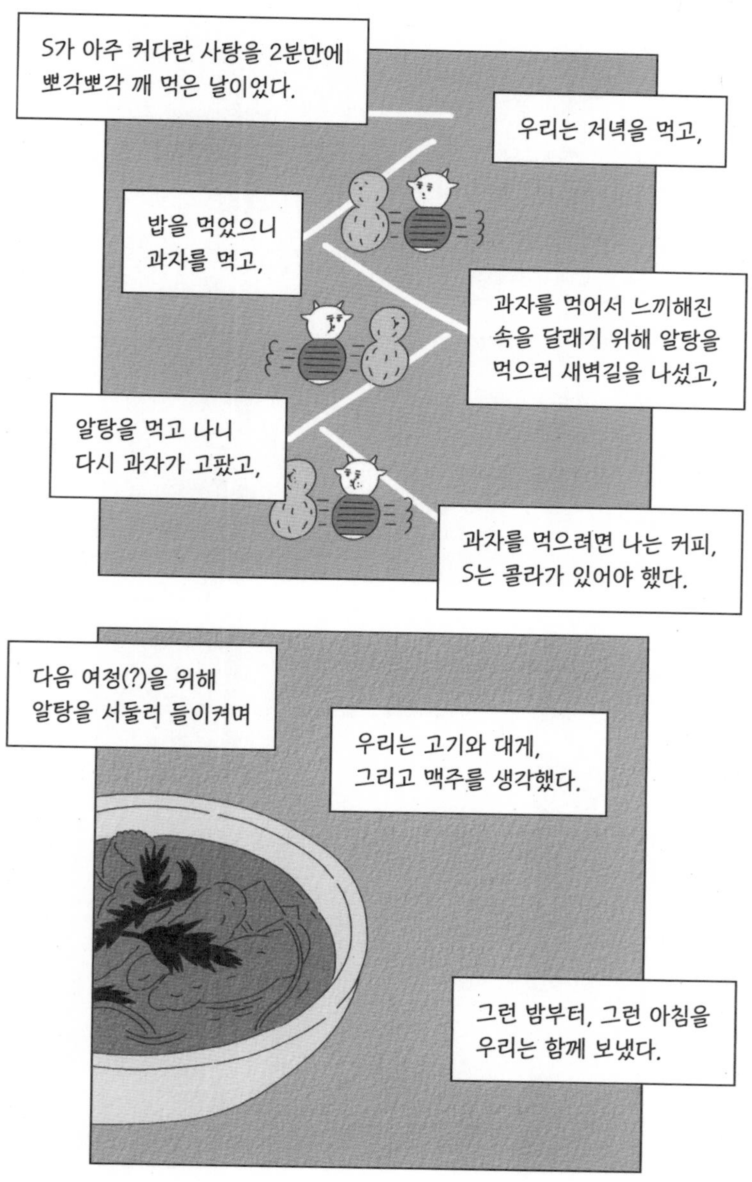
S가 아주 커다란 사탕을 2분만에
뽀각뽀각 깨 먹은 날이었다.
우리는 저녁을 먹고,
밥을 먹었으니
과자를 먹고,
과자를 먹어서 느끼해진
속을 달래기 위해 알탕을
먹으러 새벽길을 나섰고,
알탕을 먹고 나니
다시 과자가 고팠고,
과자를 먹으려면 나는 커피,
S는 콜라가 있어야 했다.
다음 여정(?)을 위해
알탕을 서둘러 들이켜며
우리는 고기와 대게,
그리고 맥주를 생각했다.
그런 밤부터, 그런 아침을
우리는 함께 보냈다.

오늘은 S의 생일이다.

다정한 사람,

나의 작고
커다란 송아지,

말랑말랑하고
촉촉한, S.

S, 생일 축하해.

…이런 글을 스무 살 무렵
S의 생일날 주었다.
그리고, 이제부터는-
지금의 땅콩이, S에게 보내는 편지.

좋아하는 S.
서울말에 조금 더
익숙해진 우리.
그러나 여전히 둘이서는
사투리를 쓰는 우리.
나는 여전히 외로움을 모르지만
그리움은 알게 됐어.

아직도 종종
네가 외로운지 생각해.
그런 기분들이 사무칠 때
너는 어떻게 하는지.

괘안타,
너의 느릿한
그 한마디에,
스무 살 무렵의 나는
어떻게 안심할 수 있었는지.
도대체가 어떻게
그럴 수 있었는지.

지금의 나는 가끔 왜 너의
"괜찮다"가 괜찮지 않은지.
네가 또 무언가를
견디고 있는 건 아닐까.
무서울까.
파고드는 것들이 무서워서
괜찮다고 하고 있는 건
아닐까 아픔을 견디는 건
아닐까 걱정하면서도
미안해.

내 슬픔이 너무 커서 너의
괜찮다 그 한마디를 때로 믿었어.
네가 씩씩하기를 기도했어.
사랑한다 말하면서 내가 그랬어.
사랑이 힘이 되라고 빌었어.
네가 견디고 견디라고.
미안해.

나를 용서하게 해서 미안해.
여전히 내 가슴에 걸린 것들에
등을 두드려줄 너에게.

무언가를 바삐 설명할 때 더 느려지는 너의 손을
이제는 조금 덜 축축한 너의 손을 나는
여전히 아는구나 근래에 잡아본 일 있구나

나는 네 손을 잡으면,

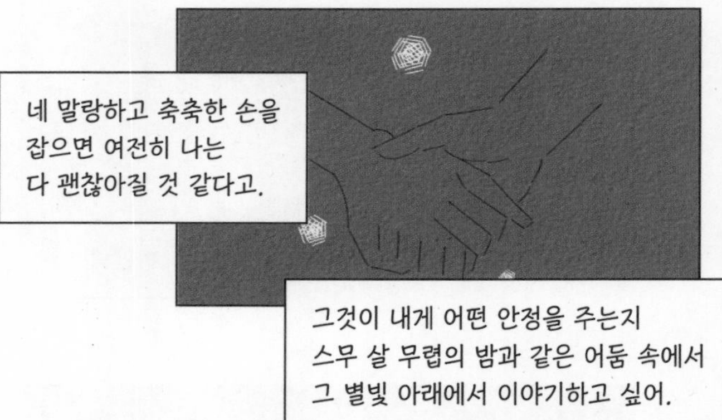

네 말랑하고 축축한 손을
잡으면 여전히 나는
다 괜찮아질 것 같다고.
그것이 내게 어떤 안정을 주는지
스무 살 무렵의 밤과 같은 어둠 속에서
그 별빛 아래에서 이야기하고 싶어.

너의 크고 깊은 눈을 보면,
느리게 움직이는
눈꺼풀을 생각하면 나는,
모든 것이 다
괜찮아질 것만 같다고.
이제는 그런
기분만으로는 아무것도
괜찮아지지 않지만
그래도.

그래도 꼭
그럴 것 같다고.

그 기분이 살게 해주는
것들이 분명히 있다고.

너무나 너무나
사랑하는 S에게.
한 달은 남은 너의 생일을
곧이라 부르며 축하한다.

오래 살자.
!
사랑을 담아.
너의 친구 땅콩이.

오늘 아침 커피를 내릴 때는 춤추지 않았다.

약을 먹고 어성초 비누로 세수를 했다.
육각형이던 것이 이제는 제법 둥그레졌다.

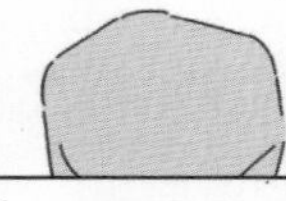

기분이 좋지 않았기 때문에 약속을 취소했다.
혼나지 않았다.

커피를 가지고 소파에 기대 책을 읽었다.
땅콩일기에 소개하려던 것인데, 생각보다 책 내용이
비위가 상해서 쉬었다 읽었다 쉬었다를 반복함.
그럼에도 읽어진다는 게 대단한 책이라는 생각을 했음.

(『존재의 세 가지 거짓말』)

살짝 배가 고팠다.
이렇게 살짝 배고픈 상태를 싫어하지 않는다.
무엇이든 먹을 수 있는 가능성이 있기에.
그것도 배고픈 만큼 맛있게.

살짝 배고픈 상태는 오래 지속되지 않기 때문에
살짝 배고픔을 의식한 순간부터 충분히 즐겨줘야 한다.
배고픔의 속도는 해가 지는 속도보다 빠르다.

북엇국과 멸치볶음에 밥을 먹고,
다시 소파에 드러누웠다.

아아… 평온… 아니다.
평온을 가장한 지침…

가라앉음…

아, 가라앉는다… 가라앉아…

…할 때,

메시지가 왔다.
… 메시지의 마무리에는 다음 크리스마스에는
꼭 함께하고 싶다고 쓰여 있었다.

(땅콩은 지난해 크리스마스에 랜선 파티를 한 일 있음)

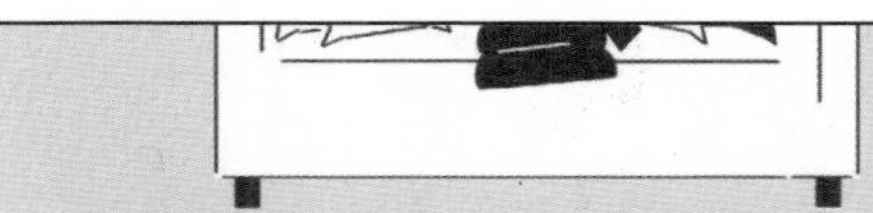

누군가는 크리스마스를 기다리고 있다.
누군가는 크리스마스를 기다리고 있다.

왜 그것만으로도 이렇게 안심이 될까.

다시 커피를 내릴 때는 춤을 췄다.
취소했던 약속도 다시 나가마 했다.
혼나지 않았다.

약속은 긴 산책이었다. 산책을 하는 동안
어째서 그 메시지에 이렇게도 안심했을까
생각해보려 했지만 뾰족한 이유가 떠오르지 않았다.

3월에 기다리는 크리스마스에 대한 생경함일까.
대체 무엇이 나를 일으키고 춤추고 산책하게 했을까.
나는 왜 안심하였나.

누군가는 크리스마스를 기다리고 있다.

둠
둠칫

해야 할 일이 있다. 그냥 겨우 살아만
있는데 해야 할 일이 마구잡이로 생긴다.
윙크처럼 눈 맞으면 해온다 미치겠다
어디서 오는 거야 이 일들은 다들
이런 걸 겪고 사는 거야
가슴이 터질 거 같다

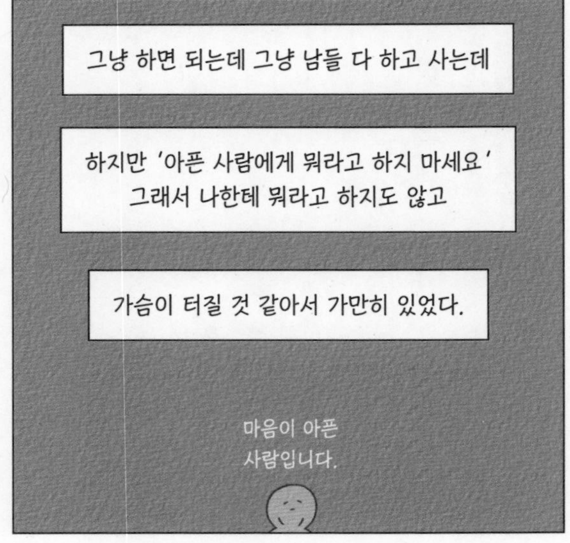
그냥 하면 되는데 그냥 남들 다 하고 사는데
하지만 '아픈 사람에게 뭐라고 하지 마세요'
그래서 나한테 뭐라고 하지도 않고
가슴이 터질 것 같아서 가만히 있었다.
마음이 아픈
사람입니다.

우체국 가는 일을 하는 것보다
내 부고를 전하는 일이 쉬울 것 같다.
(이건 당연하다 내가 안 할 거니까)

물 마시는 일을 하는 것보다
죽는 일이 빠르고 쉬워 보인다.
근데 그렇게 생각하는 순간
죽는 것도 하는 일이 되고

해야지 하는 일은
아무것도 할 수 없어서
가만히 있었다.

\+
가만히 있다가 일 함.

일 해야 됨.

칭찬이 받고 싶어서
친구들 앞에서 운을 뗐다.
몬드
브너
얘들아, 너넨
칭찬 안 필요하니?

난 필요 없어.
어차피 못 믿거든.
난 뭐, 필요해.
난 완-전 필요해.
얘들아, 나 칭찬 좀 해봐.

너는 죽고 싶어
하는 걸 잘해.
....

....

…….
…….

듣고 싶다 브너에게서 아무 말이라도 듣고 싶어
하지만 여기서 더 조르면 안 된다 브너 성격상
내가 조르면 저 자식은 분명 나를 질려할
것이다 화나고
만들고 싶어
질리게
울게는
도
하고
싶지는 않아. 그리고 기왕 질리게 만들
거면 제대로 해야지. 그 기회를 이런 걸로
허무하게 날릴 순 없지. 뭔 생각이야, 이게!

죽고 싶다.

거 봐.

땅콩아.
응.

…사람들이 가끔 나한테
너무 깊은 얘기를
꺼내 놓을 때가 있어.
실은 가끔이 아니라
자주 그래.

아주 사적인 이야기 말이야…
다른 사람들한테는 안 그러는 것
같은데 꼭 나한테만 그래.
나한테 왜 그런 이야기를
하는지 잘 모르겠어.

응, 그건 너가 언제나
진심으로 상대방을 대하기
때문이야, 아몬드야.
응. 나 언제나 진심으로
사람을 마주하려 해.
근데 나 있지,

때로는 그게
다 감당이 안 돼.
나를 특별히 여기는 것이
고마운 일인가 싶다가도….
가끔… 가끔 나 정말
감당이 안 돼서
너무 힘들어.

훌쩍.

몬드야,
'진심'을 사적인 영역으로 생각하는 사람들이 있더라.
진심은 진심일 뿐인데,
진심으로 대하면 '사적인 관계'가 되었다고 생각하는 거야.

그렇다고 진심을 부러
잃을 필요는 없다고 생각해.
그건 네가 가진 가장
아름다운 것들 중 하나니까.

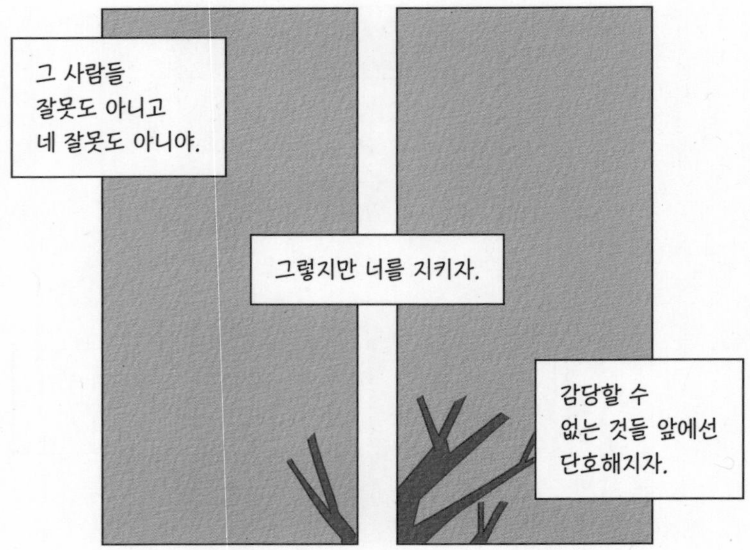
그 사람들
잘못도 아니고
네 잘못도 아니야.
그렇지만 너를 지키자.
감당할 수
없는 것들 앞에선
단호해지자.

자신도 모르게 스스로를 깊이 찔러오는
사람들로부터 너를 지키자.

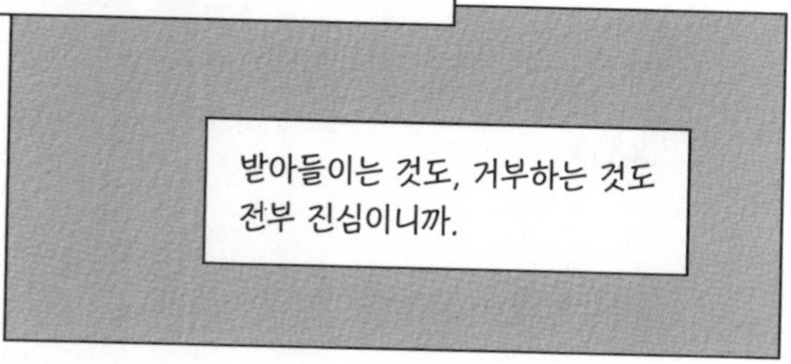

받아들이는 것도, 거부하는 것도
전부 진심이니까.

그리고 기억해.

네가 아프지 않은 게
나의 우선이야.

몬드야, 울지 마.

비는 오지 않았다.
새벽이었고,
깨어 있었다.

미리 연락을 받았는지는 기억나지 않는다.
두드린 문을 열자 지치고 축축한 얼굴이 쑥 들어왔다.
본 적 없는 얼굴이었다. 결코
이런 식의 기색을 내비치는 일 없었다.

서둘러 우유를 데우고
코코아 한 잔을 타주었다.
맛있게 만들 자신이 있는 것이었다.

비가 내리지 않는 창가에 앉아서
우리는 별말 하지 않았다.
친구는 곧 떠났고 …

나는 오랫동안 머물러 앉아
창밖을 보았다.
그리고 다짐했다.

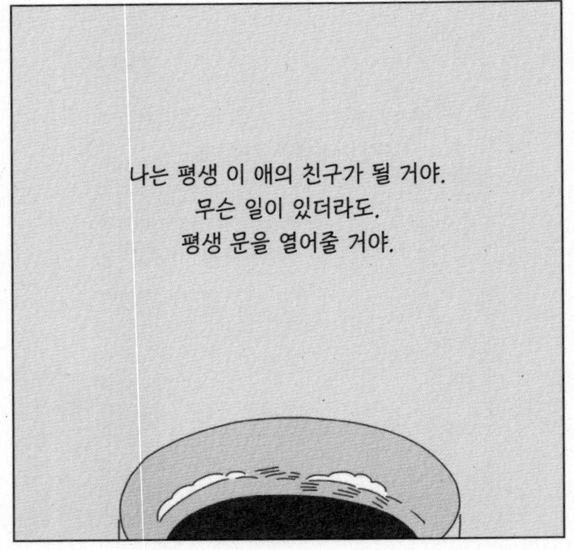
나는 평생 이 애의 친구가 될 거야.
무슨 일이 있더라도.
평생 문을 열어줄 거야.

그리고 오랜 시간이 지난 지금.

너는 잊었는지도 모르지.
그래. 그런 날은 다시는 없어야 해.
벌써 오백 년도
전이군

하지만 기억해.

그런 날이 온다면
반드시 나를 찾아.

아몬드의 집에 놀러 갔다.
비가 적당히 내려서 우산은 쓰지 않았다.

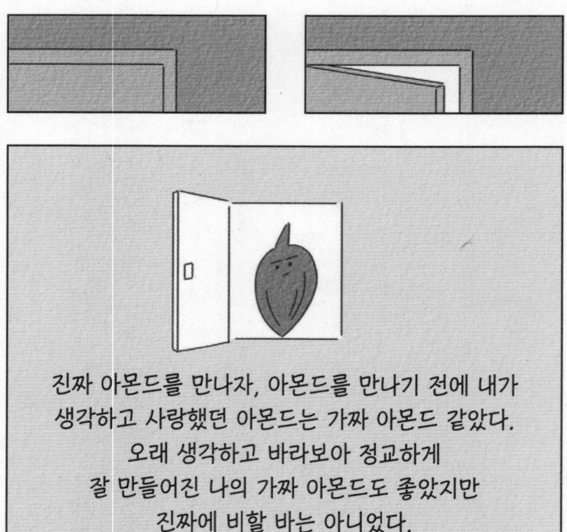
진짜 아몬드를 만나자, 아몬드를 만나기 전에 내가
생각하고 사랑했던 아몬드는 가짜 아몬드 같았다.
오래 생각하고 바라보아 정교하게
잘 만들어진 나의 가짜 아몬드도 좋았지만
진짜에 비할 바는 아니었다.

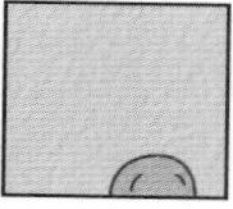

광장의 사진을 들고 광장에 서 있는
여행자의 기분이 된 채로,
아몬드에게 옷을 빌려 갈아입었다.
이상한 기념품 같은 빨간 티셔츠.

아몬드와 먹고, 떠들었다.

아몬드 앞에서 나는 꽤 단호한 태도로 말했다.
나는 단호한 사람이 되고 싶고, 아몬드 앞에서
나는 되고 싶은 사람이 될 수 있다.

그러면서도 아몬드가 우리 가까이 살자고 하면 나는 있지도 않은 새집과 아몬드네 집과의 거리를 가늠하는 사람이 되었다(길치이면서). 아몬드가 너는 참 순하다고 하면 나는 세상에서 가장 순한 사람이 되었다. 배와 등에 아무것도 두르지 않은 채 아몬드의 빨간 티셔츠를 입고 물을 마셨다. 정말 엉망진창인 빨간색이라고 생각했다. 좋았다. 떠들다가 침대에 푸짐하게 누웠다.

아몬드의 침대는 좁았고
팔이나 발가락이 자주 닿았다.

소스라치지 않았다.

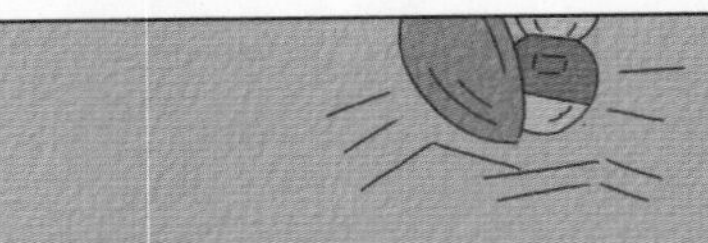
잠에 든 아몬드가 내 허리께로 발을 걸어 감았다.
내가 뭔지 알고 아무것도 아닌 걸로 알고.
아무것도 아닌 걸로 아는 게 또 좋았다.

아무것도 아닌 아몬드와 아무것도 아닌
내 머리 위로 커다란 두루미 두세 마리가
큰 원을 그리고 천천히 날아갔다.
꿈이었다.

아침에 일어나 아몬드에게 꿈에서
커다란 두루미를 본 이야기를 하고
같이 해몽을 찾았다. 대단한 길몽이랬다.

우리 복권 사자.

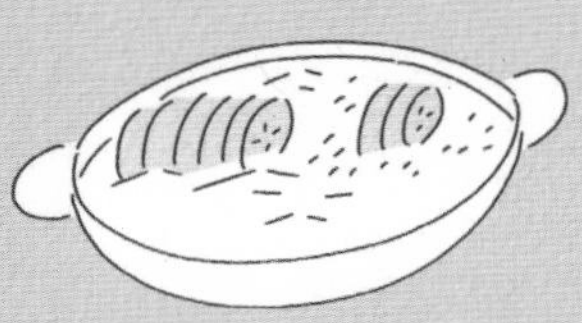

아몬드가 아몬드(진짜 견과류 아몬드)와
바나나와 꿀과 계피가 들어간 오트밀을 주었다.

아몬드가 바나나를 얇게 써는 동안 나는
나도 모르는 노래를 불렀다. 작게 부르다가
크게 불렀다. 기분이 좋아서 불렀다.

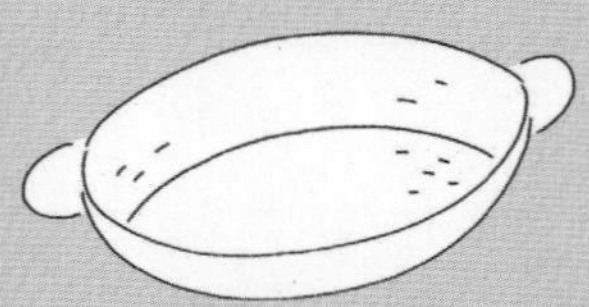

기분이 좋았다. 기분을 포함한
거의 모든 것이 좋았다.
좋으면서 안타깝지 않았다.

좋으면서 안타깝지 않은 일은 흔하지 않아서, 아몬드에게 나는 좋으면 안타까운 사람이야. 그런데 지금 되게 좋으면서 안타깝지 않아. 종알종알 떠들었다.

맞어. 너가 그런 말을 한 적 있지.

아몬드가 아주 천천히 접시를 비웠다. 나는 혀로 핥은 것처럼 아주 깨끗한 접시를 싱크대에 가져다 두었다.

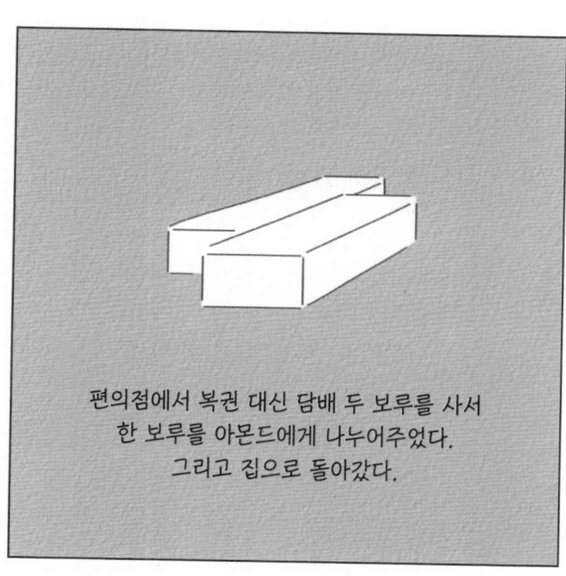
편의점에서 복권 대신 담배 두 보루를 사서
한 보루를 아몬드에게 나누어주었다.
그리고 집으로 돌아갔다.

비가 오고 바람이 많이 불었다.
우산 손잡이를 양손으로 잡았다.
균형을 잡는 일이 전보다 쉽게 느껴졌다.
우산이 뒤집어지는 일은 일어나지 않았다.
집에 돌아와 일기를 쓴다.

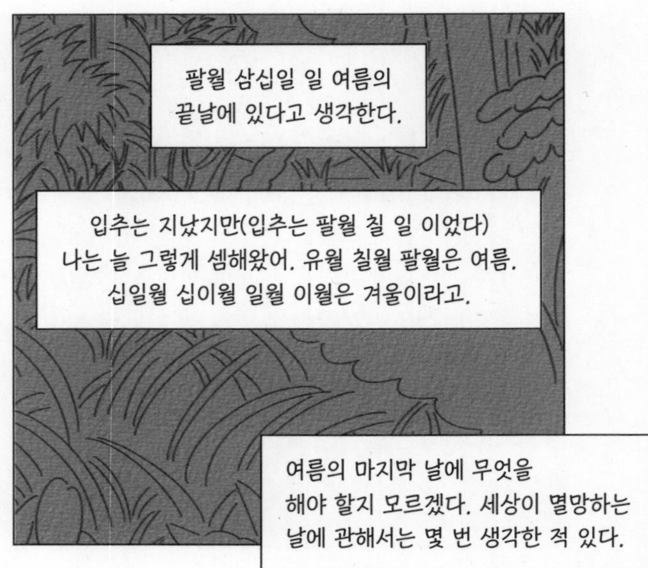
팔월 삼십일 일 여름의
끝날에 있다고 생각한다.
입추는 지났지만(입추는 팔월 칠 일 이었다)
나는 늘 그렇게 셈해왔어. 유월 칠월 팔월은 여름.
십일월 십이월 일월 이월은 겨울이라고.
여름의 마지막 날에 무엇을
해야 할지 모르겠다. 세상이 멸망하는
날에 관해서는 몇 번 생각한 적 있다.

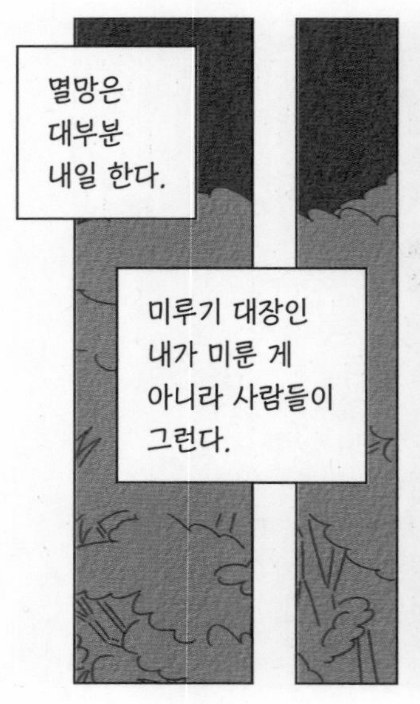
멸망은
대부분
내일 한다.
미루기 대장인
내가 미룬 게
아니라 사람들이
그런다.

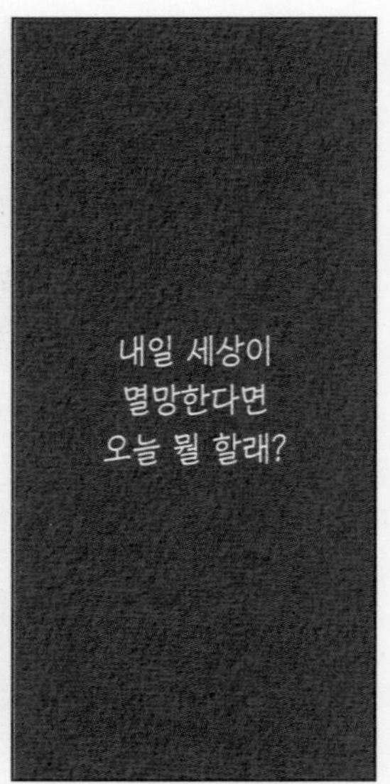
내일 세상이
멸망한다면
오늘 뭘 할래?

멸망 앞에
꼭 남겨두는 하루가,
나는 좋았다.

하루가 남아 있어서 나는
불안이나 절망보다 그런 것들에
눈 감겨주는 것들을 찾았다.
맛있는 거 먹을 거야.

재밌는 거 할 거야.

친구랑 상의 끝에 은행을 털어서 빕스를 가기로 했다.
근데 빕스에서 돈 받을까? 내일이 멸망인데?
요리는 해? 내일 멸망인데? 모르겠다. 멸망 어렵다.
벌렁 누워서 그랬다. 맛있는 거 먹고 싶다. 응.
재밌는 일 생겼음 좋겠다. 응.

지금의 나는 그냥 누워 있을 것 같다.
가능하면 가족 옆에 눕고 싶다.

어릴 때, 더위를 피해 거실에 대자리를 펴두고
다 같이 다닥다닥 누워 잤던 것처럼. 조금의
초조함도 느끼지 않았던 그 여름밤을. 다시 한번.

친구는 내일 지구가 멸망한다면
좋아하는 사람에게 고백을 한다고 했다.

그러고 한참 있다가
역시 살아서 고백한다고 한다.

멸망이 버튼을 눌러줘야
작동할 정도의 사랑은
어떤 무게인지.
마음이 애달프면서도

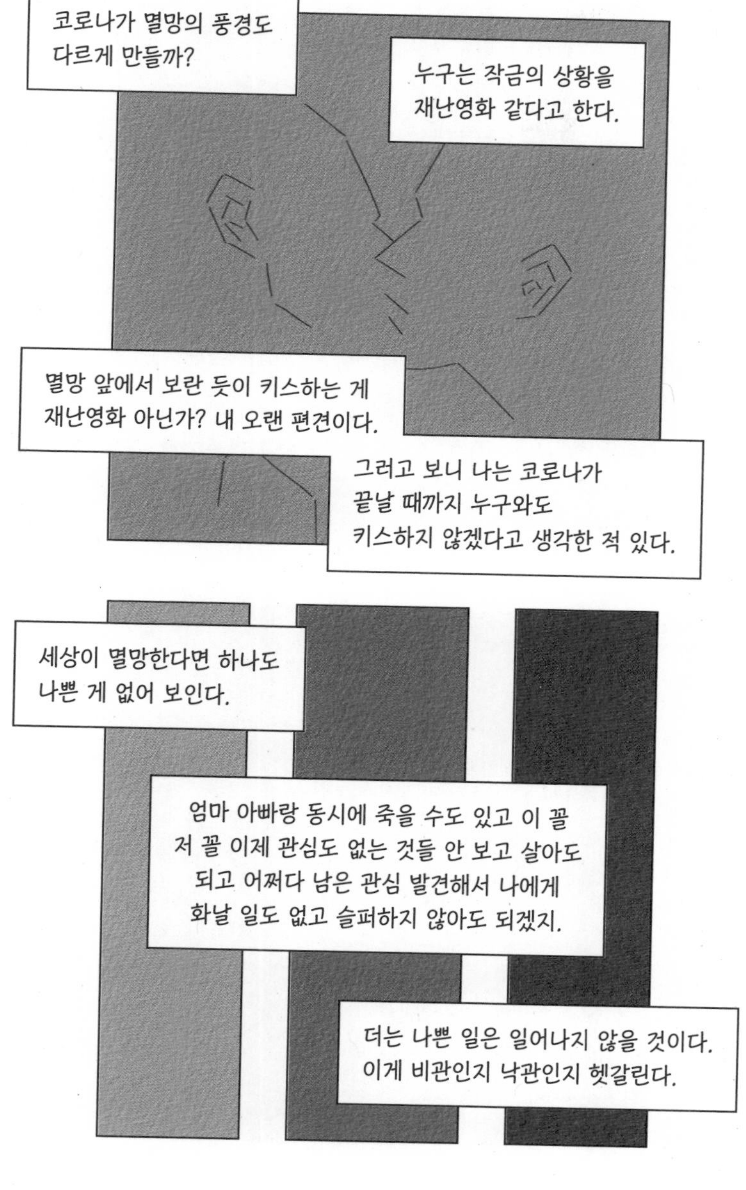
코로나가 멸망의 풍경도
다르게 만들까?
누구는 작금의 상황을
재난영화 같다고 한다.
멸망 앞에서 보란 듯이 키스하는 게
재난영화 아닌가? 내 오랜 편견이다.
그러고 보니 나는 코로나가
끝날 때까지 누구와도
키스하지 않겠다고 생각한 적 있다.
세상이 멸망한다면 하나도
나쁜 게 없어 보인다.
엄마 아빠랑 동시에 죽을 수도 있고 이 꼴
저 꼴 이제 관심도 없는 것들 안 보고 살아도
되고 어쩌다 남은 관심 발견해서 나에게
화날 일도 없고 슬퍼하지 않아도 되겠지.
더는 나쁜 일은 일어나지 않을 것이다.
이게 비관인지 낙관인지 헷갈린다.

멸망은
대부분
내일 한다.

그러나 내일은 절대 하지 않는다.
내일은 절대로 멸망하지
않는다는 것이 중요하다.

그래서 분리수거를 하고 다회용
장바구니를 다시 네모나게 접었다.
약 꼬박꼬박 먹고 베개도 제대로
목을 받쳐 베고 깊게 자려고 눌러뒀다.

팔월의 마지막일 뿐이다.
모든 마지막을 멸망처럼 여기는 일을 그만둬야 한다.
과대한, 망상에, 시달리지 않으려 하면서
구월의 다짐을 이걸로 정했다. 구월은 구원과 닮았다.
구원과 구월. 구월과 구원.
구원을 자꾸 밖에서 구하는 일도 그만둬야 할까?
가을을 여름으로부터의 구원으로 여기는 일도?
아무튼 여름이 끝났다.

문밖 생활을 그다지 하지 않는
나에게도 이번 여름은 역병에 빼앗긴
모양이 되었다. 어쩌지도 못하고
팔월이 끝난다.

여름에 시달리질 않아서
구월이 왔다는 말에도 엉거주춤
있었다. 유난히 팔월의 삼십일 일을
의식하게 되는 것은 이렇게
내내 엉거주춤 보냈기 때문에.

남은 하루, 마지막은 제대로 보내주고 싶어.
고백처럼. 살아서.

옆집 광광이가
오늘도 문을 광 닫았다.
쾅앙
(문을 광광 닫아서 광광이임)
이제는 화도 안 난다.
물론 기회가 된다면 그 문에
광광이의 열 손가락을 끼워 넣을 테지만.
(그럼 살살 닫겠지?)

이런 나는
못됐다.
근데 나는
대체로
착하다.
나도 내가
착한 건
알고 있다.

잘생긴 애들 자기 잘생긴 거
다 알걸. 나 같은 애도 아는걸.
착하다는 얘기 너무 들어서
내가 착한 거 다 알거든. 계속계속
듣거든. 모를 수가 없게 되거든.
너 참 착하다, 땅콩아.

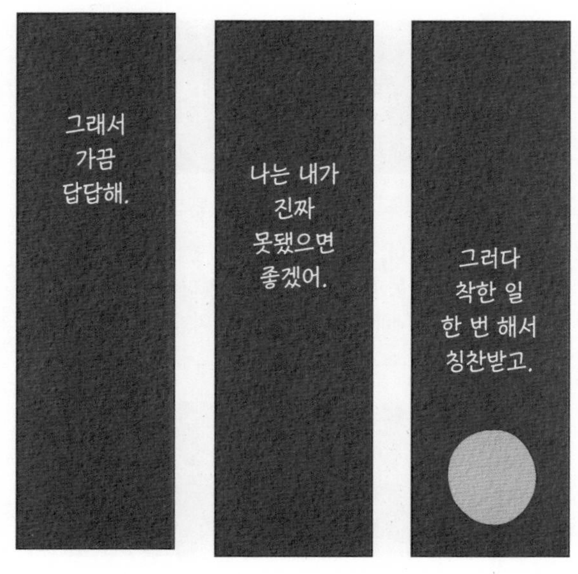
그래서
가끔
답답해.
나는 내가
진짜
못됐으면
좋겠어.
그러다
착한 일
한 번 해서
칭찬받고.

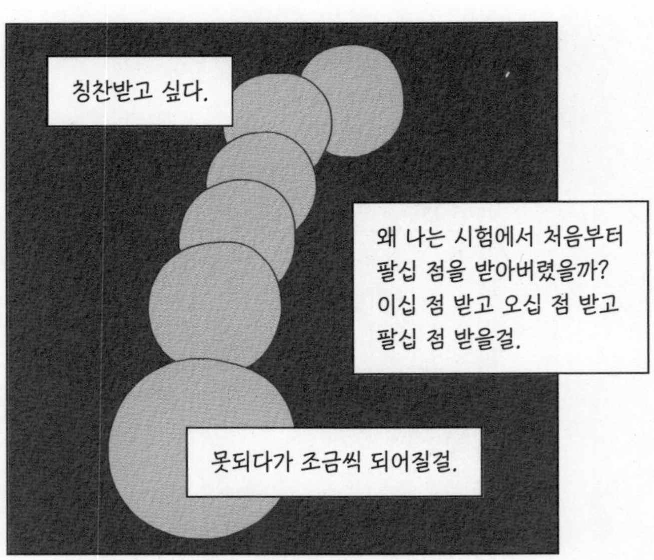

칭찬받고 싶다.
왜 나는 시험에서 처음부터
팔십 점을 받아버렸을까?
이십 점 받고 오십 점 받고
팔십 점 받을걸.
못되다가 조금씩 되어질걸.

아차. 엄마 미안해. 엄마 생각하니까 내가 또…

근데 엄마, 또 다른 기쁨이 있었을 거야.
엄마는 나에게서 기쁨을 찾아내는
(도무지 따라 할 수 없는) 재능이 있으니까.

아무튼 개못되고
편하게 살았음 좋겠다.

착하게 사는 게 늘 불편한 건
아니지만. 착하게 살아본 결과
착한 일은 여러모로 불편한 일이 맞다.

근데 못되면 편한가요?

가끔만 못되어봐서 잘 모르겠네.

착한 거랑 비슷하지 않을까 싶다.
그냥 다들 조금은
불편하게 사는 거 아닌가.
사는 게 불편한 일 아닌가.
맞다가도 안 맞아지는
옷을 입고 사는 거 아닌가.
그렇게 맞는 옷을
찾으면서 사는 거 아닌가.
근데 아닐 수도 있다.

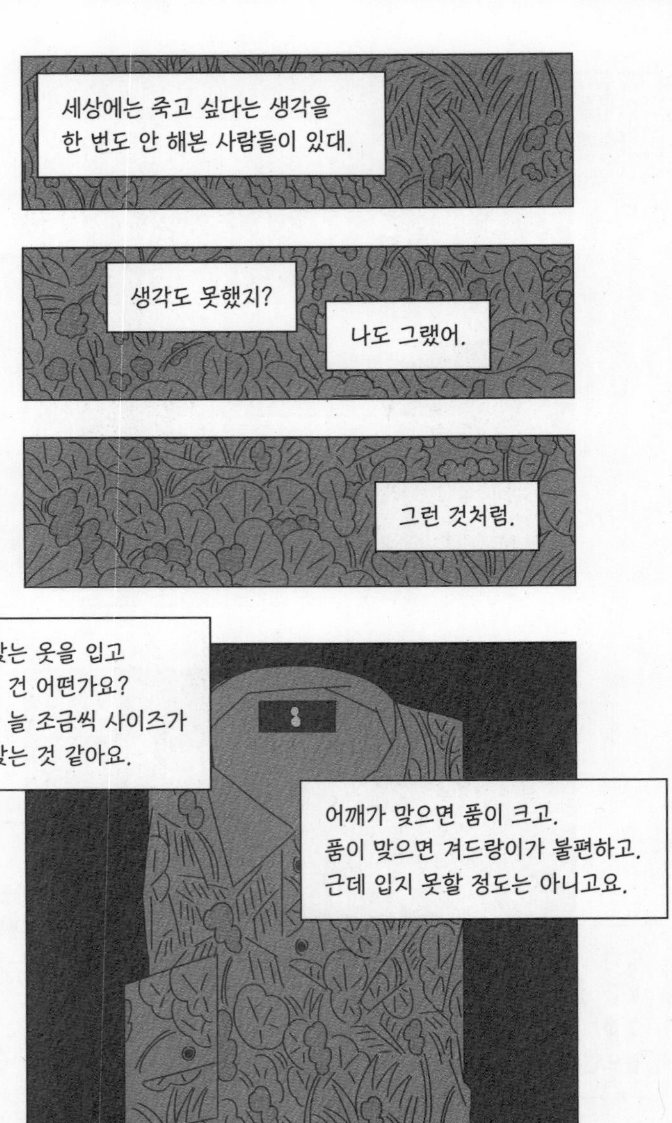
세상에는 죽고 싶다는 생각을
한 번도 안 해본 사람들이 있대.
생각도 못했지?
나도 그랬어.
그런 것처럼.
딱 맞는 옷을 입고
사는 건 어떤가요?
저는 늘 조금씩 사이즈가
안 맞는 것 같아요.
어깨가 맞으면 품이 크고.
품이 맞으면 겨드랑이가 불편하고.
근데 입지 못할 정도는 아니고요.
다 살 만하니, 그렇게 삽니다.

사실 쾅쾅이의 손가락을
다 부수고 싶을 정도로
쾅쾅이가 미운 것은 아니다.
(깜짝깜짝 놀라니까 짜증은 나지만)

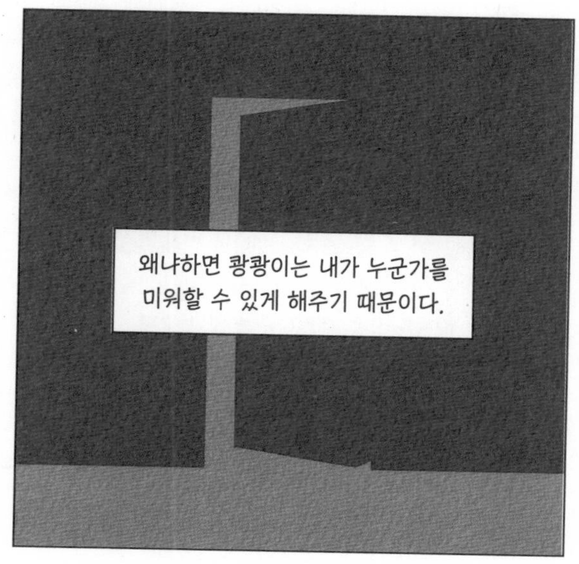
왜냐하면 쾅쾅이는 내가 누군가를
미워할 수 있게 해주기 때문이다.

이유 없이 미워하는 게
참 힘든 나는
그럴듯한 이유가 생기면
기회를 놓치지 않고
사람을 미워한다.

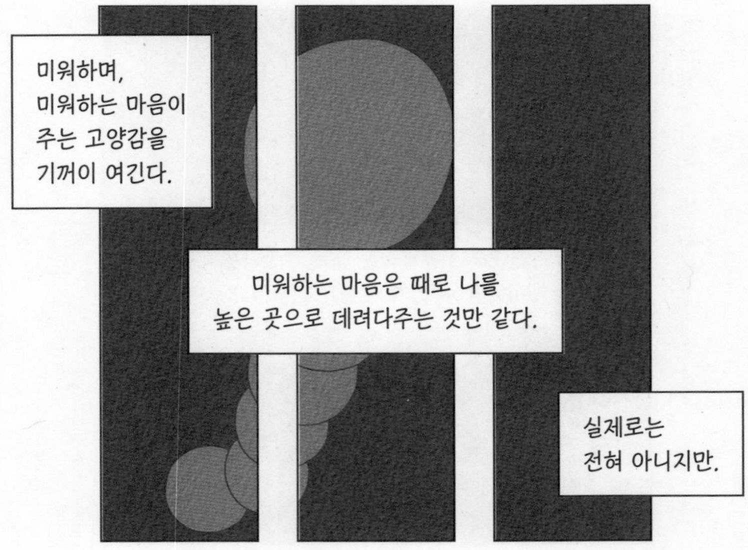
미워하며,
미워하는 마음이
주는 고양감을
기꺼이 여긴다.
미워하는 마음은 때로 나를
높은 곳으로 데려다주는 것만 같다.
실제로는
전혀 아니지만.

그래서 나는 미워하는 놀이를 한다.

가짜로.

조금씩만.

우스개로 만들어.

마음을
먹지는 말고.

(이런 일을 반복하다 보면 진짜로
미워하는 마음이 뭔지 모르게 된다.
나중에 분명히 벌을 받게 될 것이다.)

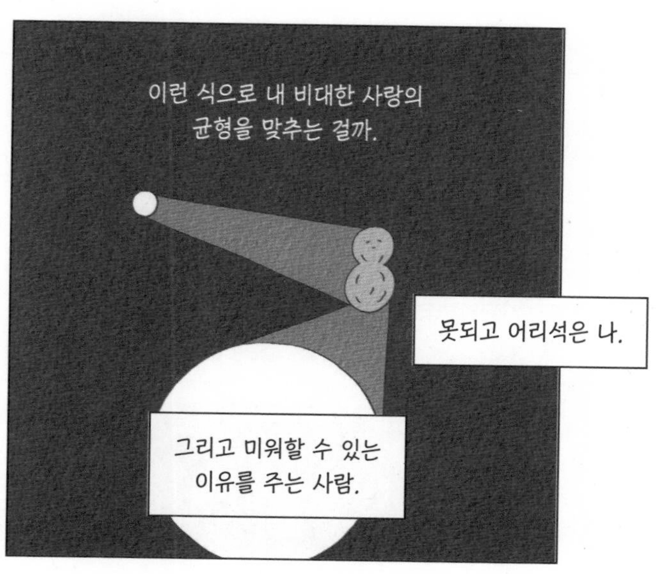
이런 식으로 내 비대한 사랑의
균형을 맞추는 걸까.
못되고 어리석은 나.
그리고 미워할 수 있는
이유를 주는 사람.

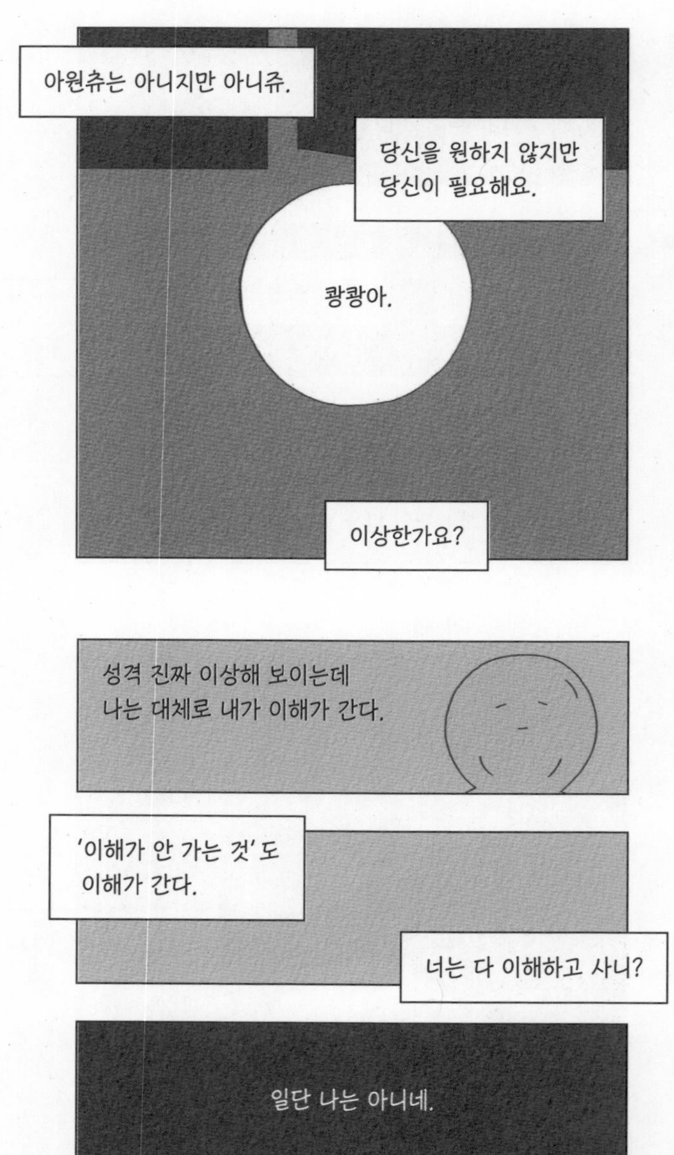
아원츄는 아니지만 아니쥬.
당신을 원하지 않지만 당신이 필요해요.
쾅쾅아.
이상한가요?
성격 진짜 이상해 보이는데 나는 대체로 내가 이해가 간다.
'이해가 안 가는 것' 도 이해가 간다.
너는 다 이해하고 사니?
일단 나는 아니네.

이런 얘기 말고 좋은 거, 아름다운 거
이야기를 하고 좋아요 오만 개를 받고 싶다. (관종임)

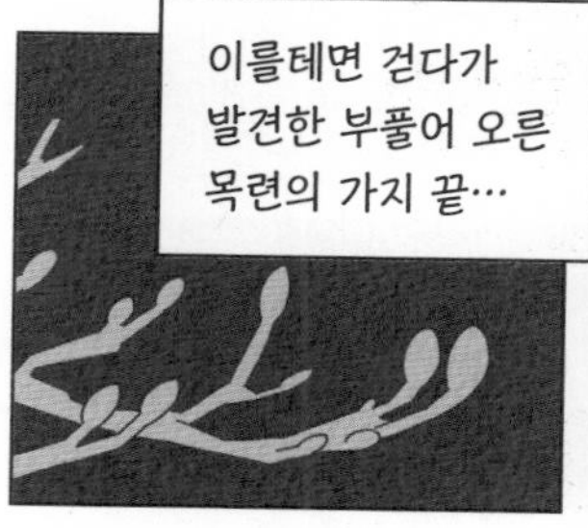

이를테면 걷다가
발견한 부풀어 오른
목련의 가지 끝…

아홉 번이나 마주친,
각자 다른 개의 웃는 얼굴…

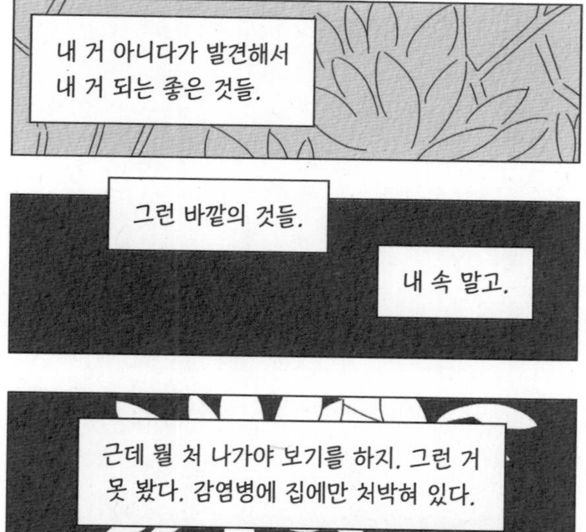

내 거 아니다가 발견해서
내 거 되는 좋은 것들.
그런 바깥의 것들.
내 속 말고.
근데 뭘 쳐 나가야 보기를 하지. 그런 거
못 봤다. 감염병에 집에만 처박혀 있다.

광광이의 활동 시간은 일정하지 않다.

광광이는 새벽 세 시에도
들어오거나 나간다.

광광이는 대체 언제 자는 걸까?

물론 알고 싶지 않다.

모두가 나보다 늦게 잠들었으면 좋겠다.

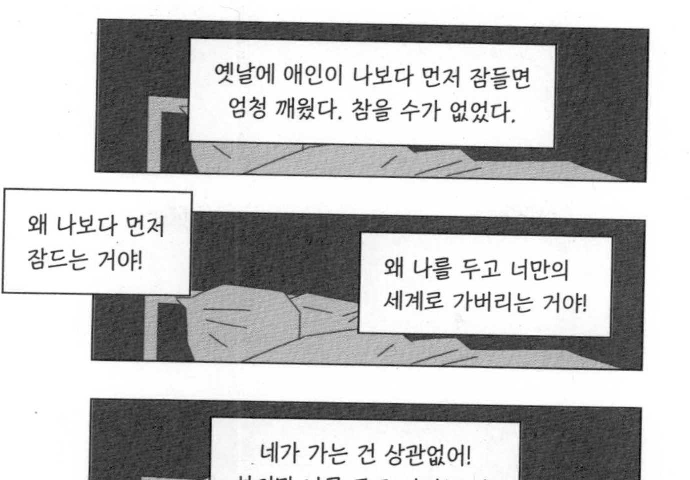

깨우기를 포기하고 애인의 숨소리를 따라 해도 보다가
다 망하고 늦게 잠에 들었다.

그렇게 잠들고 일어났는데 애인이
여즉 잠들어 있으면 또 화가 났다.

왜 나보다 늦게
일어나는 거야!

진짜 그리면서도 이해가 안 가네.

사랑하는
사람들아,
나의 사람들아.
제발 나보다
늦게 잠들어줘.
부탁이야.
혹시 잠들게
되더라도
나에게 꼭
이야기를 하고
잠들기야
제발…

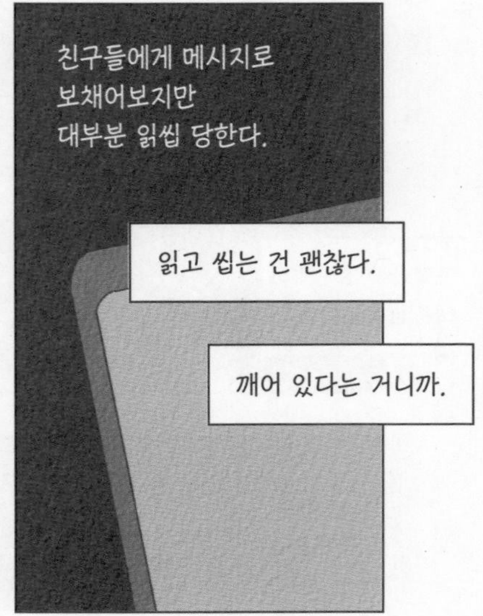
친구들에게 메시지로
보채어보지만
대부분 읽씹 당한다.
읽고 씹는 건 괜찮다.
깨어 있다는 거니까.

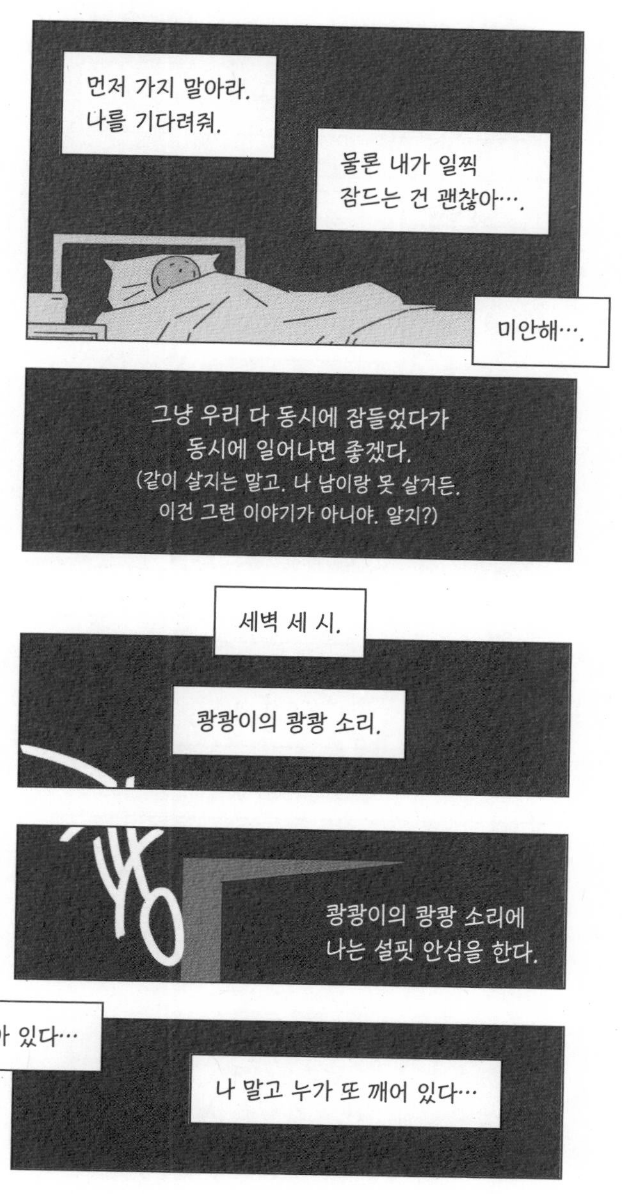
먼저 가지 말아라.
나를 기다려줘.
물론 내가 일찍
잠드는 건 괜찮아….
미안해….
그냥 우리 다 동시에 잠들었다가
동시에 일어나면 좋겠다.
(같이 살지는 말고. 나 남이랑 못 살거든.
이건 그런 이야기가 아니야. 알지?)
세벽 세 시.
쾅쾅이의 쾅쾅 소리.
쾅쾅이의 쾅쾅 소리에
나는 설핏 안심을 한다.
아 있다…
나 말고 누가 또 깨어 있다…

그래서 너를 용서한다는 건 아니고

인간의 언어를 좋아하고
손가락 발가락을
커다란 무릎뼈를 좋아하고
그런 것 없이도 사랑을 하고
어떨 땐 맞아 지겹고 고통스러운데
사랑을 포기 못 하겠다.

눈 보면서 무슨 생각해?

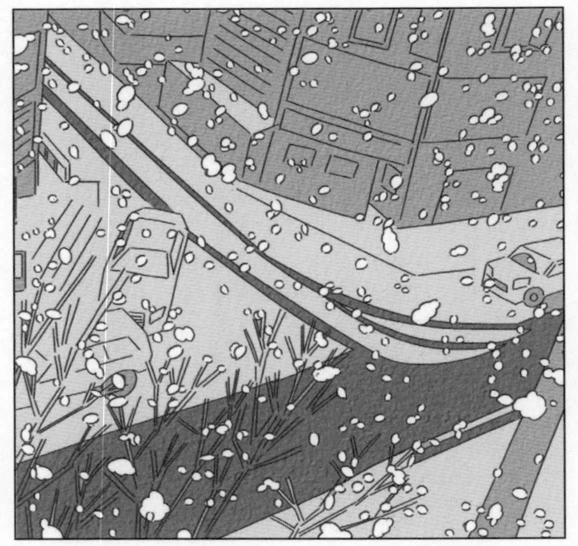

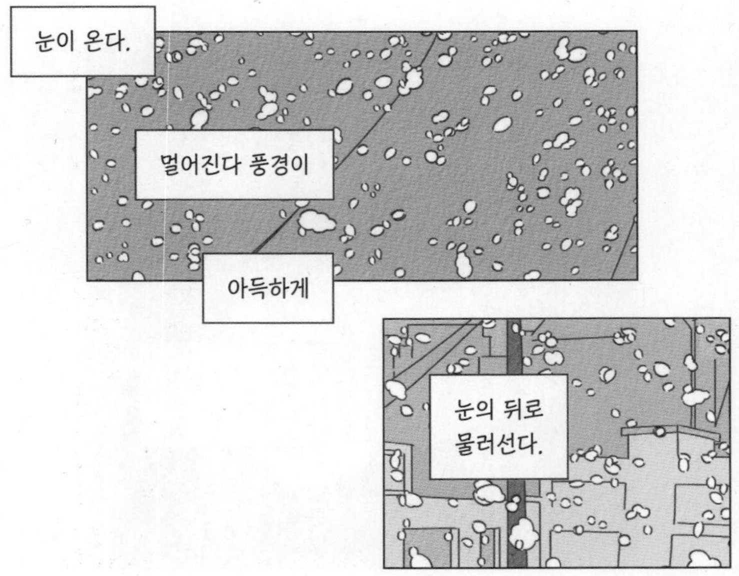
눈이 온다.
멀어진다 풍경이
아득하게
눈의 뒤로
물러선다.

달려 나가는 건 인간과 개뿐이야.
개, 좋아.
인간은
좋아
인간-사랑을 포기 못 한다는 일기를 쓴 이후로도 나는 주욱 인간을 좋아하고 있다.
어쩌자고 사람을.

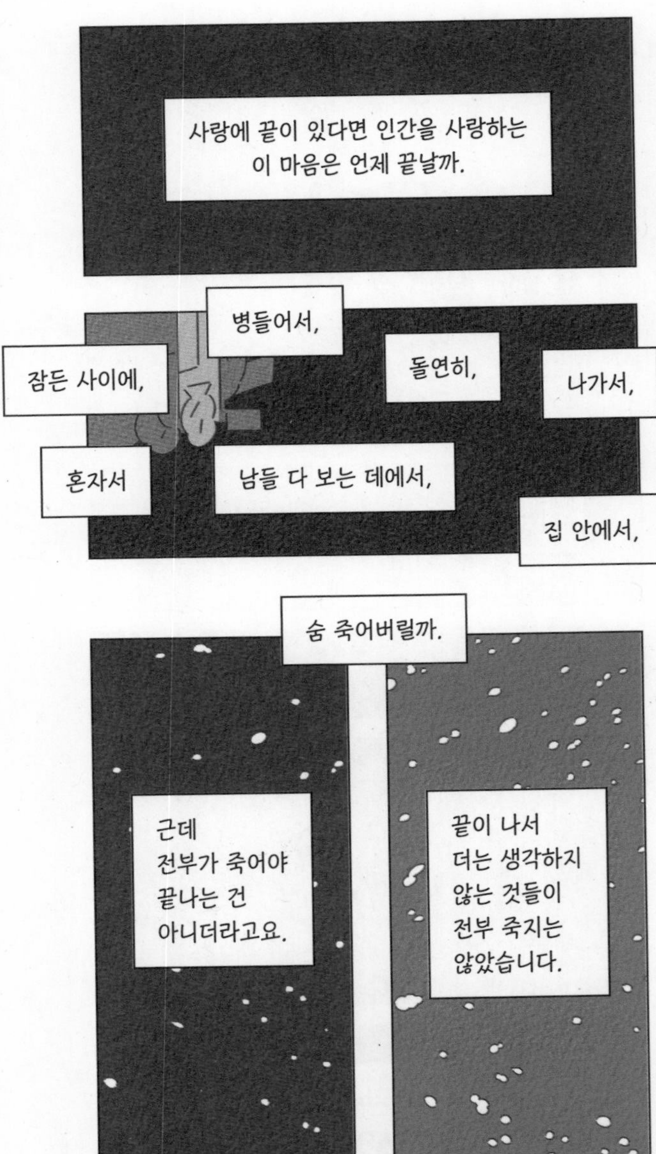
사랑에 끝이 있다면 인간을 사랑하는
이 마음은 언제 끝날까.
잠든 사이에,
병들어서,
돌연히,
나가서,
혼자서
남들 다 보는 데에서,
집 안에서,
숨 죽어버릴까.
근데
전부가 죽어야
끝나는 건
아니더라고요.
끝이 나서
더는 생각하지
않는 것들이
전부 죽지는
않았습니다.

근데 전부가 끝나야만 하는 건 아니더라고요.

끝나지 않아도 충분하게
작아지는 마음들이 있어,

저는 그런 이별을 하고 있습니다.

이별이 천천히
앞으로 가고 있습니다.

달려 나가는 건 인간과 개.

가끔은 이별이나 사랑이 마찬가지인 듯해.

오랜 시간이 지나고
아, 내가 그런 사랑을 했구나
짐작하게 되잖아.
이별도 그런 것 같아.

사랑이 사랑 후에도 계속되듯이
이별은 이별 후에도
넓어지거나 좁아지며
계속되고

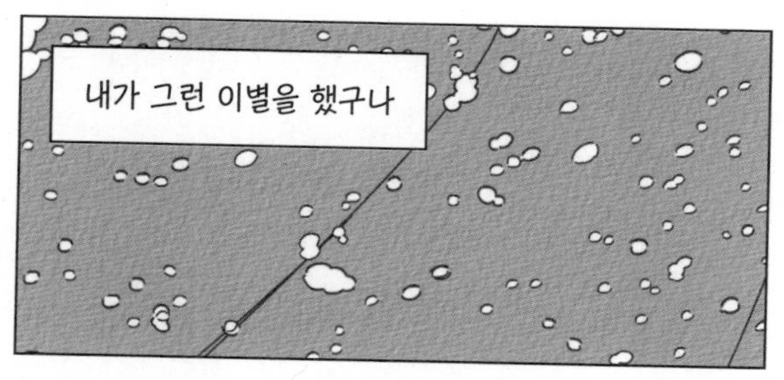
내가 그런 이별을 했구나

마침내 저곳을
짐작하게 될 때까지

충분히 걷고 있어.
멀리 보내고 있어.

좋은 이별이 뭐냐고 물었지. 나는 그냥
네가 좋은 이별이 좋은 이별인 거 같아.

건강하게 걸어보는,
씩씩하게 살아보는,
나는 그런 네가 좋아 보이더라.

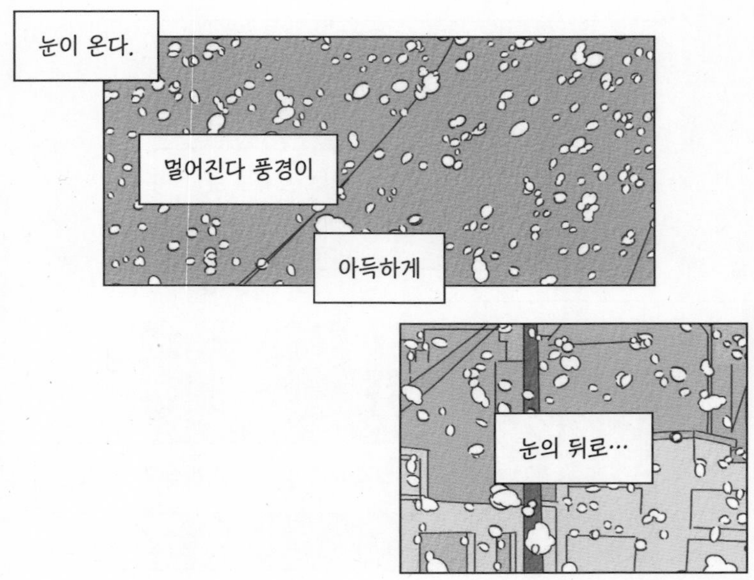
눈이 온다.
멀어진다 풍경이
아득하게
눈의 뒤로…

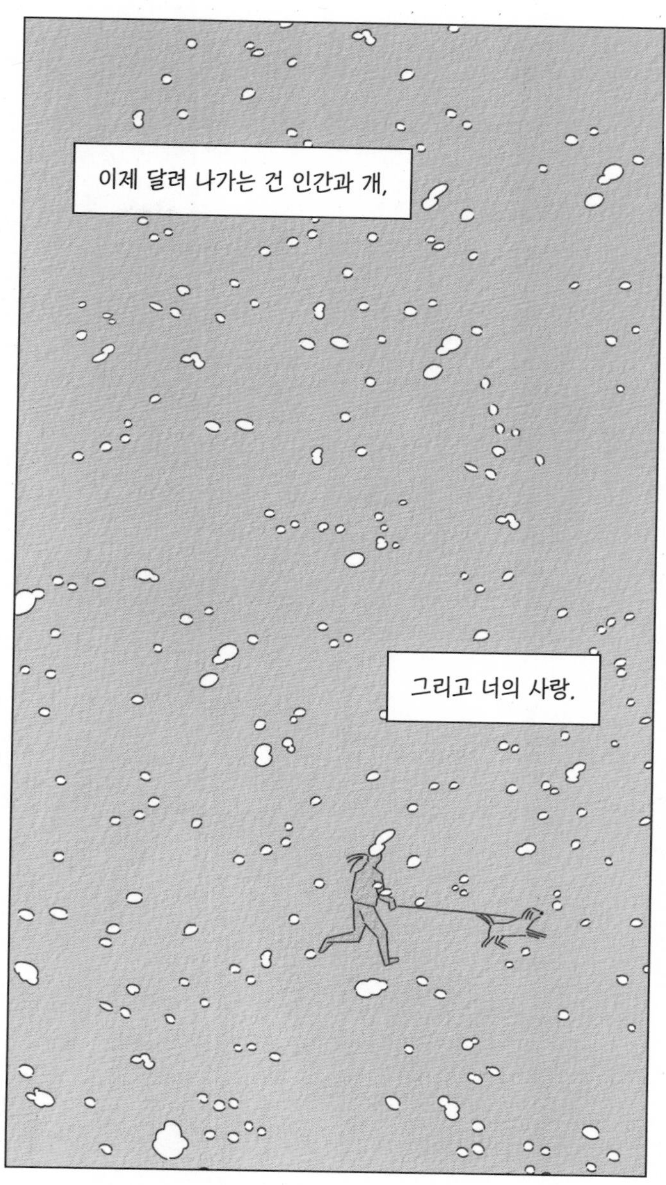
이제 달려 나가는 건 인간과 개,
그리고 너의 사랑.

3부

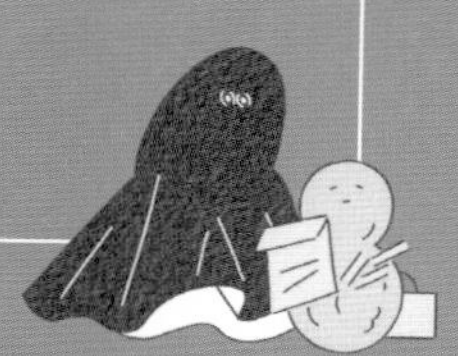

1월 1일은 내일부터다.
왜냐하면
아무튼 그럼.
…….

뭔가 새해를 맞아 희망찬 얘기 하고 싶다.
근데 그냥 누워 있음
왜냐하면 누워 있고 싶기 때문이다.
하고 싶은 일을 할 수 있다는 점에서
희망 있는 새해라 할 수 있겠다

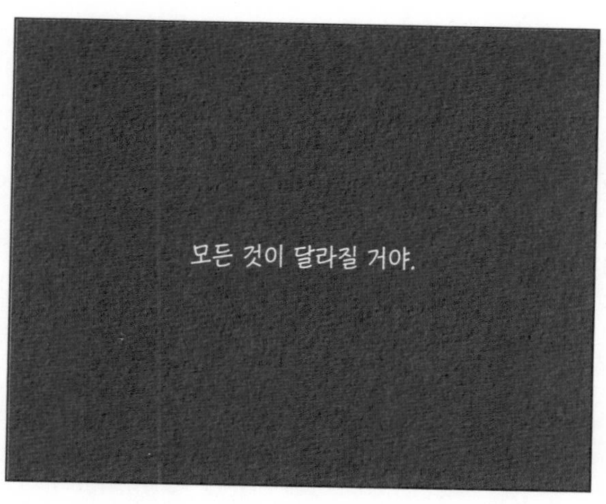
모든 것이 달라질 거야.

1월 1일부터는
달라질 것이다.
그리고
1월 1일은
내일부터임.

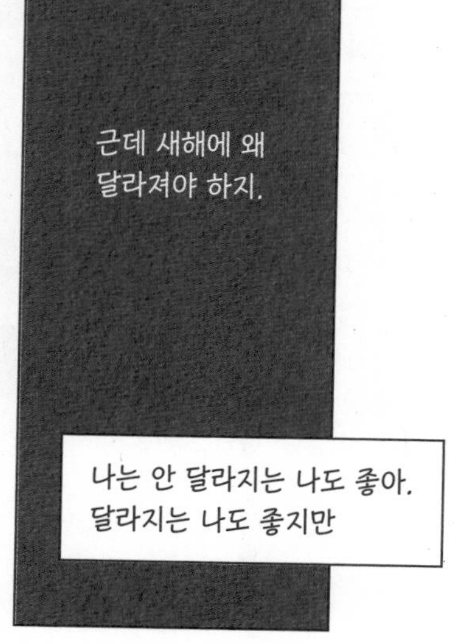
근데 새해에 왜
달라져야 하지.
나는 안 달라지는 나도 좋아.
달라지는 나도 좋지만

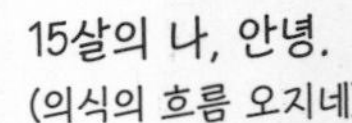

15살의 나, 안녕.
(의식의 흐름 오지네)

너는 올해에도 정신을 못 차리고
(차릴 생각도 없고)
여전히 아이돌을 좋아한단다.

모 아이돌 그룹의 사인을 받기 위해
한겨울에 길바닥에서 신문지 한 장을 덮고 자지만
얼어 죽지 않고 무사히 자란다!

12살의 나, 안녕.

너는 과연 몇 살에 죽을 건지
친구들과 심각하게 토론했지.

마흔셋에 죽을까, 서른여덟에 죽을까.

언제 죽을까, 하던 고민은
어떻게 죽을까로 달라지지만
일단은 애쓰며 열심히 살아 있단다.

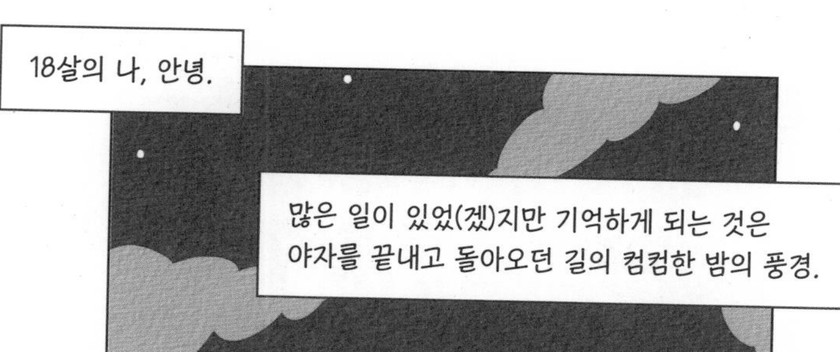

18살의 나, 안녕.
많은 일이 있었(겠)지만 기억하게 되는 것은
야자를 끝내고 돌아오던 길의 컴컴한 밤의 풍경.

그런 걸 영원히 기억하게 돼.

20살의 나, 안녕.
그때 어렴풋이 알던 것들이 확실해지고
확실하다고 생각했던 것들이 뒤엎어지기도 해.

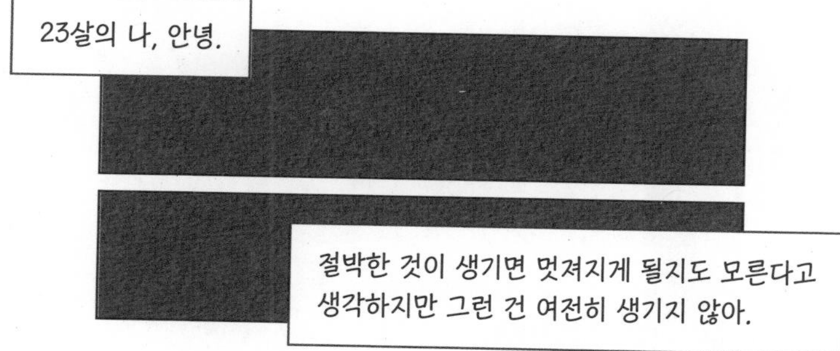

23살의 나, 안녕.
절박한 것이 생기면 멋져지게 될지도 모른다고
생각하지만 그런 건 여전히 생기지 않아.

22살의 나, 안녕.

너는 마음이 많이 아파.

그리고 수년이 지난 후 제주도에서
"너를 걱정했어." 친구의 한마디에
담배를 피우다가 눈물을 흘리게 돼.

그리고 올해의 나는
누워 있다.

모든 것이 달라질 거야.

근데 아무렴 또 어떠니?

울고 싶다.

안기거나 안기지 않고서
엉엉 울고 싶다는 게 아니라

그냥 울고 싶다고
말하고 싶어서 말해봤어.

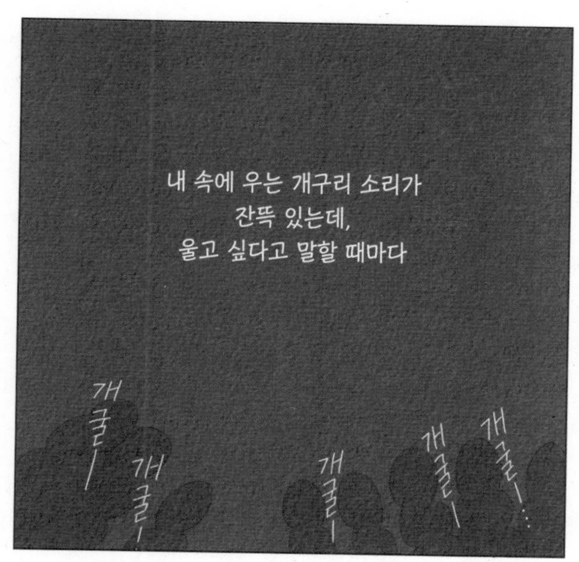

내 속에 우는 개구리 소리가
잔뜩 있는데,
울고 싶다고 말할 때마다
개굴-
개굴-
개굴-
개굴-
개굴-...

개구리가 한 마리씩
몸 밖으로 나오는 그런 기분이야.

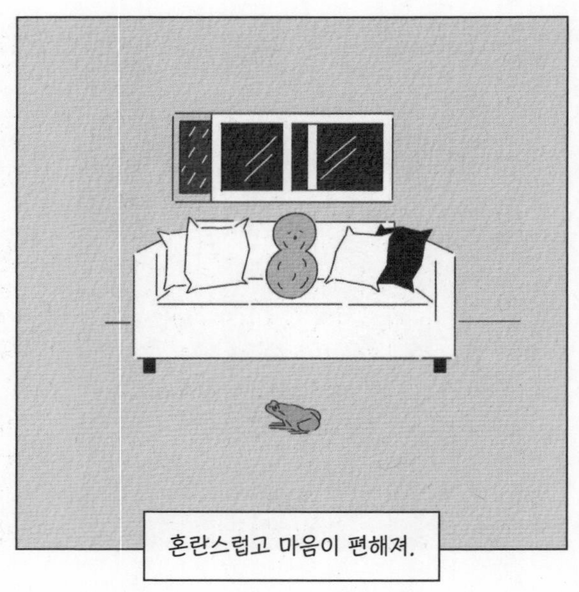
혼란스럽고 마음이 편해져.

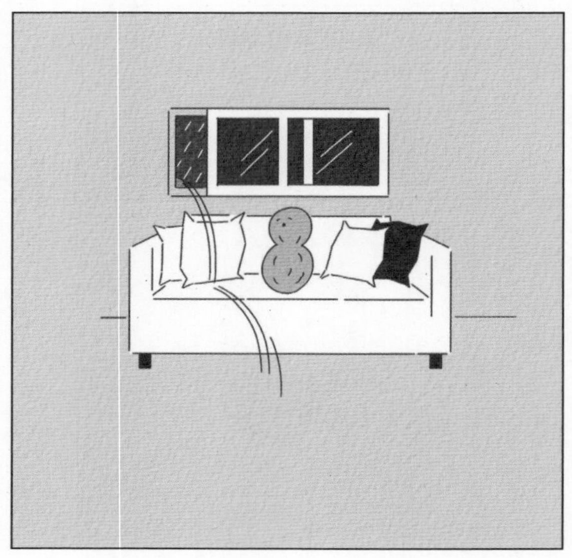

어딜 가서든 잘 살어.

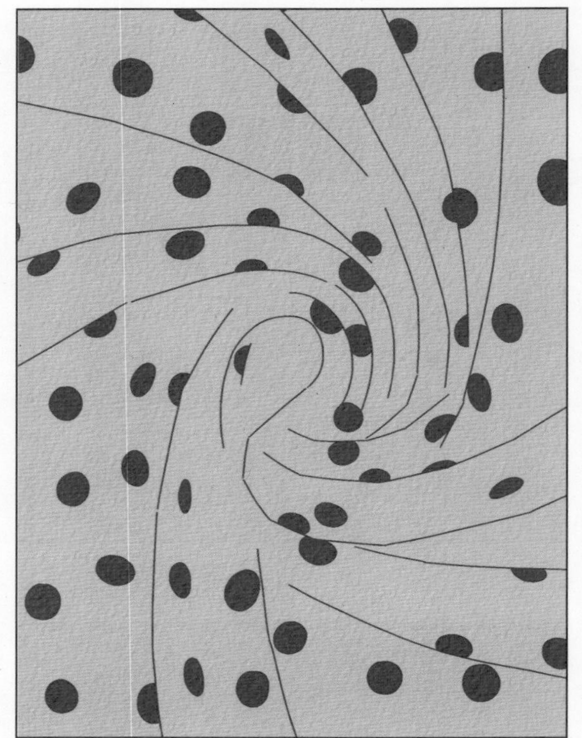

작가님 사랑과
응원을 보내요.
좋아하는 편집자
선생님의 깜짝 메일~~!!

선생님 고맙습니다.
선생님을 생각하면
마음이 든든해져요.

타닥
타닥

언니, 빵 사 왔어.
언니, 사랑해.
바리
바리

좋아하는 매실이의
깜짝 방문~~!!

아하하 귀여워
바리바리 싸들고 다녀
매실이 만날

뭔가 남들 줄 거
바리바리 싸서
들고 다니고…

잔뜩

아하하

…

응, 나도 사랑해.

너무

너무, 너무 사랑해서

너무 사랑해서…

나의 슬픔이
떠나지 않았다는 것을
들키고 싶지 않아.

네 사랑은 아무것도 잘못하지
않았는데 마치 사랑이 잘못해서
소용이 없는 것처럼 보일까 봐

거짓말 하고 싶어.

감추고 싶어.

슬픔 같은 거,

네 사랑 덕분에
모두 사라져버렸다고.

지난번처럼 이번에도
꼭 그렇게 이겼다고.

짠! 하고
웃고 싶어.

그런데
나의 슬픔은 여전해.

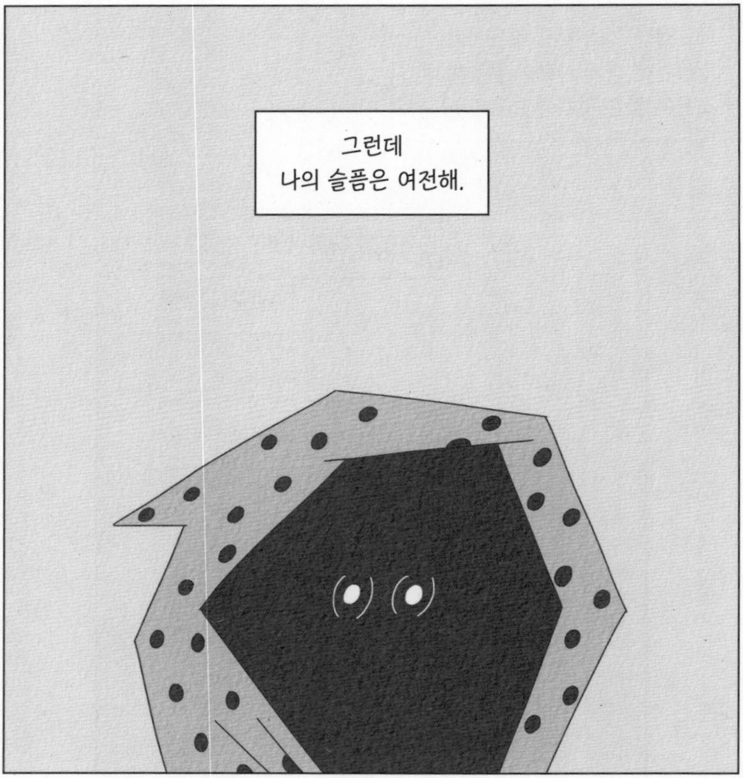

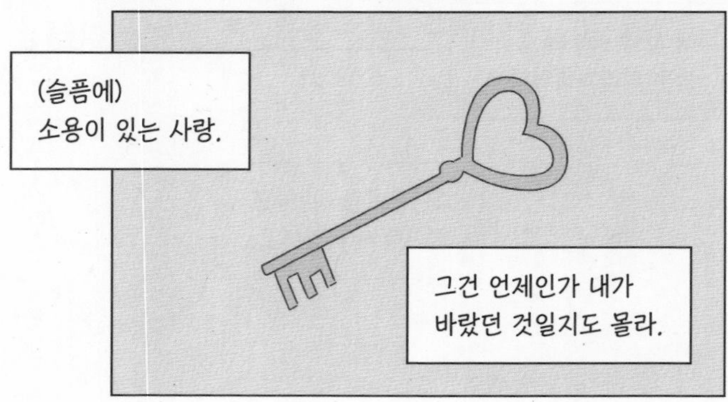
(슬픔에)
소용이 있는 사랑.
그건 언제인가 내가
바랐던 것일지도 몰라.

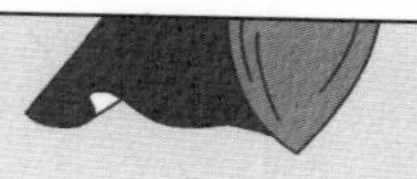

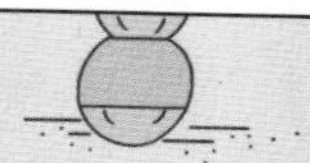

누군가의 슬픔이 나의 사랑 앞에서
떠나지 않는 것을,

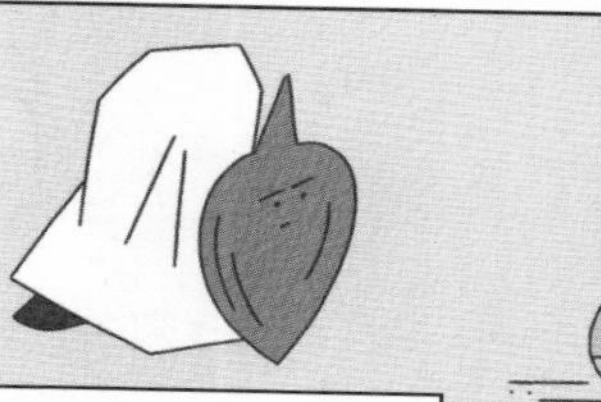

그 누군가가 내 앞에서 슬픔을
숨기던 일을 목격한 것도 같아.

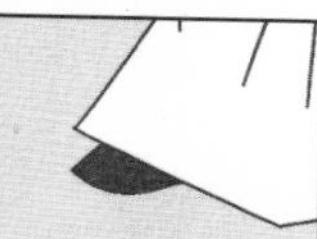

지금의
나처럼.

그럼 나는 안타깝고
안타까워서 어쩔 줄을 모르고

내 사랑의 모양이
나쁨을 탓하곤 했어.

네 슬픔에 꼭 맞는 사랑을
줄 수 있다면 좋을 텐데.

안타깝고 안타까워서

나는 무력감을
숨기고,
너는 떠나지 않은
슬픔을 숨기고,
들추는 일은
하고 싶지 않아서
덜컹대며
몇 번 사랑을
슬픔에 대고
더 맞춰보곤 했어.

그러나 어떤 슬픔은 떠나지
않고 그것이 사랑의
소용 탓이 아님을 알아.
떠나지 않는
슬픔이 있을 뿐이야.
여전한 슬픔도
존재하는 거야.

사랑도 여전히,
여전히 존재하는 거야. 다만

나의 사랑은 슬픔이 아니라
너를 향해 있는 거야.
너의 사랑이
나의 슬픔이 아니라
나를 향해 있듯이.

여전한 나의 슬픔에도
너의 사랑 또한
여전히 나의 사랑이라는 것.

…을 숨김없이
이야기해보았습니다!

…매실아 오늘의 슬픔이
사라지지는 않았지만
기쁘고 고마웠어.
사랑해. (약간 긴장)

응.

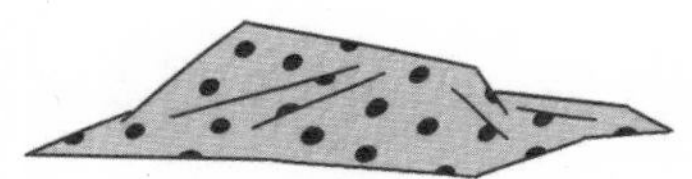

슬픔과는 다른 존재로,
사랑을 하자.

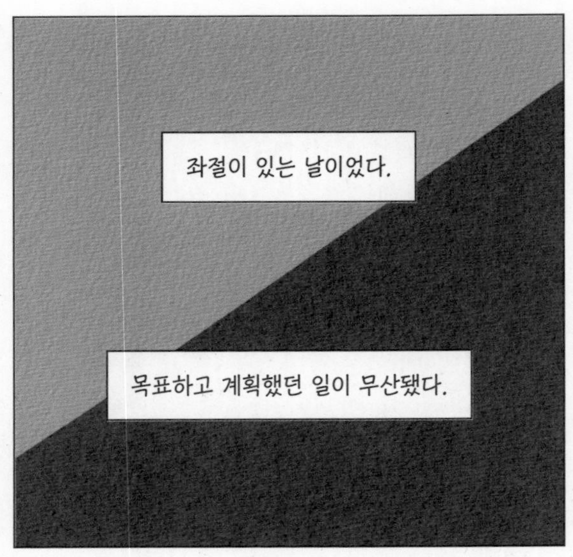
좌절이 있는 날이었다.
목표하고 계획했던 일이 무산됐다.

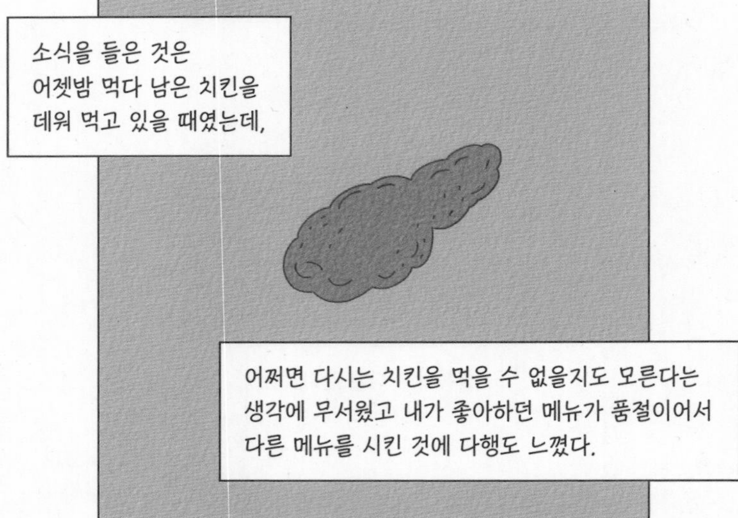
소식을 들은 것은
어젯밤 먹다 남은 치킨을
데워 먹고 있을 때였는데,
어쩌면 다시는 치킨을 먹을 수 없을지도 모른다는
생각에 무서웠고 내가 좋아하던 메뉴가 품절이어서
다른 메뉴를 시킨 것에 다행도 느꼈다.

치킨을 다 먹고
가만히 누워서 생각했다.

너 어차피 지난 주말 즈음에
죽으려고 했잖아.

별 위로가 되지 않았다.
위로하려고 생각한 것은 아니었다.

세상 욕을 하고 싶은데 내 욕을 하게 된다.
아무래도 역량이 부족했던 것 같아.
운이 없었던 건 아닌 것 같아.
최근 좋은 꿈을 많이 꿨는데, 왜일까.

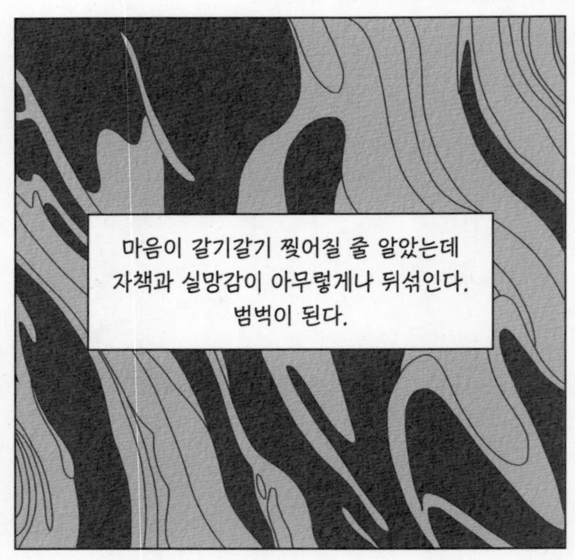

마음이 갈기갈기 찢어질 줄 알았는데
자책과 실망감이 아무렇게나 뒤섞인다.
범벅이 된다.

용기를 내서, 지금의 이 감정을
면밀하게 바라보려고 했는데,
다 범벅이 돼서 그것마저 잘 안 된다.

어디서부터 손을 대어야 할까, 하다가
일단 나부터 씻기기로 했다.

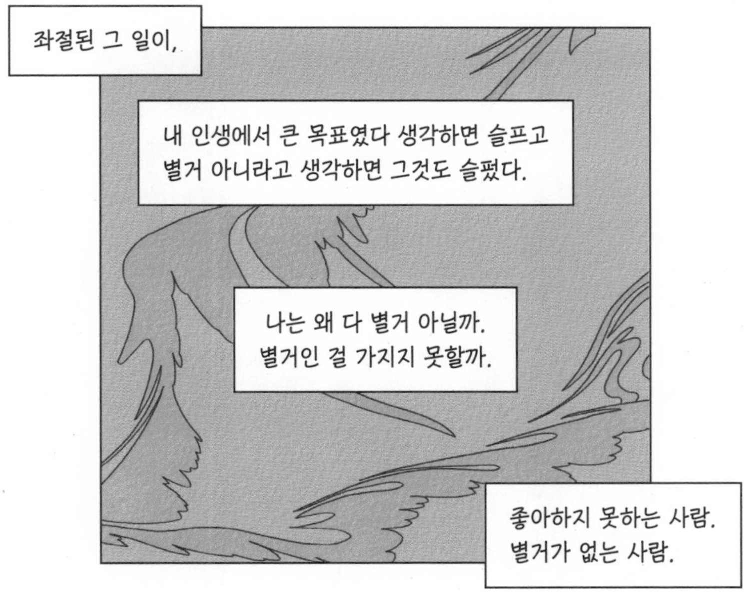
좌절된 그 일이,
내 인생에서 큰 목표였다 생각하면 슬프고
별거 아니라고 생각하면 그것도 슬펐다.
나는 왜 다 별거 아닐까.
별거인 걸 가지지 못할까.
좋아하지 못하는 사람.
별거가 없는 사람.

충분히 좌절하고, 실망하고,
슬퍼하고 깨끗이 태운 후
나를 불쌍하게 여기고 싶으면서도
좌절과 실망과 슬픔이 닿지 않도록
가로막고 물러서는 내가 있다.
바보 멍청이 겁쟁이.
…바보랑 멍청이는 취소다.

아무튼 벌어진 일은
어쩔 수 없다.
벌어진 채로 계속…
계속 가보는 일뿐이다.
크고 작은 야생 동물처럼
살면서 몇 번은 마주치는 것들이
아직 남아 있다고 생각하자.

친구들에게 소식을 전하고 몇몇 메시지를 받았다.
내 친구들은 다들 조심스럽고 나를 아끼고
나를 아끼기 위해 말을 아낄 줄도 안다.

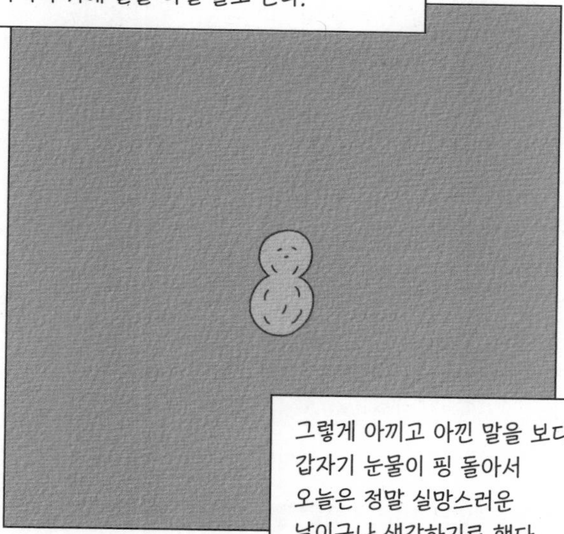

그렇게 아끼고 아낀 말을 보다가
갑자기 눈물이 핑 돌아서
오늘은 정말 실망스러운
날이구나 생각하기로 했다.

실망은 아주 서서히 시든다.
잊었다 싶을 때 바싹 말라 찔러오기도 하지만
죽을 정도로 아픈 것은 아니다.

내일은 나아진다.

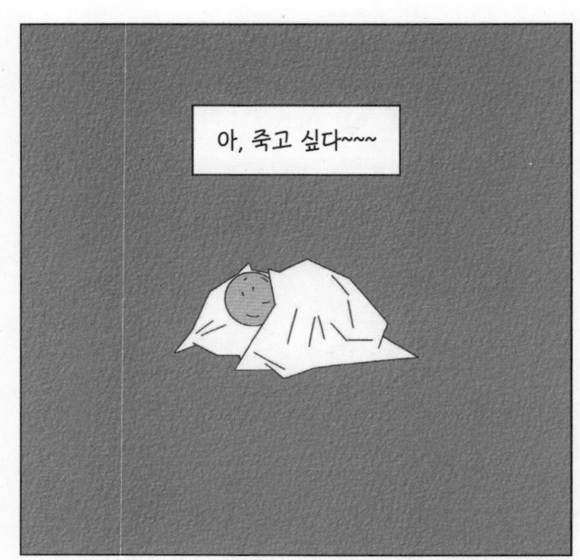
아, 죽고 싶다~~~

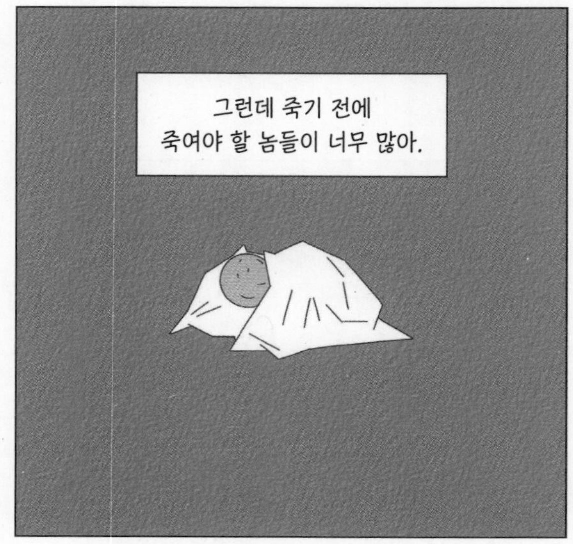
그런데 죽기 전에
죽여야 할 놈들이 너무 많아.

처음에는 마음속 작은 승용차에
태우기 시작했지.
죽이고 싶은
인간들
*마음속 장면입니다.

여차하면 벼랑에서
밀어버릴 생각으로

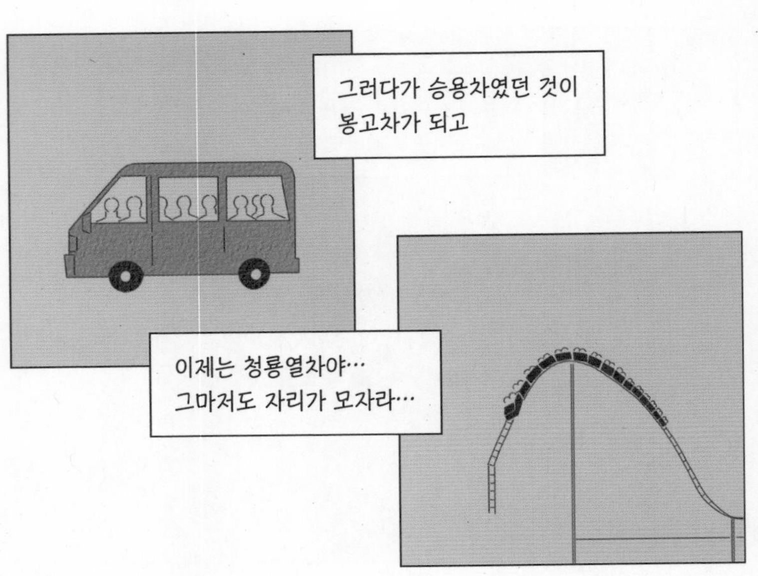
그러다가 승용차였던 것이
봉고차가 되고
이제는 청룡열차야…
그마저도 자리가 모자라…

다만 나는 (아직까지는)
합법을 지향하니까
내 손으로 처리하는 건 안 돼…
귀신보다
법이 무서워
땅땅

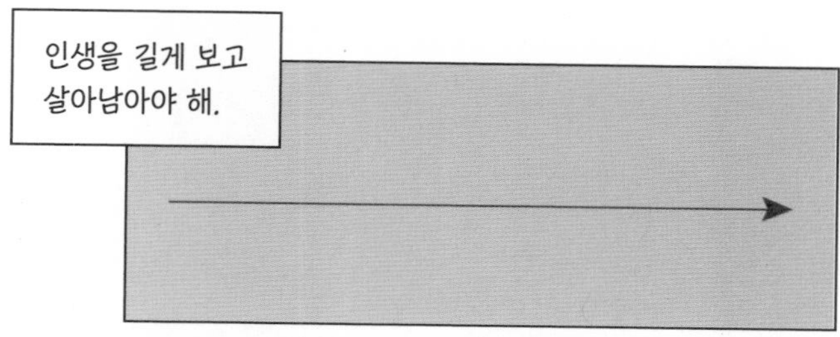
인생을 길게 보고
살아남아야 해.

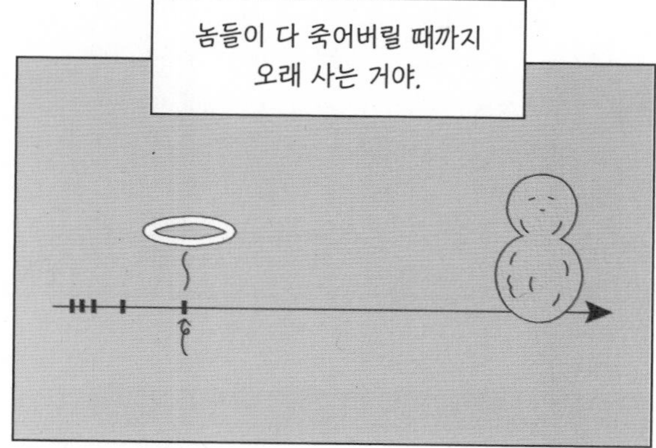
놈들이 다 죽어버릴 때까지
오래 사는 거야.

어쨌거나 내가 이긴다…

엄마의 탄신 축하는
약 오 일에서 일주일간 성대하게 치러진다…
(경) 엄마생신 (축)
HAPPY
BIRTH DAY

…는 개뻥이고 그냥 땅콩이 본가에 내려가서
몸만 함께 있는
안일하기 짝이 없는 축하를 함.
오야 오야
내 왔다
커다랗고 빈 가방을 등에 둘러매고 온다.
엄마가 원할 때까지 담게 하기 위함.(반찬 등)
(어깨와 하체 근력을
키워 두는 게 좋다.)

그리고 약 일주일.

엄마가 원하는 만큼 먹고
한 그릇 더 물래?
응

인제 쉬자
응
원하는 만큼 쉬며

원하는 만큼 티브이를 함께 보고
응

산책 가자
응?
묘하게 본격적인데
벅벅

원하는 만큼 산책을 한다.
지옥의 산책 등산
헉 헉 헉

10분만 더 가면 엄마가 엄청난 거 보여줄게
헉 헉 헉
엄마의 보물 몇 가지를 공유받고
엄청나게 뚠뚠한 소나무
짠—
엄청 뚠뚠하지!?
그치 그치

엄마의
꿈을 묻고
엄마는
꿈이 뭐야?
엄마? 음
사교 댄스왕!

엄마가 받고 싶은
선물을 묻고
엄마 생선
갖고 싶은 거
없어?
엄마?
지잉

할머니의
축하 전화를
함께 듣는다.
응~ 지금
땅콩이 와서
응응~ 응
고마워요 응~

그리고,
할머니
전화
응

돌아가신 할아버지가
보고 싶지는 않냐고
묻지 않는다.
엄마 위해서
기도 하신대~
엄마의 꿈이
무엇이냐 물으며
울지 않는다.
엄마가 또
좋은 거
보여줄게

엄마의 가장 큰 선물이
나라는 것을 모르는 척
자꾸 갖고 싶은 걸 묻는다.
글쎄 비둘기가
둥지를
틀었더라고~
알면서.
아, 맞다

엄마.
엄마는
갖고 싶은 거 없어.
우리 땅콩이가
행복하면 돼.
엄마는.

생일 축하해,
생일 축하해, 엄마.
엄마의 생일에
자꾸만 슬퍼서 미안해.

엄마, 사랑해.
생일을 축하해.

어디 어디?

여기 둥지!

요즘 무슨 생각을 하느냐고 물었지, 엄마가.

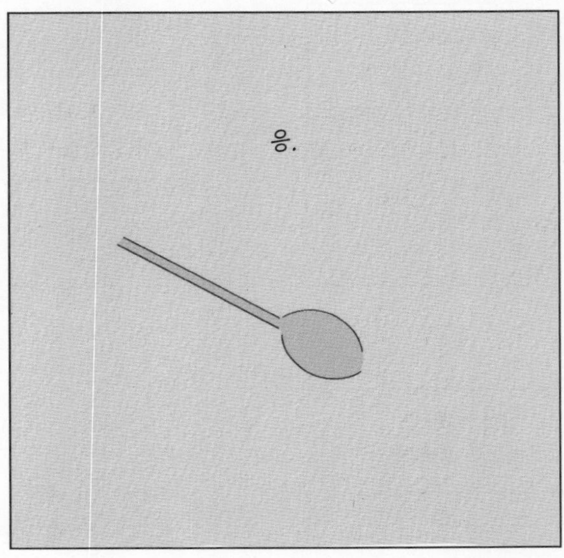
응.

쓰레기를 버리는 길에 달을 보고
건강하고 행복하게 살게 해달라
소원을 빌던 거.
오와아-
보름달이다

소원을 빌고 돌아오는 길에
나를 치고 갈 차가 없나
도로 위를 서성이던 거.

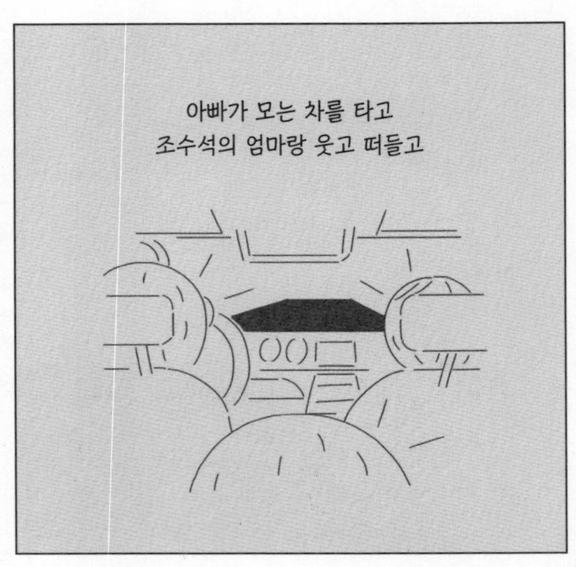
아빠가 모는 차를 타고
조수석의 엄마랑 웃고 떠들고

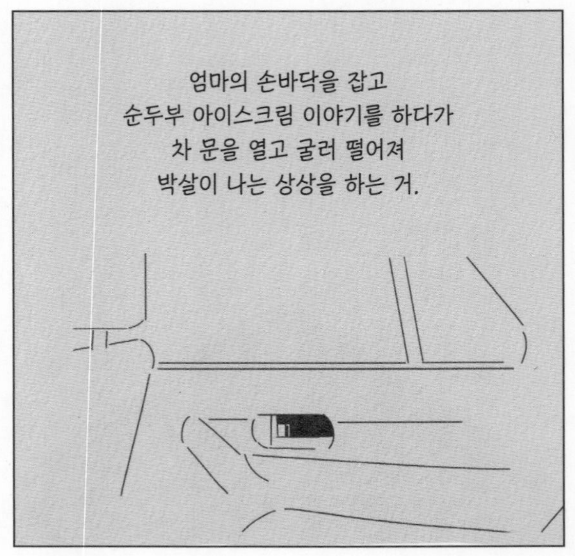
엄마의 손바닥을 잡고
순두부 아이스크림 이야기를 하다가
차 문을 열고 굴러 떨어져
박살이 나는 상상을 하는 거.

예감으로 발견되는 거.
LOCK

그런 걸 생각해, 엄마.
절대로 말하지 않을 거지만.

엄마, 나는 목숨에 목숨 걸었어.
목숨에 목숨을 걸다니 웃기는 일이지.

딱히 목숨 걸 데 없는 건 맞지만
그래서 목숨에 걸은 것은 아냐.

그러니까 절대로 그런 일은 일어나지 않을 거야.
서성이거나, 구르거나, 발견당하지 않을 거야.
그렇게 할 거야.

웃기지, 엄마.
엄마가 들으면 절대로 웃지 않을 테지만.

엄마. 나는 씩씩하고 싶어.
목숨에 목숨을 단단히 걸고서,
그렇게 살아 있고 싶어.
아따
인생경치
끝내주네

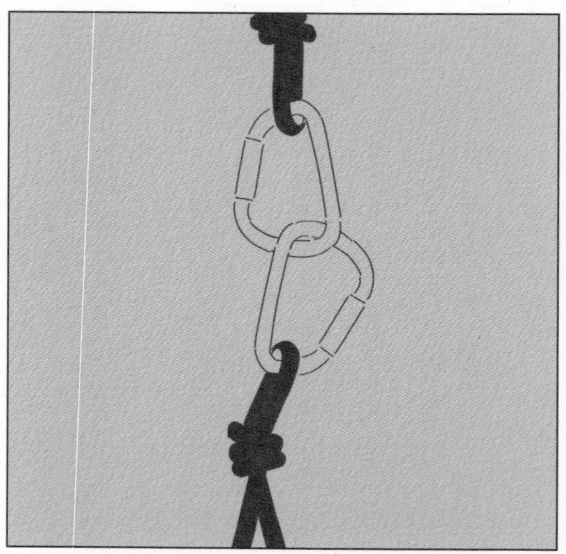

그런데 이상하지.
왜 나는 씩씩하겠다는 생각도
말할 수가 없을까.

밥, 맛있다.

동강 래프팅을
하러 간 적이
있었어.

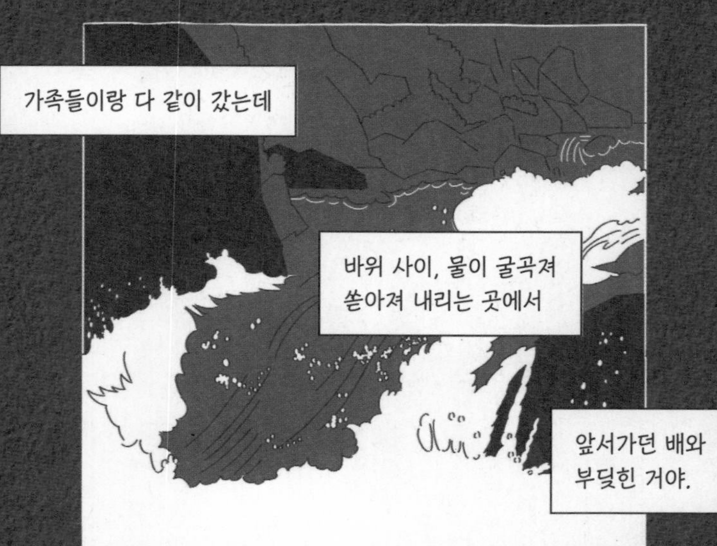
가족들이랑 다 같이 갔는데
바위 사이, 물이 굴곡져
쏟아져 내리는 곳에서
앞서가던 배와
부딪힌 거야.

배는 뒤집어지고
사람들은
거센 물살 속으로
휘말렸어.

나도 급류에서
빠져나오려고
발버둥 치는데,
누가 목덜미를
확 잡아당기는 거야.

그 힘이 너무 세서
샌들 한쪽이 벗겨졌어.

엄마였어.

엄마와 그 이야기를
하며 웃었지.
파하하

엄마는
수영을 잘했어.

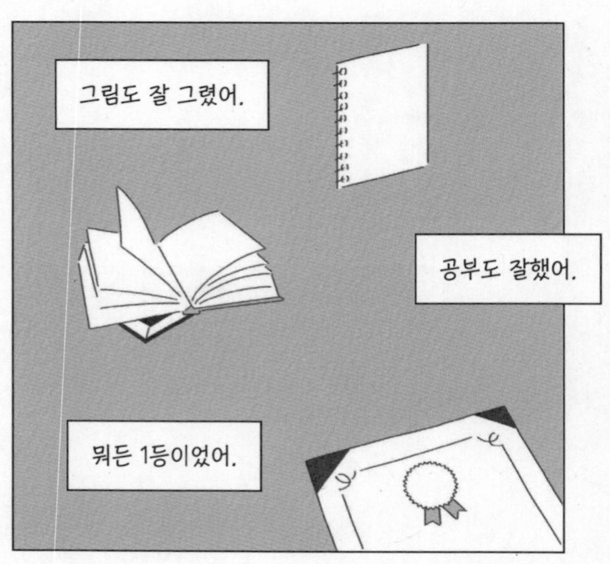
그림도 잘 그렸어.
공부도 잘했어.
뭐든 1등이었어.

내가 들어간 고등학교는
엄마와 같은
여자 고등학교였는데,
공부를 아주 잘해야만
들어갈 수 있는 학교였어.
나는 뺑뺑이였지만.
(내가 엄마의 후배인 셈이지)

입학 방식은 달라졌어도 규율은 남아서,
때로 학교는 아주 엄격하게 굴었어.
나는 꽃을 가까이서
보려고 동상을 밟고,
뭐가 먹고 싶어서
담을 넘고
종종 매를 맞았어.

매를 맞고 온 나에게
엄마는 자신은
얌전한 학생이었다고 했어.
맨몸으로 뛰어든 가게에서
얌전히 서 있던 엄마.
가게 한가운데 갇혀
꼼짝 못 하고 얌전히 빵을
뜯어먹던 엄마.

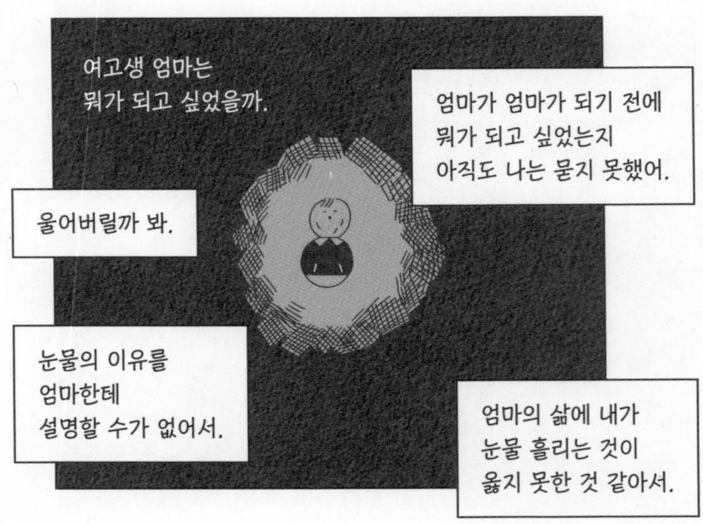
여고생 엄마는
뭐가 되고 싶었을까.
엄마가 엄마가 되기 전에
뭐가 되고 싶었는지
아직도 나는 묻지 못했어.
울어버릴까 봐.
눈물의 이유를
엄마한테
설명할 수가 없어서.
엄마의 삶에 내가
눈물 흘리는 것이
옳지 못한 것 같아서.

엄마의 생일이었어.
뭐가 되고 싶었는지는
묻지 못했지만, 지금.
엄마 지금 꿈이
뭐냐고 물었어.
노래도 잘하고 글도
잘 쓰고 운동도 잘하는
엄마의 꿈은 뭘까.
내가 예술적 기질을 가졌다면
그건 다 엄마한테 물려받은 거야.

나는 어떤 결의에 차 있었어.
엄마의 꿈이 무엇이든
어떻게든 이루어줄 거야.
뭐든 내가 다 할 거야.
그것이 어떤 일이라면,
어떤 일을 해서라도.
그런 생각으로 물었는데.

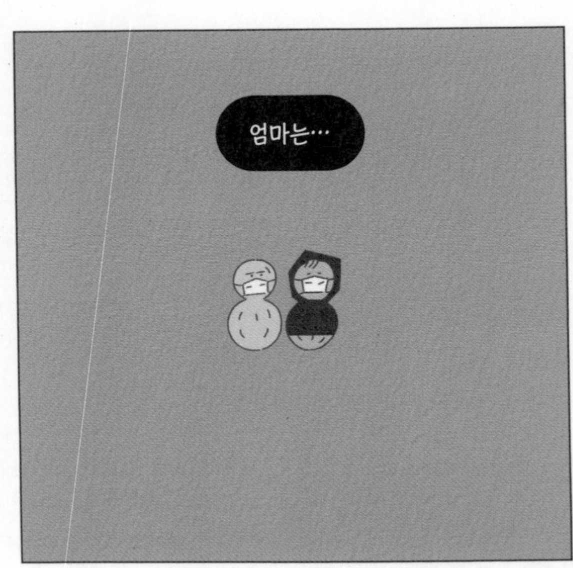
엄마는…

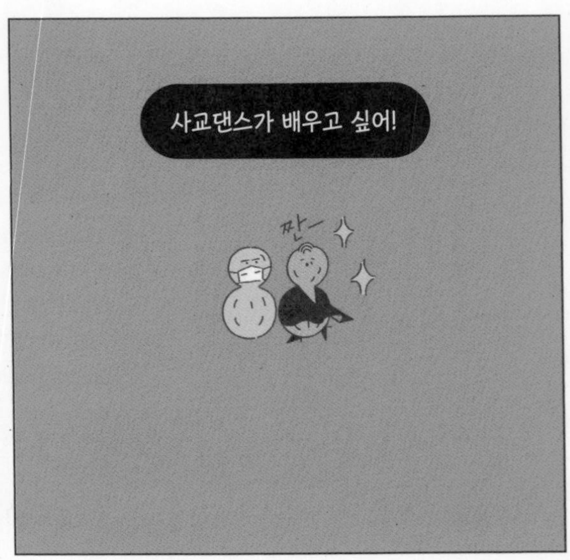
사교댄스가 배우고 싶어!
짠–

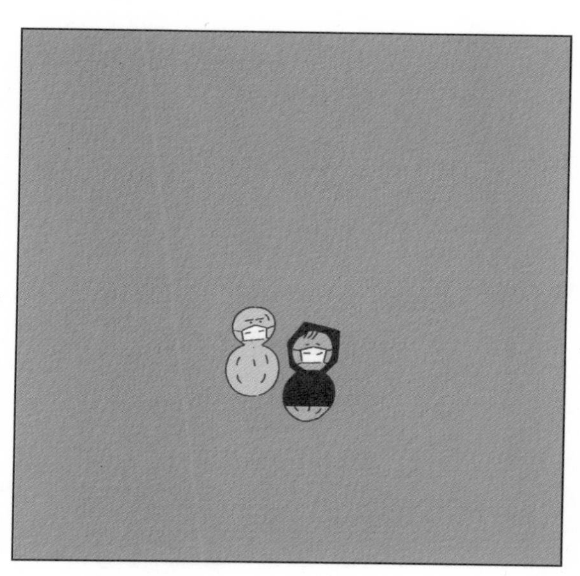

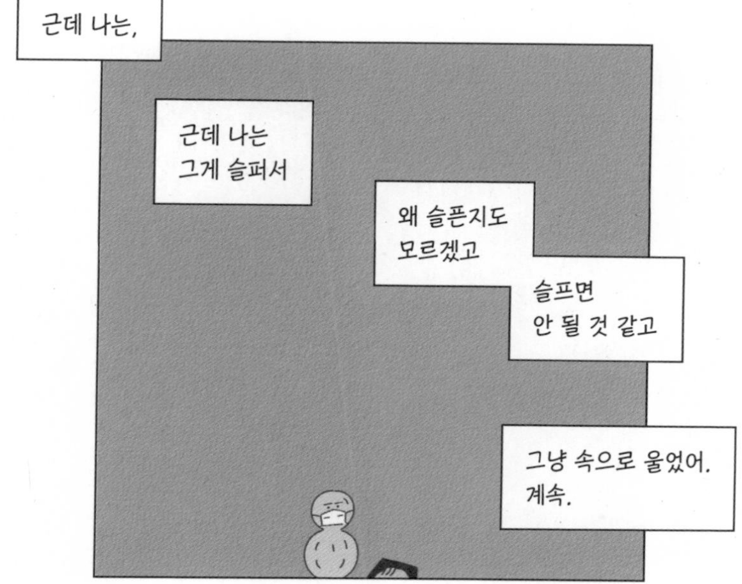
근데 나는,
근데 나는
그게 슬퍼서
왜 슬픈지도
모르겠고
슬프면
안 될 것 같고
그냥 속으로 울었어.
계속.

얌전한 엄마.

밤에 안방 침대로 갔어.

엄마에게
행복하냐고 물었는데
행복하대.
우리 딸이
엄마의 행복이야.

엄마는 만족해.
묻지도 않은
만족을 이야기하는데.

나는 다른 행복을
알아서 슬퍼.

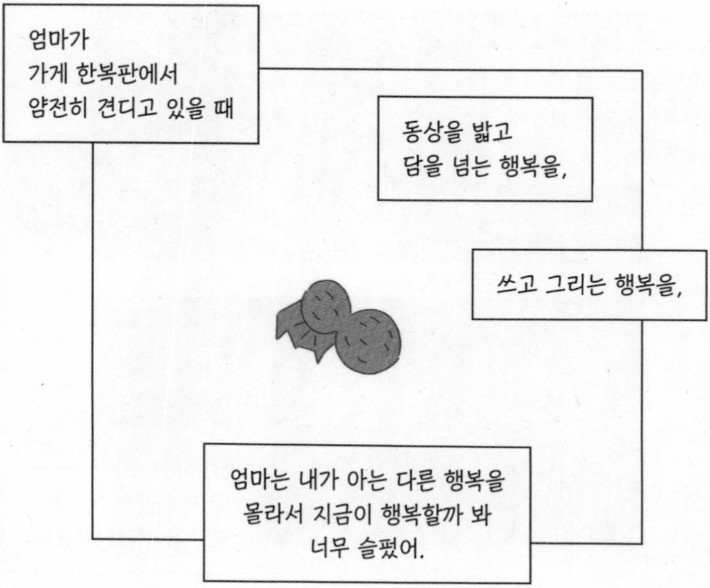

엄마가
가게 한복판에서
얌전히 견디고 있을 때

동상을 밟고
담을 넘는 행복을,

쓰고 그리는 행복을,

엄마는 내가 아는 다른 행복을
몰라서 지금이 행복할까 봐
너무 슬펐어.

근데 또 바꿔 생각하면
그건 나도 마찬가지고…

서로 모르는 행복이
슬프게도 만들 수 있구나
생각했어.

엄마와 내 삶이
다른 게 너무 슬퍼.

엄마와 내 삶이
차라리 같았으면 좋겠어.

엄마가 원한다면
나는 기꺼이
나랑 엄마를
바꿔줄 거야.
이름도
줘버릴 거야.
가진 모든 열쇠와
비밀번호도 줄 거야.

근데 엄마가,

엄마가 다음의 생에도
나에게 나를 양보할 것 같아서
그게 슬퍼.

마지막 순간에
엄청난 힘으로
나와 엄마의 자리를
바꿔버릴 것 같아.

동강 래프팅에서
엄마가 나를 구해냈던
그 힘으로.

내가 엄마의 삶을
함부로 말하는 것도 싫어.

엄마의 행복을
존중하고 싶어.

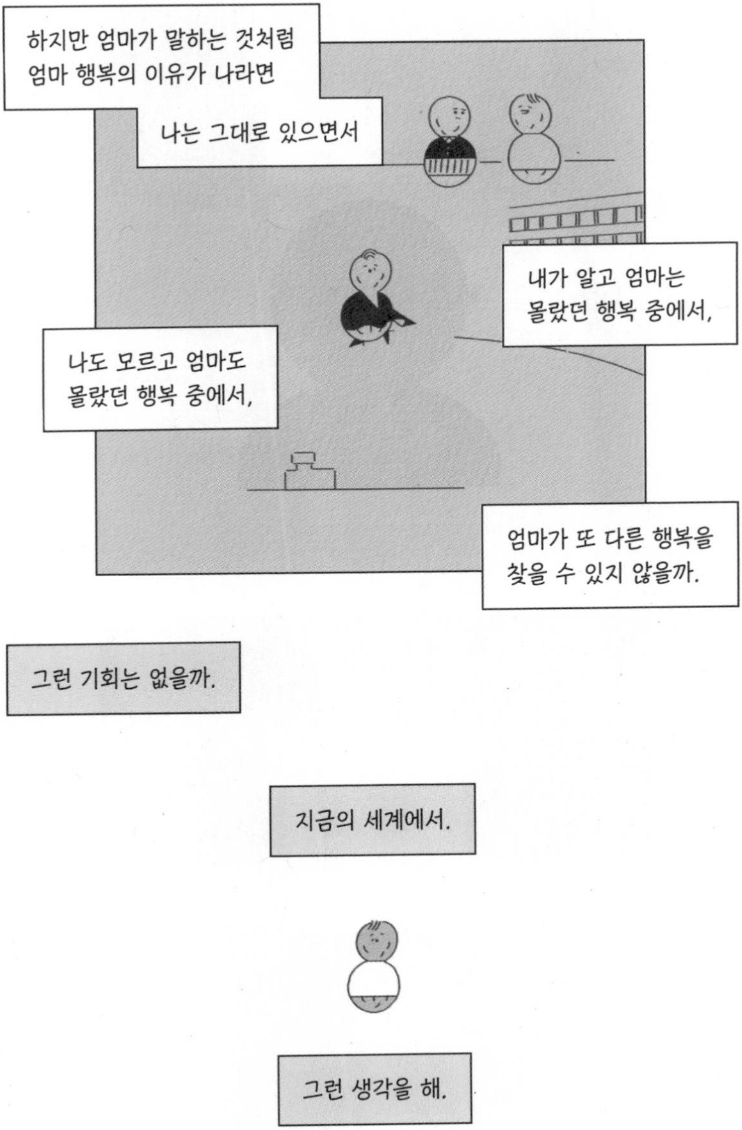

하지만 엄마가 말하는 것처럼
엄마 행복의 이유가 나라면

나는 그대로 있으면서

내가 알고 엄마는
몰랐던 행복 중에서,

나도 모르고 엄마도
몰랐던 행복 중에서,

엄마가 또 다른 행복을
찾을 수 있지 않을까.

그런 기회는 없을까.

지금의 세계에서.

그런 생각을 해.

버스를 타면
내 발밑의 엔진이
폭발할 것 같았어.
땅콩일

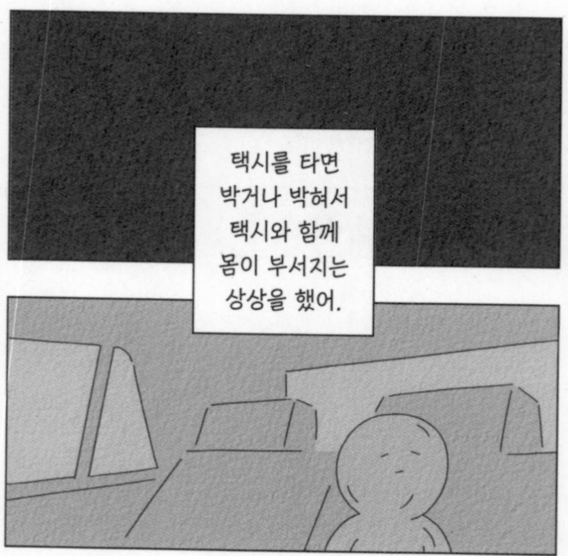
택시를 타면
박거나 박혀서
택시와 함께
몸이 부서지는
상상을 했어.

멀쩡히 있다가도 불현듯
어깨가 튀었어.
잘 자다가 유령이
덧 누운 듯 오스스 깼어.
왠지

엄마나 아빠가
죽은 것 같았어.
사고가 난 것 같았어.

사랑한다는 말은
다 유언 같았어.
평생 잊지 못하게 하려는
벌 같았어.

그러고 나면 밤이 너무 괴로웠어.
내가 엄마 아빠가
죽는 상상 같은 걸 하다니
죄책감에 가슴이 조였어.

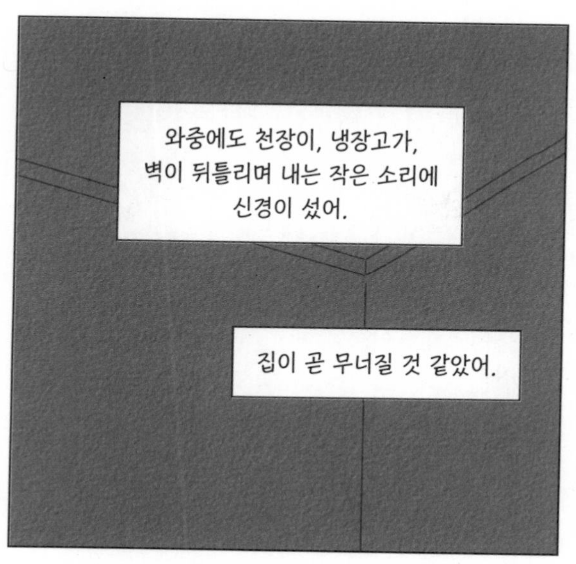
와중에도 천장이, 냉장고가,
벽이 뒤틀리며 내는 작은 소리에
신경이 섰어.
집이 곧 무너질 것 같았어.

누군가 창을 열고
들어온 것 같았어.
내 등 뒤로
칼이나 망치를
겨누고 있는 것
같았어.
걸쇠를 모두 확인하고
겨우 눈을 감으며 이가
빠지는 꿈*을 꿀까 떨었다.

*죽음 등의 대표적 흉몽 중 하나.

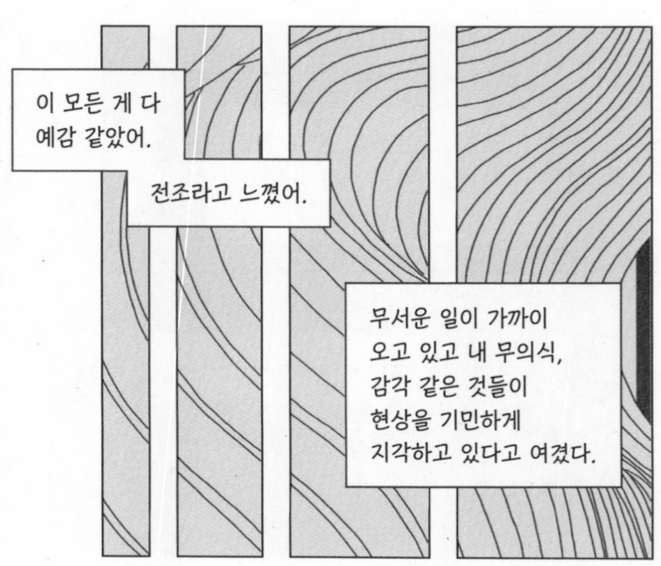
이 모든 게 다
예감 같았어.
전조라고 느꼈어.
무서운 일이 가까이
오고 있고 내 무의식,
감각 같은 것들이
현상을 기민하게
지각하고 있다고 여겼다.

그게 아니면
미쳐버린 거라고
생각했으니까.
나는
미치는 게
무섭다.
미치는 걸
생각하면
미칠 것 같아.
알아?

내가 미치면 꼭
이야기해줘야 해.

친구들에게
백 번은 말했다.

너희가 정확히 보니까.
나는 이미 틀린 것 같고,
너희 말이 맞으니까.
꼭 말해줘야 해. 제발, 부탁이야.

그 뒤로 너 미친 거 같다는(진지하게)
얘기는 아직 한 번도 안 들었다.
친구들을 믿으면서도 믿을 수 없다.
내가 이렇게 불안이 큰데? 미치겠네.

불안이 미치게 만드는 걸까,
미치면 불안해지는 걸까.
둘 다일까?

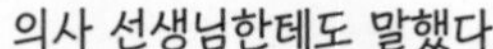
의사 선생님한테도 말했다.

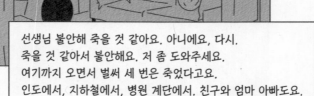

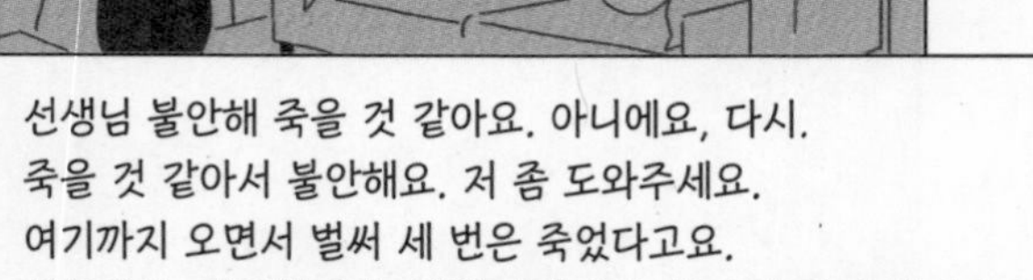
선생님 불안해 죽을 것 같아요. 아니에요, 다시.
죽을 것 같아서 불안해요. 저 좀 도와주세요.
여기까지 오면서 벌써 세 번은 죽었다고요.
인도에서, 지하철에서, 병원 계단에서. 친구와 엄마 아빠도요.

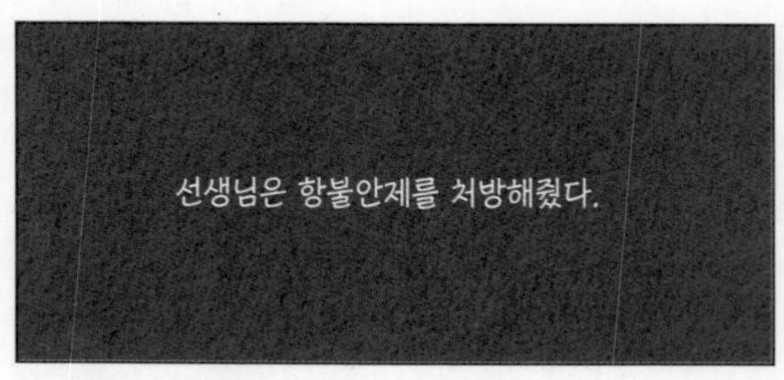
선생님은 항불안제를 처방해줬다.

집으로 가는 버스 안에서
눈 질끈 감았다.
하필 솟아오른 자리에
앉아서. 이 밑이
바퀴인지 엔진인지
모르겠어서.

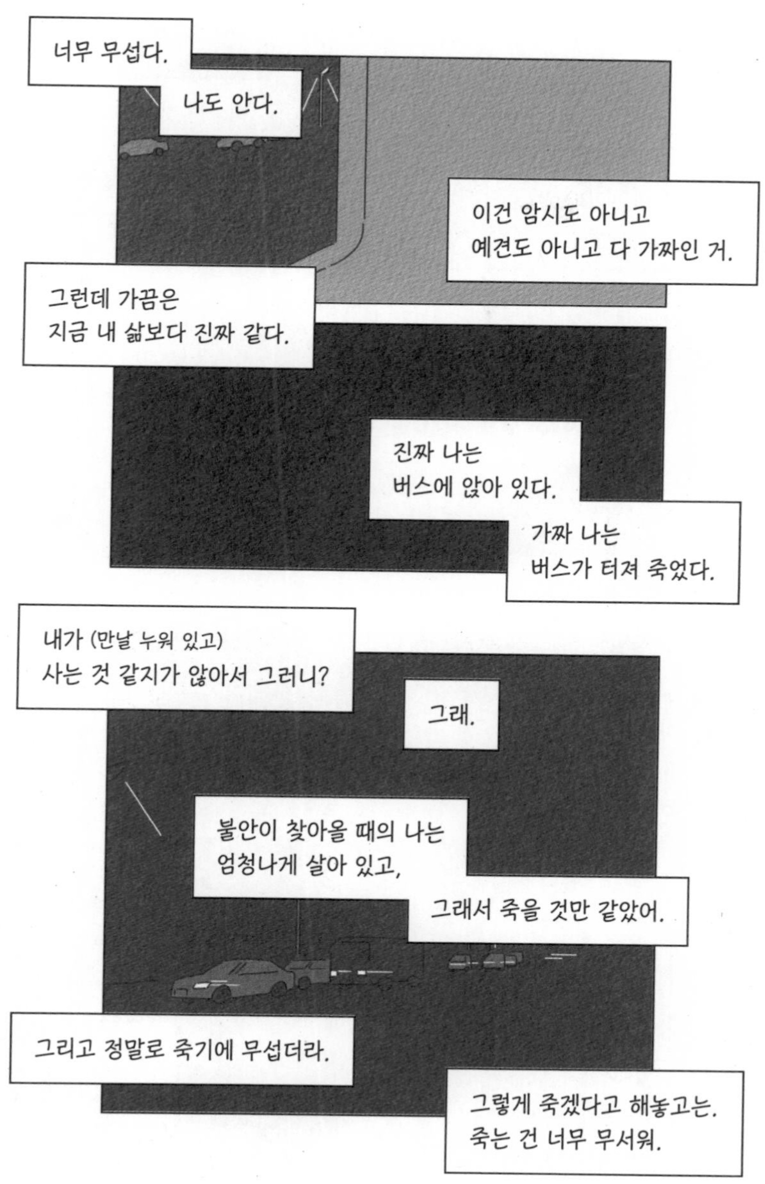
너무 무섭다.
나도 안다.
이건 암시도 아니고
예견도 아니고 다 가짜인 거.
그런데 가끔은
지금 내 삶보다 진짜 같다.
진짜 나는
버스에 앉아 있다.
가짜 나는
버스가 터져 죽었다.
내가 (만날 누워 있고)
사는 것 같지가 않아서 그러니?
그래.
불안이 찾아올 때의 나는
엄청나게 살아 있고,
그래서 죽을 것만 같았어.
그리고 정말로 죽기에 무섭더라.
그렇게 죽겠다고 해놓고는.
죽는 건 너무 무서워.

차라리 사랑에
빠지면 좋겠다.
미치는 것이
불안이 아니라
사랑이었으면 좋겠다.

그럼 나는 또 사랑을 불안해하겠지?

나는 고장 났으니까. 나는 고장 난 인간.

나는 무언가 잘못된 인간이라는 생각을
너무 슬프게 했다.

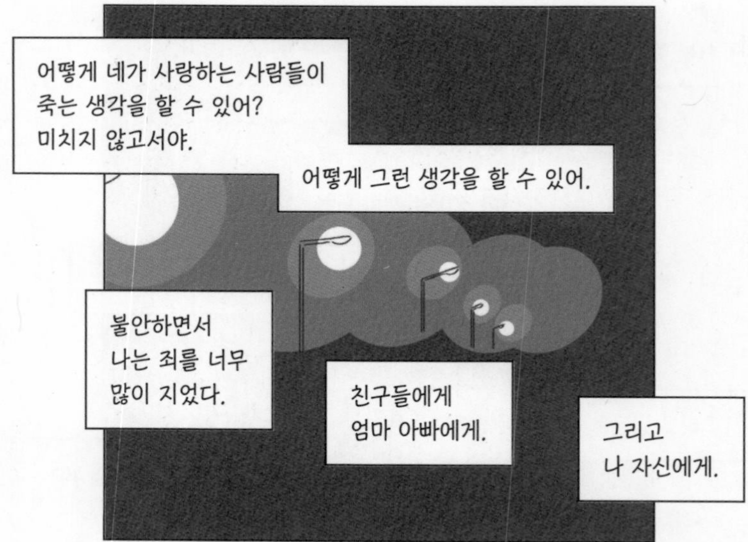

어떻게 네가 사랑하는 사람들이
죽는 생각을 할 수 있어?
미치지 않고서야.
어떻게 그런 생각을 할 수 있어.
불안하면서
나는 죄를 너무
많이 지었다.
친구들에게
엄마 아빠에게.
그리고
나 자신에게.

항불안제를 먹었다.

항불안제는 노랗고 작고
앙증맞은 동그라미였다.

약의 색은 누가
정할까? 모양은?

삼 분 정도 집 안을 빙빙 돌며 걷다가 누웠다.
(바닥이 처음 이사 왔을 때보다
좀 기울어진 것 같았다. 무너질까?)

집은 계약 기간이 아직 남았고
나는 같은 돈으로 이보다
괜찮은 집을 구할 자신이 없다.
내 몸뚱이처럼 불안처럼
떠날 수 없다.
이런 곳을,
이런 마음을.

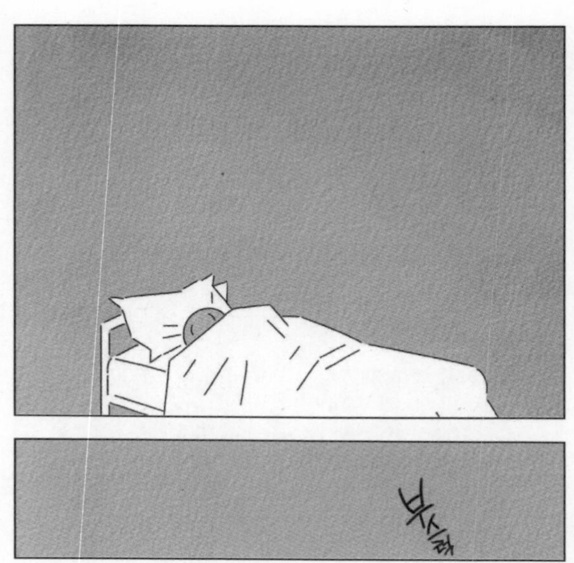
부스럭

오랜만에 잘 잤다.
심장이 너무 뛰어서
번갈아 돌아눕던
일도 하지 않았다.
꿈을 꿨지만
기억하진 않았다.
어렴풋하면서
불안하지 않았다.
불안하지 않았다…
어이없어.

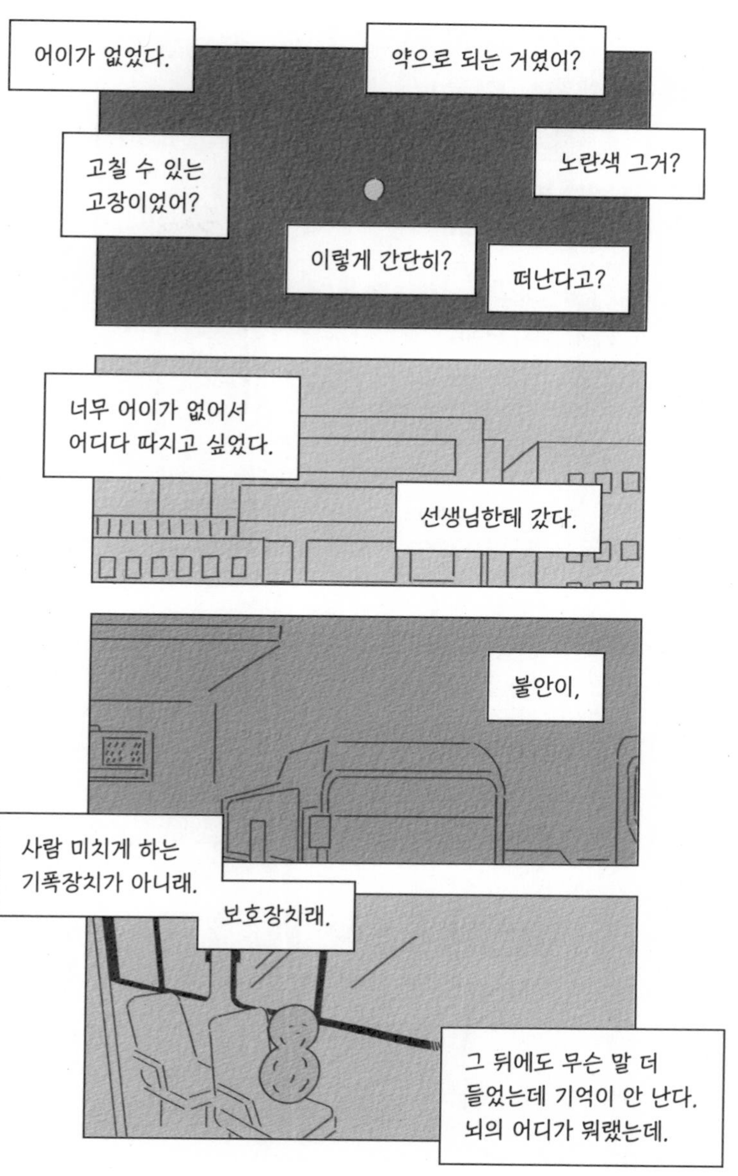
어이가 없었다.
약으로 되는 거였어?
고칠 수 있는 고장이었어?
노란색 그거?
이렇게 간단히?
떠난다고?
너무 어이가 없어서 어디다 따지고 싶었다.
선생님한테 갔다.
불안이,
사람 미치게 하는 기폭장치가 아니래.
보호장치래.
그 뒤에도 무슨 말 더 들었는데 기억이 안 난다. 뇌의 어디가 뭐랬는데.

불안도 역할이 있대.
위험 또는 위협을
감당할 수 있도록.
미리 준비할
시간을 주는 거다.
나 안 죽게 하려고.
작동하는-

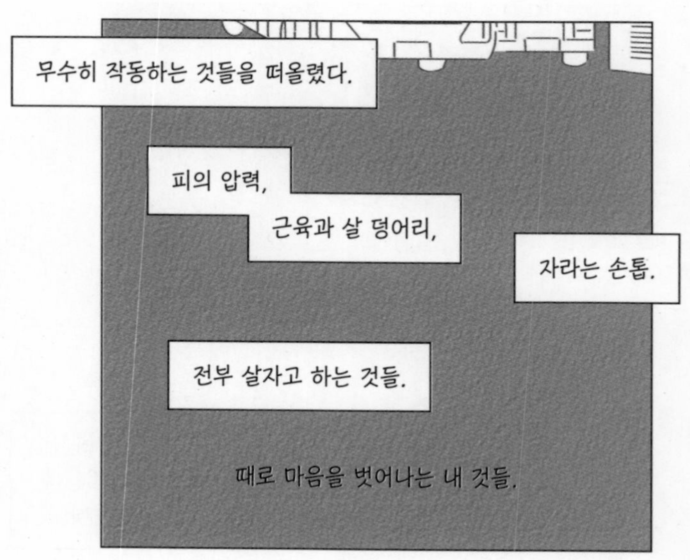
무수히 작동하는 것들을 떠올렸다.
피의 압력,
근육과 살 덩어리,
자라는 손톱.
전부 살자고 하는 것들.
때로 마음을 벗어나는 내 것들.

아무튼 그러니까 불안은 나를
보호하는 장치이고 근데

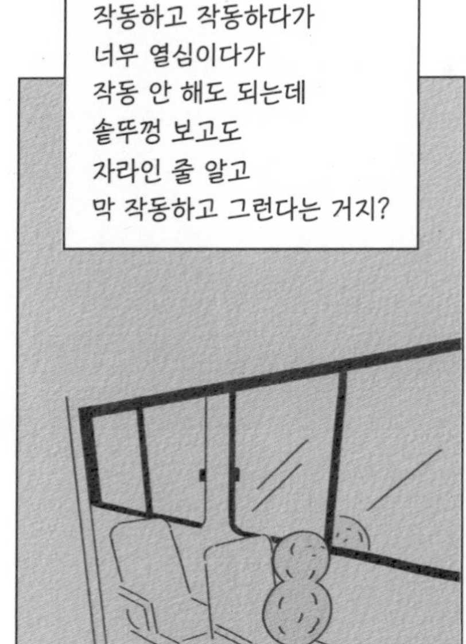

작동하고 작동하다가
너무 열심이다가
작동 안 해도 되는데
솥뚜껑 보고도
자라인 줄 알고
막 작동하고 그런다는 거지?

속상하게.

속고 있구나.
그거 다 가짜야.
바보야.
왜 그렇게 애를 쓰니.
열심을 하니.

가엾게도.

나도 노력하고 애쓰다가
많이 망쳐봤어.

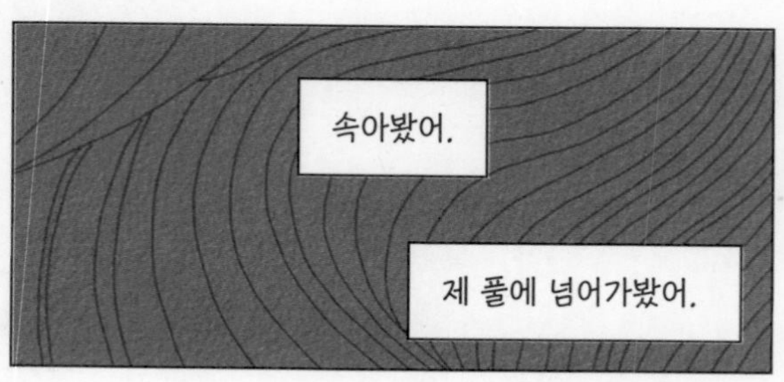

속아봤어.
제 풀에 넘어가봤어.

그건 작은
말썽일 뿐이야.

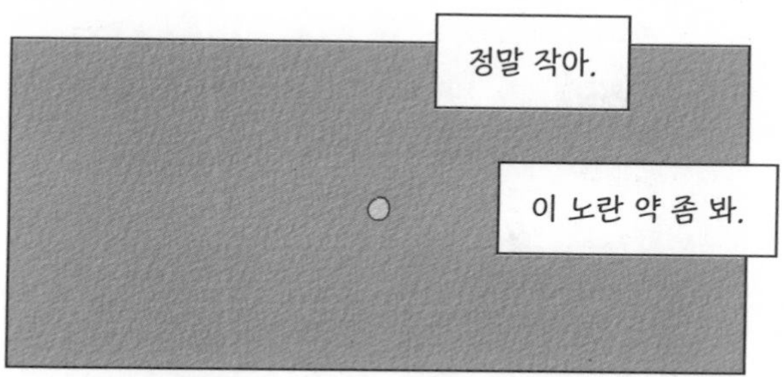
정말 작아.
이 노란 약 좀 봐.

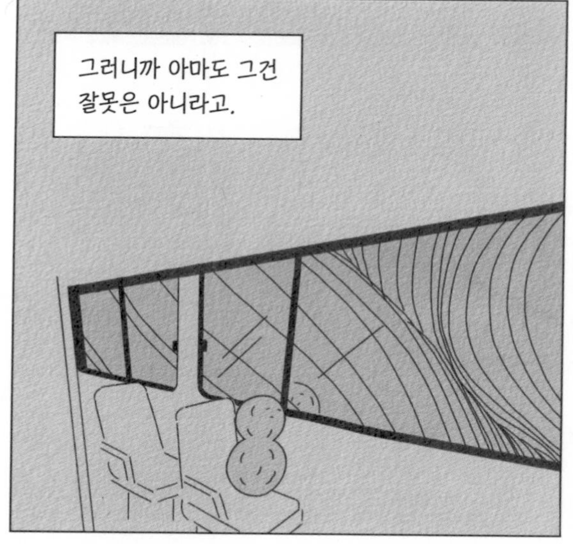
그러니까 아마도 그건
잘못은 아니라고.

우리의, 잘못은 아니라고.

안경을 또 잃어버렸어요?
......

안경에 끈을
달아놓아야지.
......
너희 아버지
한두 번이 아니야.
자꾸 깜박깜박해.
거실이랑
부엌에는 없어~

여깄다!
아니 안경이
왜 거기 있대.
? 그럴 수도 있지.
……

엄만 차 빼고
올게~

?

니는 모르재.
응?
'그럴 수도 있지', 
그 말이 얼마나
사람을 구원하는지
너는 모를 거야.
……

그럴 수도 있지.
그럴 수도 있지.
……
그럴 수도 있지.

그럴 수도 있지.
……

꽤 자주, 고개를 쳐들고
하염없이 밤하늘을 바라보곤 했다.

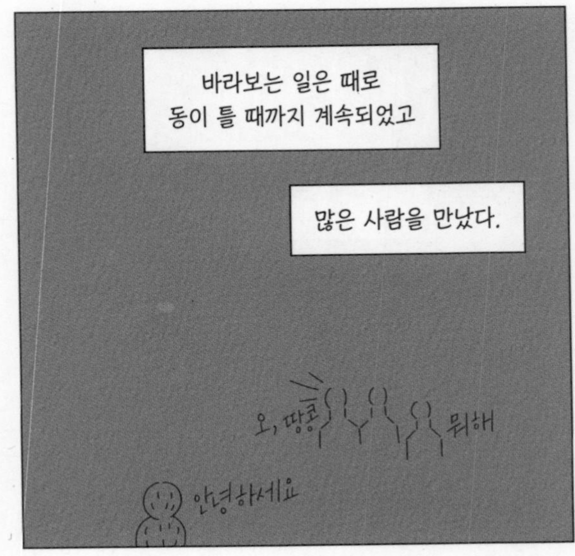
바라보는 일은 때로
동이 틀 때까지 계속되었고
많은 사람을 만났다.
오, 땅콩
뭐해
안녕하세요

몇몇은 내게
몇 개의 별자리를
가르쳐주었다.
저기 보이지?
별 세 개.

그중 오리온자리와
백조자리만이
스치지 않고 남았다.
별 세 개!

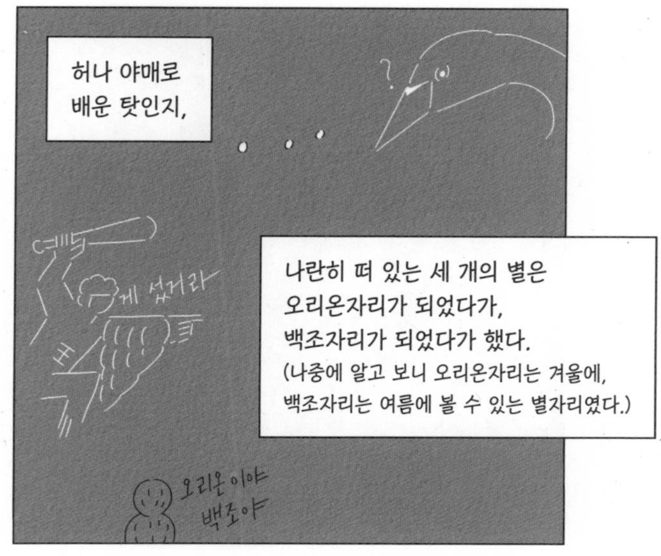
허나 야매로
배운 탓인지,
게 섰거라
나란히 떠 있는 세 개의 별은
오리온자리가 되었다가,
백조자리가 되었다가 했다.
(나중에 알고 보니 오리온자리는 겨울에,
백조자리는 여름에 볼 수 있는 별자리였다.)
오리온 이야
백조야

아무렴 어때.
하늘의 것들이
선명한 날이 있다.

그런 날이면 눈을 찌푸리며
열심히 별의 궤적을 쫓았다.

곁에
누군가
있으면
함께 나란한
세 개의 별을
찾는 기쁨으로,

혼자일 때는
…잘 모르겠다.

허공에 대고
끊임없이
말을 걸었던 것
같기도 하다.

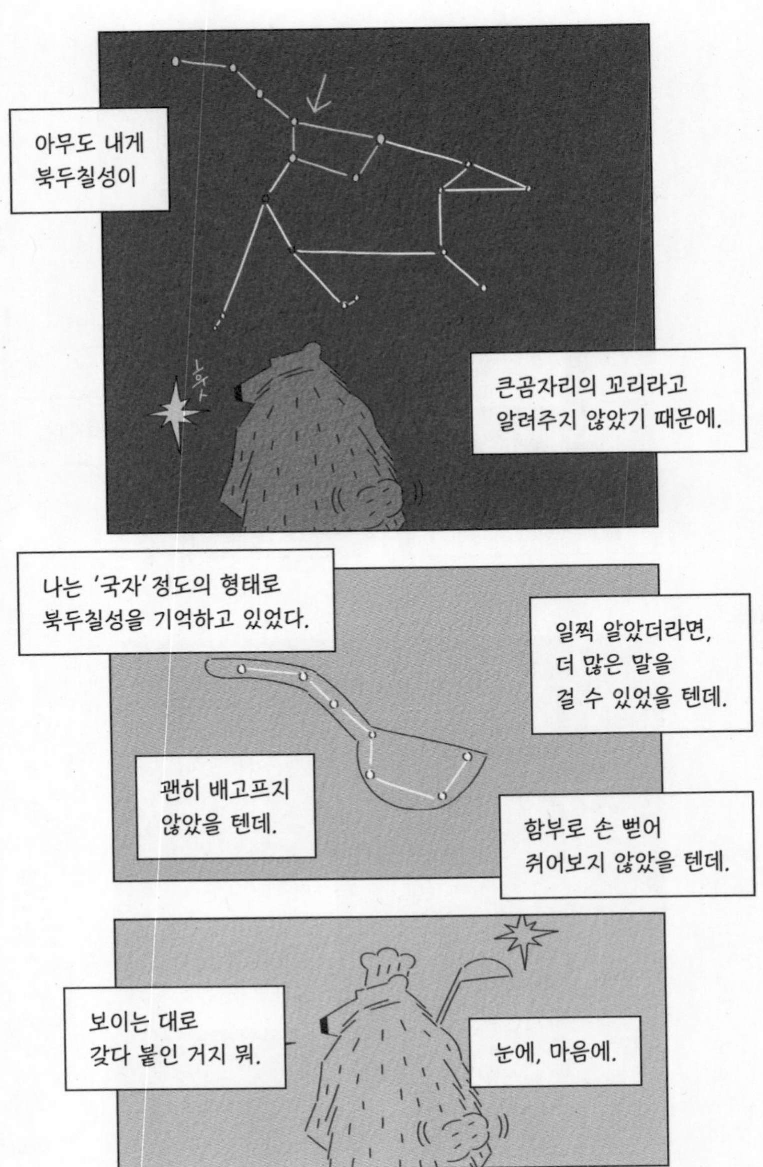
아무도 내게
북두칠성이
큰곰자리의 꼬리라고
알려주지 않았기 때문에.
나는 '국자' 정도의 형태로
북두칠성을 기억하고 있었다.
일찍 알았더라면,
더 많은 말을
걸 수 있었을 텐데.
괜히 배고프지
않았을 텐데.
함부로 손 뻗어
쥐어보지 않았을 텐데.
보이는 대로
갖다 붙인 거지 뭐.
눈에, 마음에.

초등학생 때 잠깐 유행하던
놀이가 떠오른다.
펜 하나만 있으면 되는
놀이의 방법은 다음과 같다.

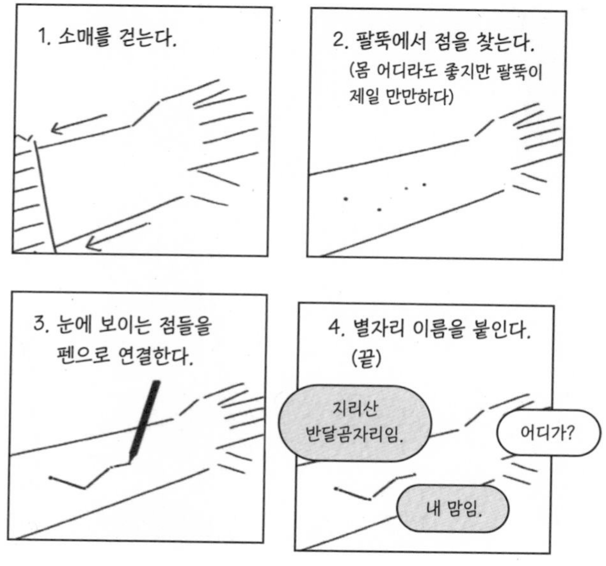
1. 소매를 걷는다.
2. 팔뚝에서 점을 찾는다.
(몸 어디라도 좋지만 팔뚝이
제일 만만하다)
3. 눈에 보이는 점들을
펜으로 연결한다.
4. 별자리 이름을 붙인다.
(끝)
지리산
반달곰자리임.
어디가?
내 맘임.

참으로 소박한
놀이였지만
또또또
옷 베렸지, 또!
행여 채 마르지 않은
반달곰의 꼬리가
셔츠에 묻기라도
하는 날이면
곰의 분노보다 매서운
엄마의 꾸지람을
들어야 했다.

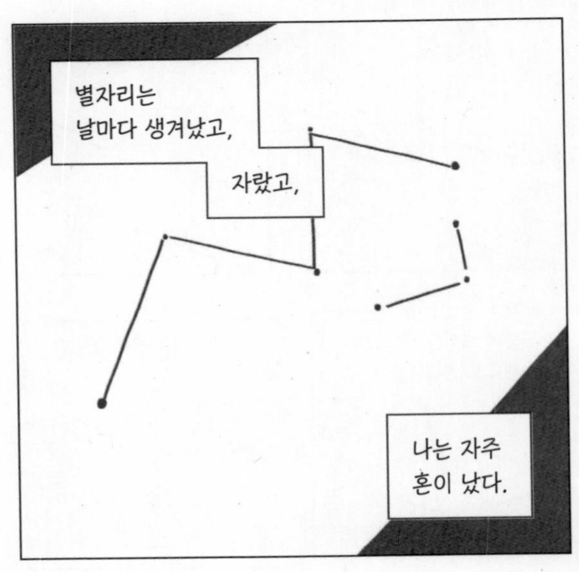
별자리는
날마다 생겨났고,
자랐고,
나는 자주
혼이 났다.

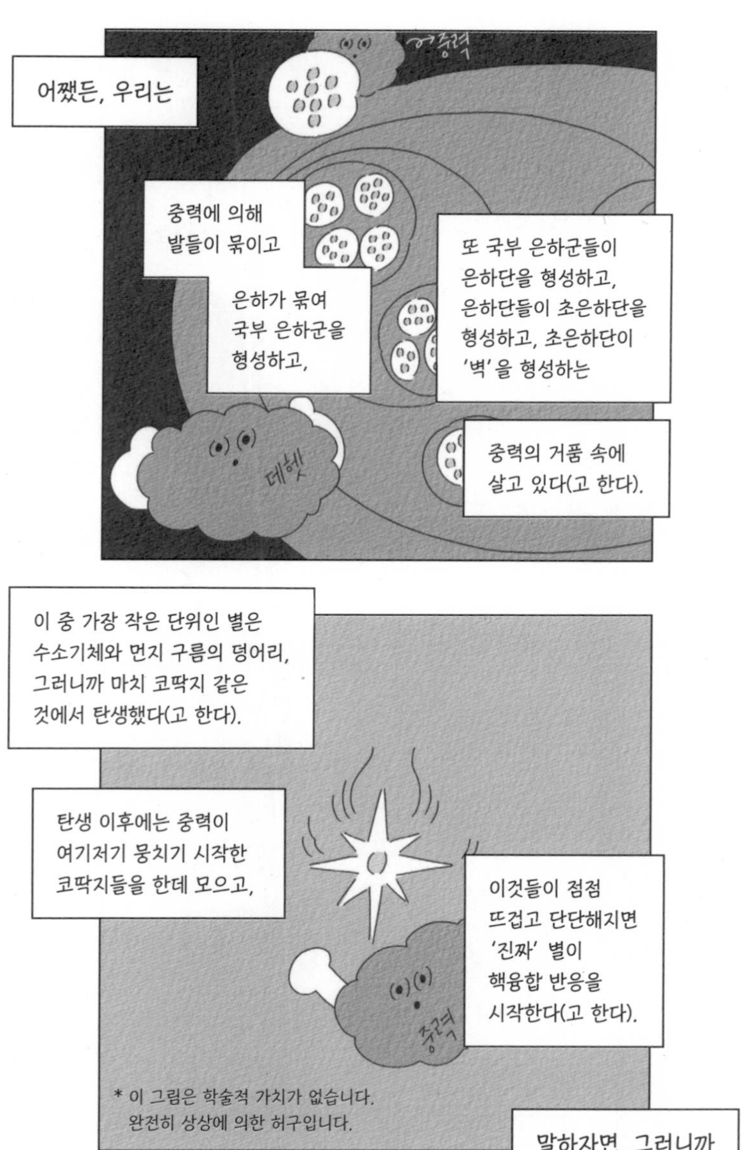

중력
어쨌든, 우리는
중력에 의해
발들이 묶이고
은하가 묶여
국부 은하군을
형성하고,
또 국부 은하군들이
은하단을 형성하고,
은하단들이 초은하단을
형성하고, 초은하단이
'벽'을 형성하는
데헷
중력의 거품 속에
살고 있다(고 한다).
이 중 가장 작은 단위인 별은
수소기체와 먼지 구름의 덩어리,
그러니까 마치 코딱지 같은
것에서 탄생했다(고 한다).
탄생 이후에는 중력이
여기저기 뭉치기 시작한
코딱지들을 한데 모으고,
이것들이 점점
뜨겁고 단단해지면
'진짜' 별이
핵융합 반응을
시작한다(고 한다).
중력
* 이 그림은 학술적 가치가 없습니다.
완전히 상상에 의한 허구입니다.
말하자면, 그러니까

별은 우주코딱지라는 소리다.
우주
* 이 그림은 학술적 가치가 없습니다.
완전히 상상에 의한 허구입니다.

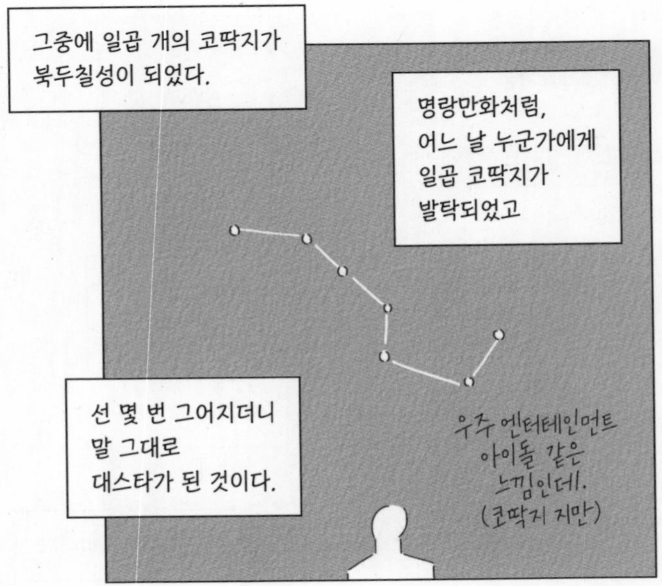
그중에 일곱 개의 코딱지가
북두칠성이 되었다.
명랑만화처럼,
어느 날 누군가에게
일곱 코딱지가
발탁되었고
선 몇 번 그어지더니
말 그대로
대스타가 된 것이다.
우주 엔터테인먼트
아이돌 같은
느낌인데.
(코딱지 지만)

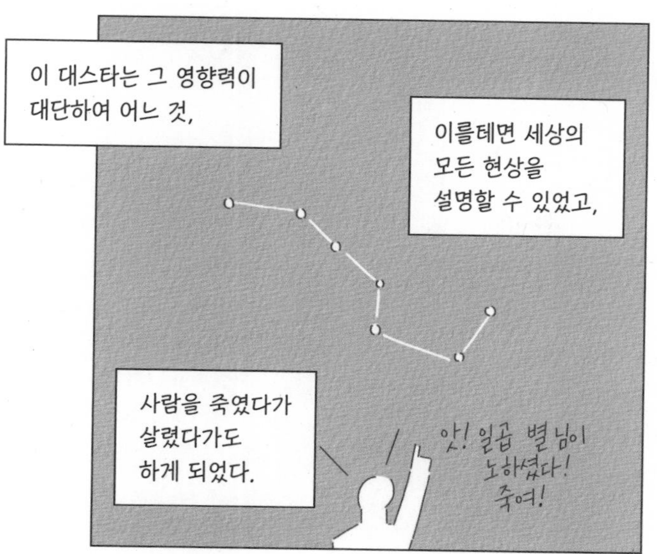
이 대스타는 그 영향력이
대단하여 어느 것,
이를테면 세상의
모든 현상을
설명할 수 있었고,
사람을 죽였다가
살렸다가도
하게 되었다.
앗! 일곱 별 님이
노하셨다!
죽여!

단지 일곱 개의
우주 코딱지가 말이다.

그럼에도 불구하고
일곱 개의 코딱지를
바라보는 일은
나쁘지 않았고,
나보다 더 나쁘지 않게
여긴 사람들의 이야기,
태어나고.
…그래서
일곱 개의
별이
된 거래
헤어진 것들이 만나고,
살아 있는 것들을
보살피고, 세상을 구하는
이야기는 들음직하여서
오옹
내가 아는 이야기는
……

나는 일곱 개의
코딱지를 신성하게
여기는 척,
그것이 단 하나의
궤적임을 믿는 척했다.

아마도 북두칠성을
북두칠성이라 믿는 이들의
격언은 계속될 것이다.

믿음으로 별의 자리는
계속되리라.

또 계속해서,

나는 나쁘지 않다고 여기겠지.

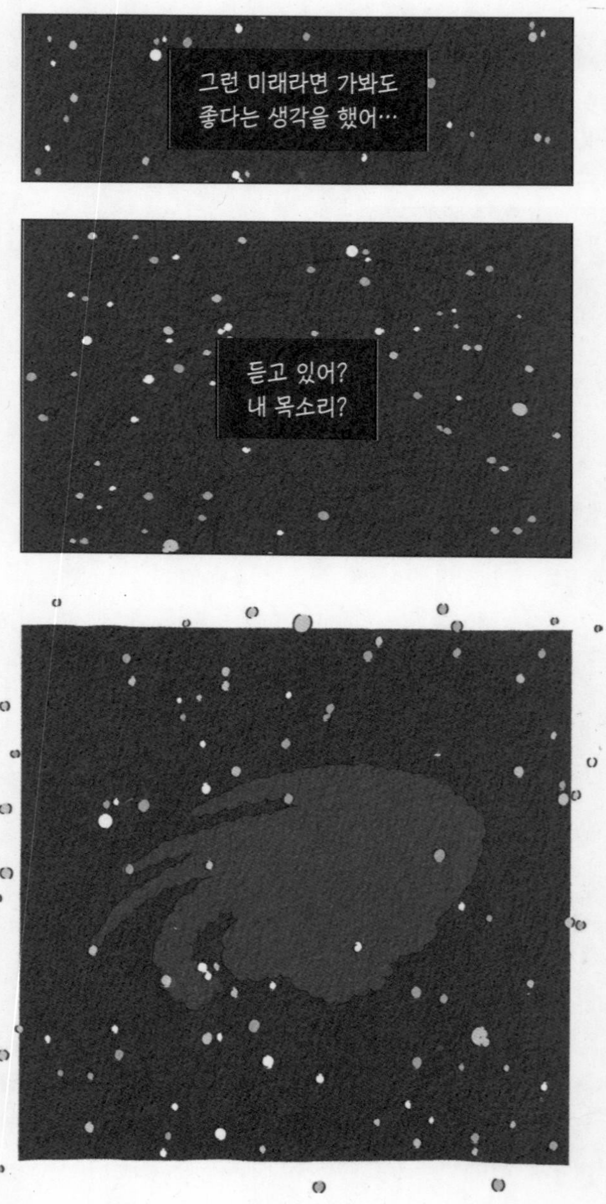
그런 미래라면 가봐도
좋다는 생각을 했어…
듣고 있어?
내 목소리?

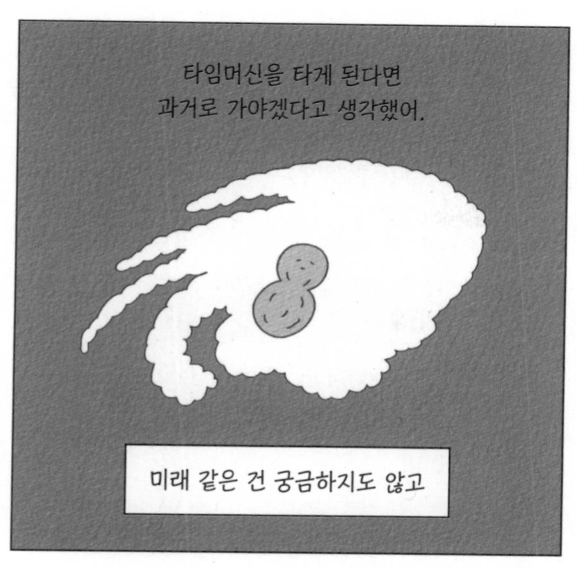
타임머신을 타게 된다면
과거로 가야겠다고 생각했어.
미래 같은 건 궁금하지도 않고

다음 날 눈 뜨는 일 같은 건
수십 년 해봤으니까,
이제 됐다고 생각한 걸까?

아무런 기대가 없거나 기대하면
반드시 마음이 아프게 되는 일을 겪는
그런 눈을 뜨는 일 말이야.

살아서 미래를 가까이
맞아버리는 일 말이야.

나는 자주 죽이고 싶은 마음이 든다.
죽이거나 죽거나 상관은 없어 완전히
죽여서 없애고 싶은 마음이 있다.
없애고 싶은 것들은 과거에 있다.
그런 일은 과거에 있다.
과거 되고 있다. 지금도.

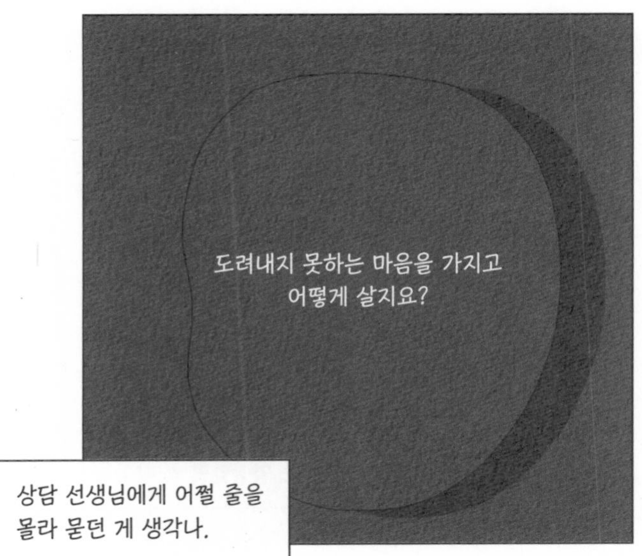
도려내지 못하는 마음을 가지고
어떻게 살지요?
상담 선생님에게 어쩔 줄을
몰라 묻던 게 생각나.

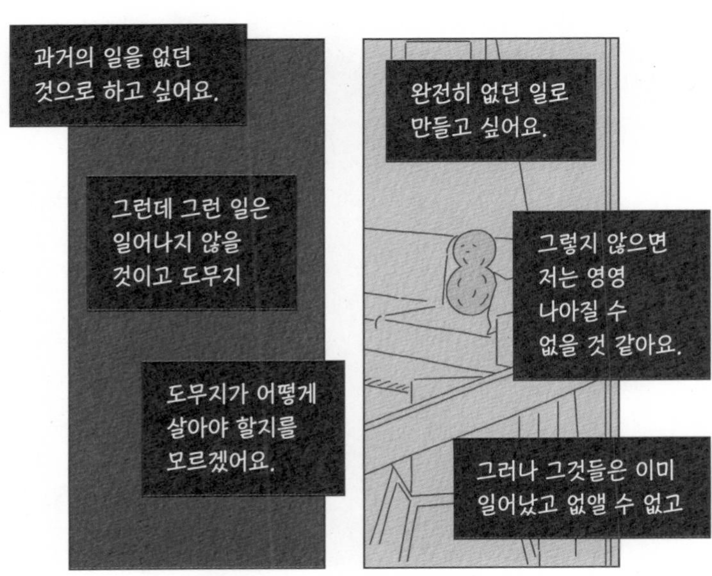
과거의 일을 없던
것으로 하고 싶어요.
그런데 그런 일은
일어나지 않을
것이고 도무지
도무지가 어떻게
살아야 할지를
모르겠어요.
완전히 없던 일로
만들고 싶어요.
그렇지 않으면
저는 영영
나아질 수
없을 것 같아요.
그러나 그것들은 이미
일어났고 없앨 수 없고

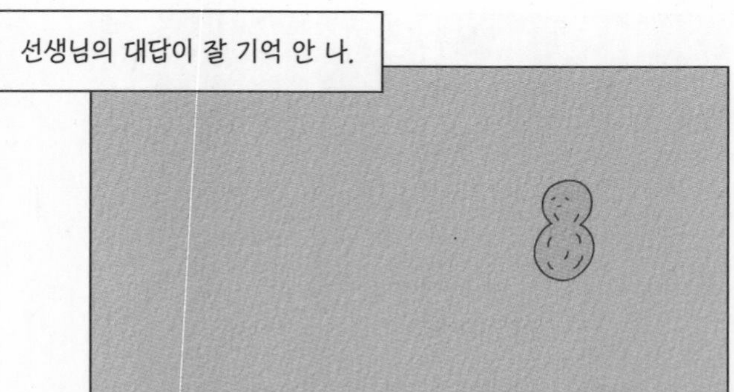
선생님의 대답이 잘 기억 안 나.
처음 듣는 말이었던 것 같아.

처음 듣는 방법에 관한 것이었던 것 같아. 리본을 매듭 짓는 완전히 새로운 방식처럼.
그런 건 기억이 잘 안 나. 내가 모르는 것들 말이야.

그게 내가 생존하는
오래된 방식이었던 것 같아.
기억하지 못하는 것 말이야.
나는 점점 익숙하게
기억하지 못하고
선생님 그러니까 저는
앞으로 생길 일 말고
없던 일이 필요한 거예요.
그런데 그런 일은
일어나지 않을 것이고,

…제가 어디까지
이야기했죠?
아는 것들만 다시 기억하게 되고
…과거 같은 것들.

나는 점점 익숙하게 기억하지 못하고
아는 것들조차 기억하지 못하게 되었을 때에는
차라리 다행이라 여길 수 있다면 좋았겠지만

불안이 커졌어. 아주 커다래져서

누르지 않고는 지나가지 못하는
버튼이 생긴 것 같았어.

이러다가 갑자기 덜컥 기억하게 될까?
그런 일들을? 그랬던 것들을?

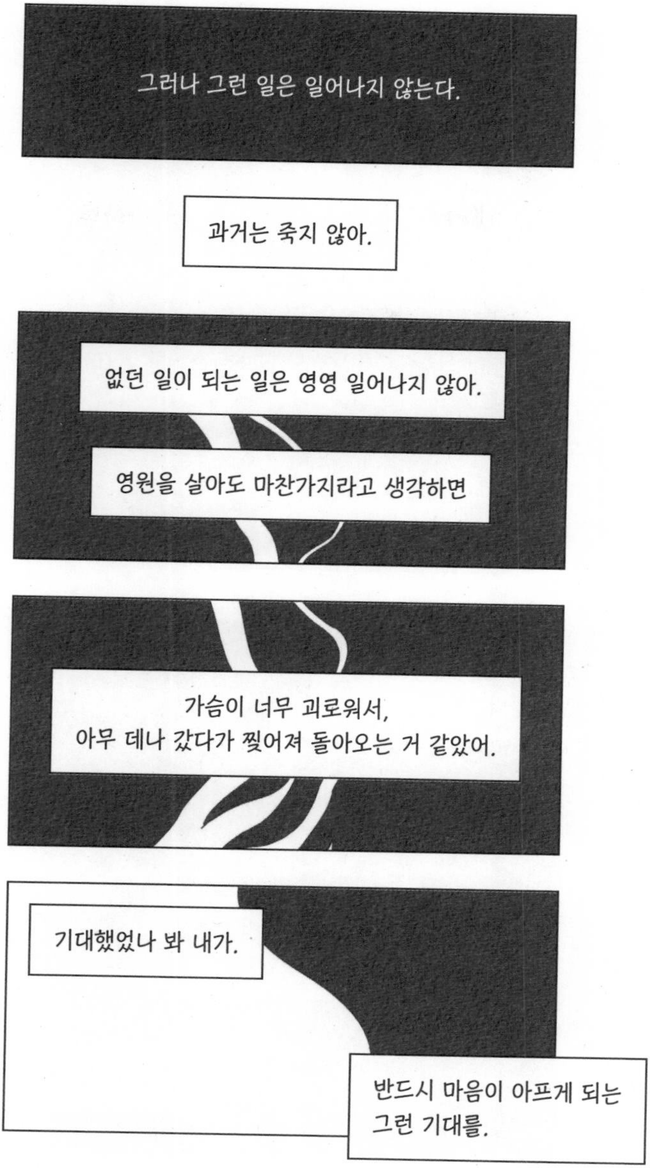

그러나 그런 일은 일어나지 않는다.

과거는 죽지 않아.

없던 일이 되는 일은 영영 일어나지 않아.

영원을 살아도 마찬가지라고 생각하면

가슴이 너무 괴로워서,
아무 데나 갔다가 찢어져 돌아오는 거 같았어.

기대했었나 봐 내가.

반드시 마음이 아프게 되는
그런 기대를.

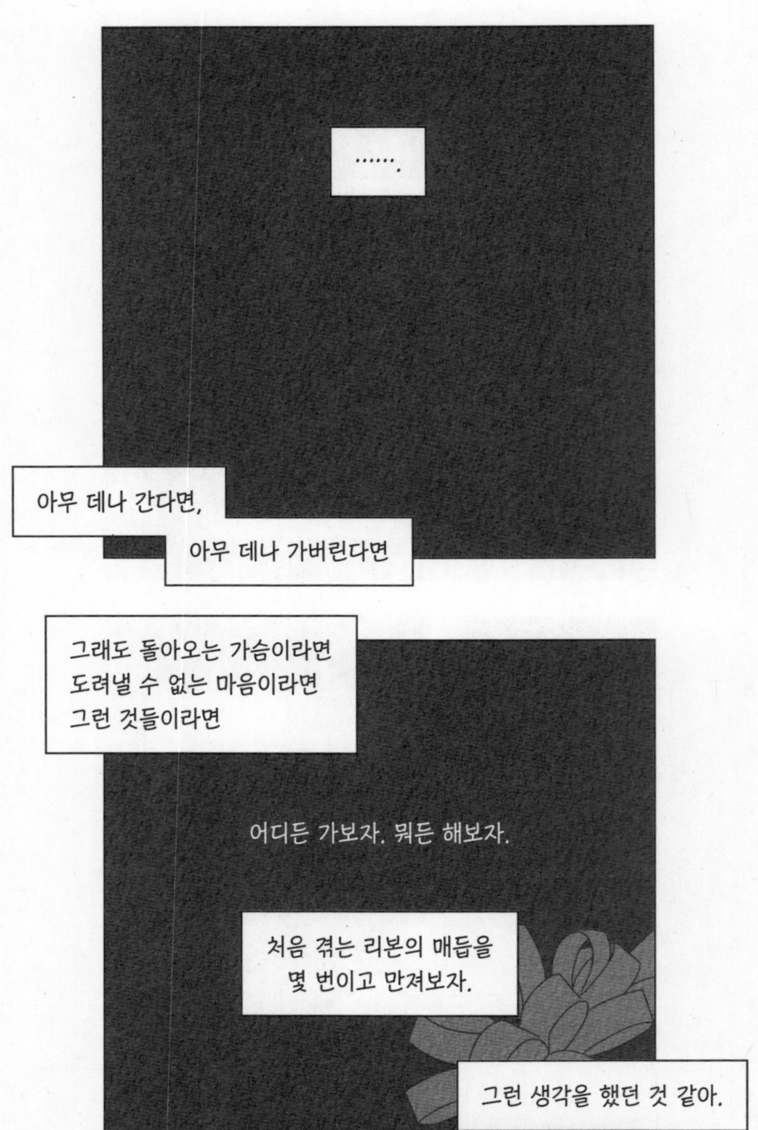
…….
아무 데나 간다면,
아무 데나 가버린다면
그래도 돌아오는 가슴이라면
도려낼 수 없는 마음이라면
그런 것들이라면
어디든 가보자. 뭐든 해보자.
처음 겪는 리본의 매듭을
몇 번이고 만져보자.
그런 생각을 했던 것 같아.

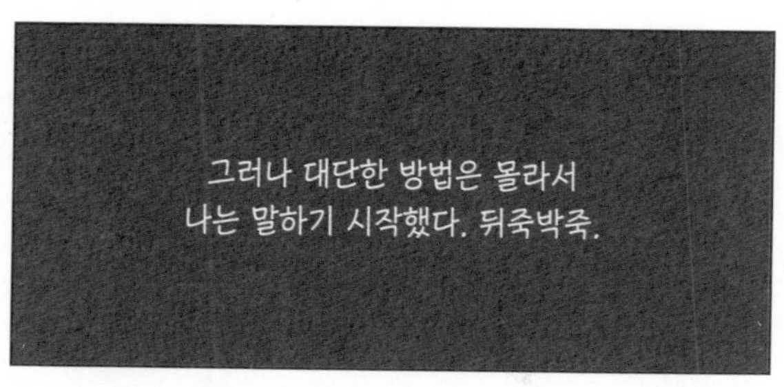
그러나 대단한 방법은 몰라서
나는 말하기 시작했다. 뒤죽박죽.

기억나지 않는 것들.
기억날까 묻어둔 것들.
그럼에도 몇 번이나 반복해서
떠올랐던 그것을 몇 번이나 말했어.

몇 번이나 몇 번이나
생각했는데, 그런 일인데.
말이 잘 나오지 않았어.

바로 앞에 한 말이
생각나지 않아서
죄송해요. 제가
기억력이 나빠요.
몇 번이나 말했어.

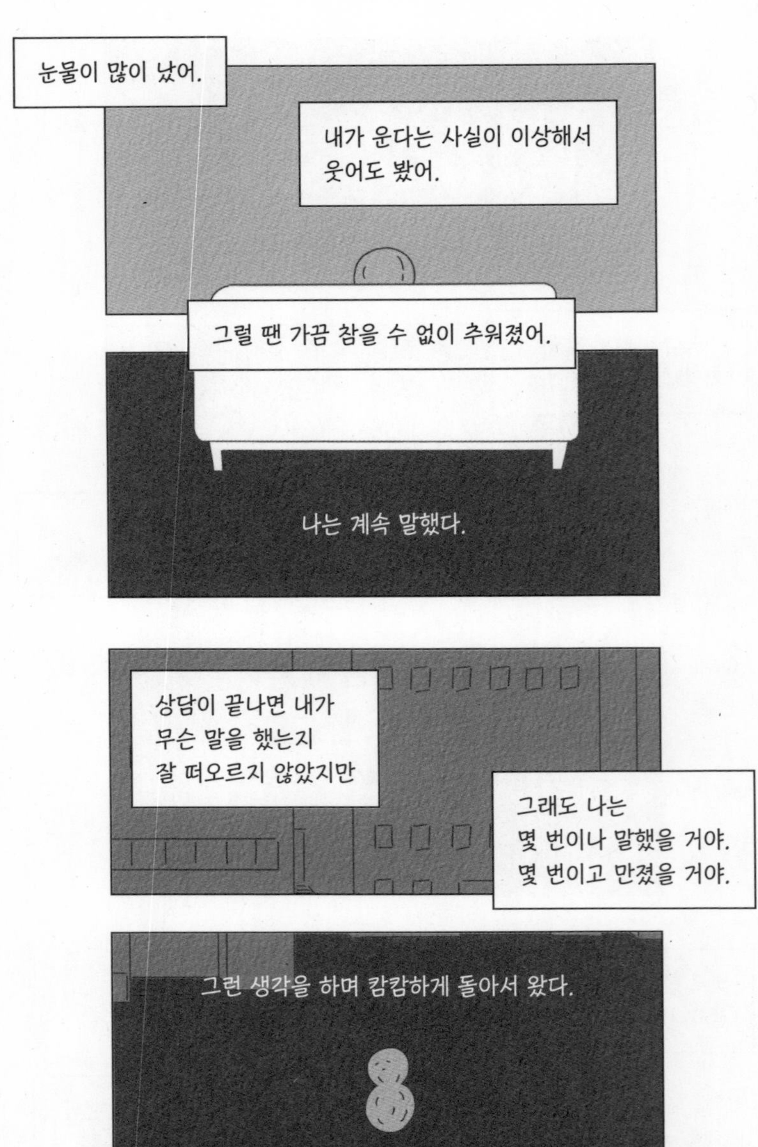
눈물이 많이 났어.
내가 운다는 사실이 이상해서
웃어도 봤어.
그럴 땐 가끔 참을 수 없이 추워졌어.
나는 계속 말했다.
상담이 끝나면 내가
무슨 말을 했는지
잘 떠오르지 않았지만
그래도 나는
몇 번이나 말했을 거야.
몇 번이고 만졌을 거야.
그런 생각을 하며 캄캄하게 돌아서 왔다.

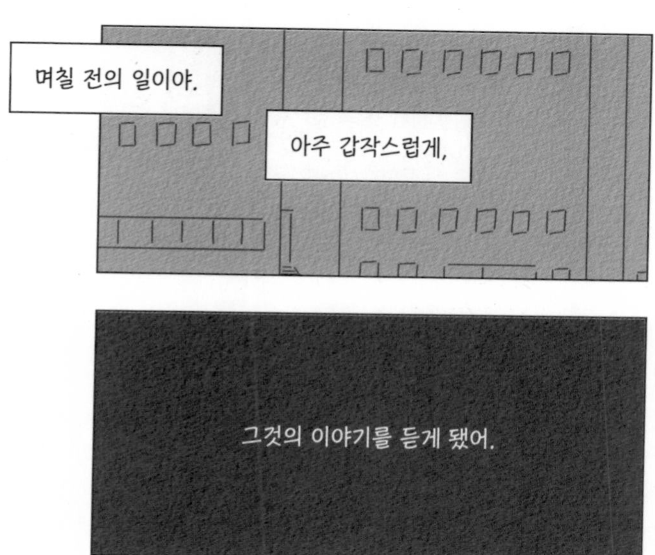
며칠 전의 일이야.
아주 갑작스럽게,
그것의 이야기를 듣게 됐어.

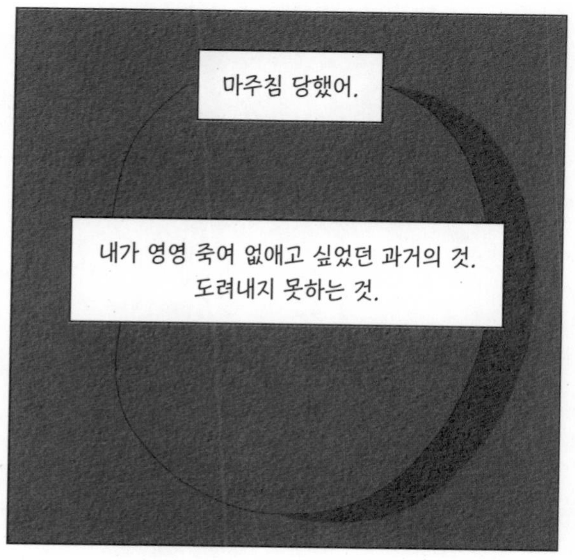
마주침 당했어.
내가 영영 죽여 없애고 싶었던 과거의 것.
도려내지 못하는 것.

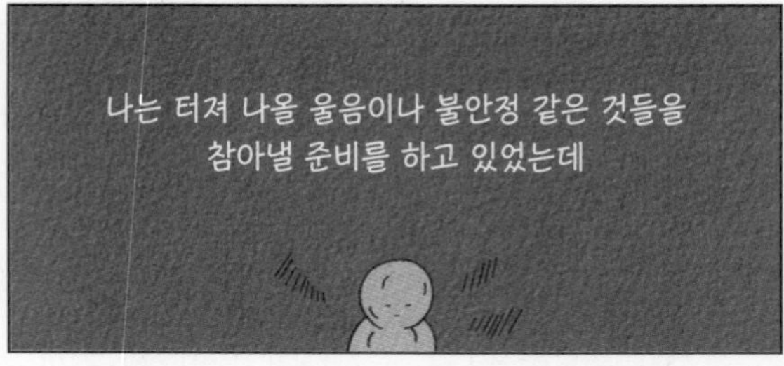

나는 터져 나올 울음이나 불안정 같은 것들을
참아낼 준비를 하고 있었는데

이야기가 모두 끝나고 한참이 지나도
아무 일도 일어나지 않았어.

죽여 없애고 싶은 마음도,
어떤 대단한 침착함도

일어나지 않았어.

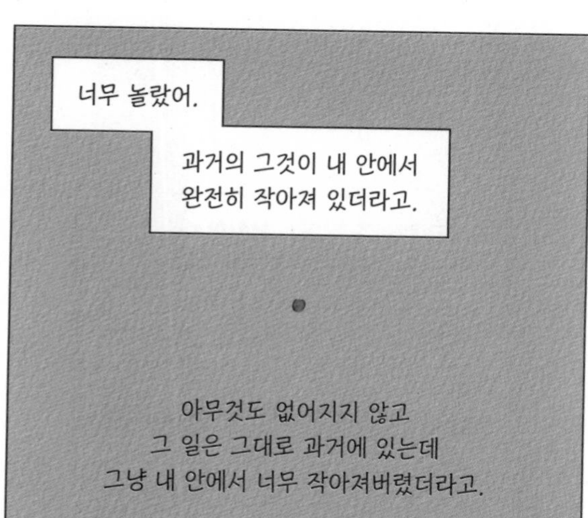
너무 놀랐어.
과거의 그것이 내 안에서
완전히 작아져 있더라고.
아무것도 없어지지 않고
그 일은 그대로 과거에 있는데
그냥 내 안에서 너무 작아져버렸더라고.

작고, 힘이 하나도 없어서
지금의 나에게 아무런
영향도 끼치지 못하는 그것을
꼭 죽이지 않아도
상관없다는 생각이 들었다.
없애지 않아도
되겠다는 생각을 했다.

그건 아주 작아서 평안한 마음.
어떤 파형도 일지 않는 마음.
아주 선명하게 작은 마음.
몇 번이나 기억해도 좋을 대로인 마음.
도려낼 수 없어도 그저 그만인 마음.

그런 미래라면 가봐도
좋다는 생각을 했어…

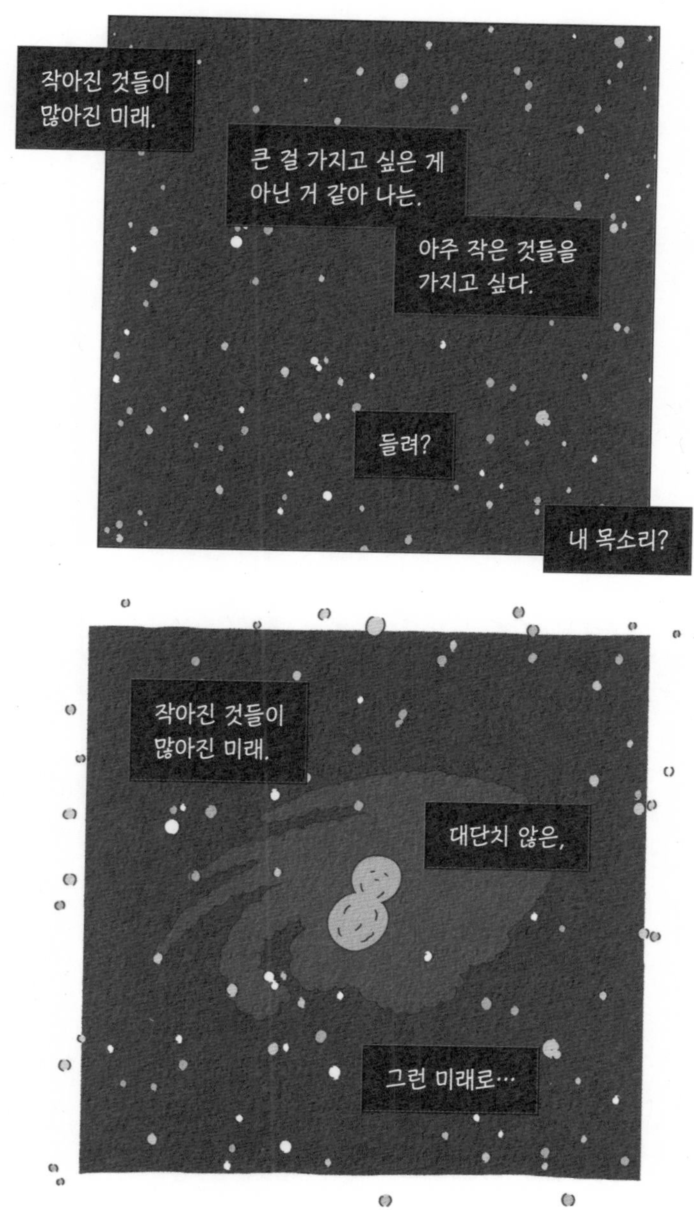
작아진 것들이
많아진 미래.
큰 걸 가지고 싶은 게
아닌 거 같아 나는.
아주 작은 것들을
가지고 싶다.
들려?
내 목소리?
작아진 것들이
많아진 미래.
대단치 않은,
그런 미래로…

2020년에 20이 둘이라고
좋아하던 거 생각난다. 그치.

희귀한 자동차 번호판을
발견한 것처럼,

운 좋은 것처럼
굴었잖아.
너는 잊었니?

나는 아직 그 생각을 해. 네가 잊었어도 나는 생각을 해. 그리고 그런 게 좋아. 우리여서, 누구가 잊어도 우리로 가지게 되는. 그런 2020년이었어.

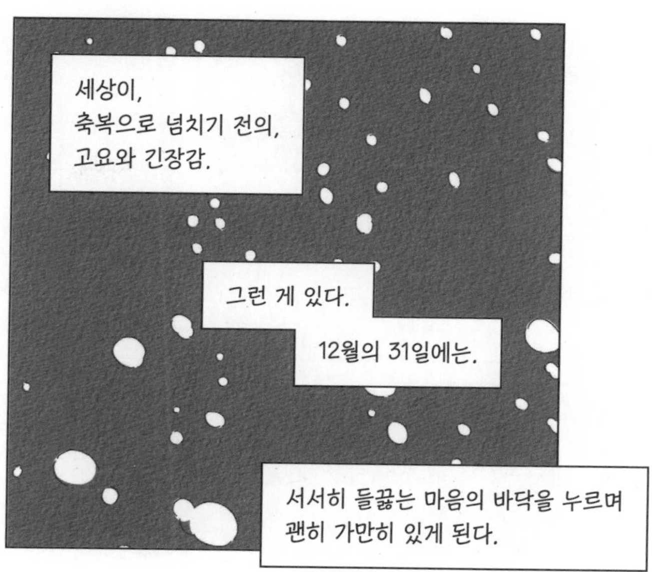
세상이,
축복으로 넘치기 전의,
고요와 긴장감.
그런 게 있다.
12월의 31일에는.
서서히 들끓는 마음의 바닥을 누르며
괜히 가만히 있게 된다.

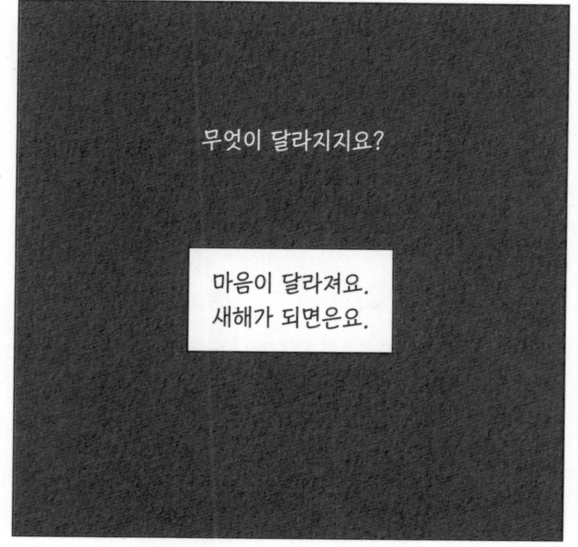
무엇이 달라지지요?
마음이 달라져요.
새해가 되면은요.

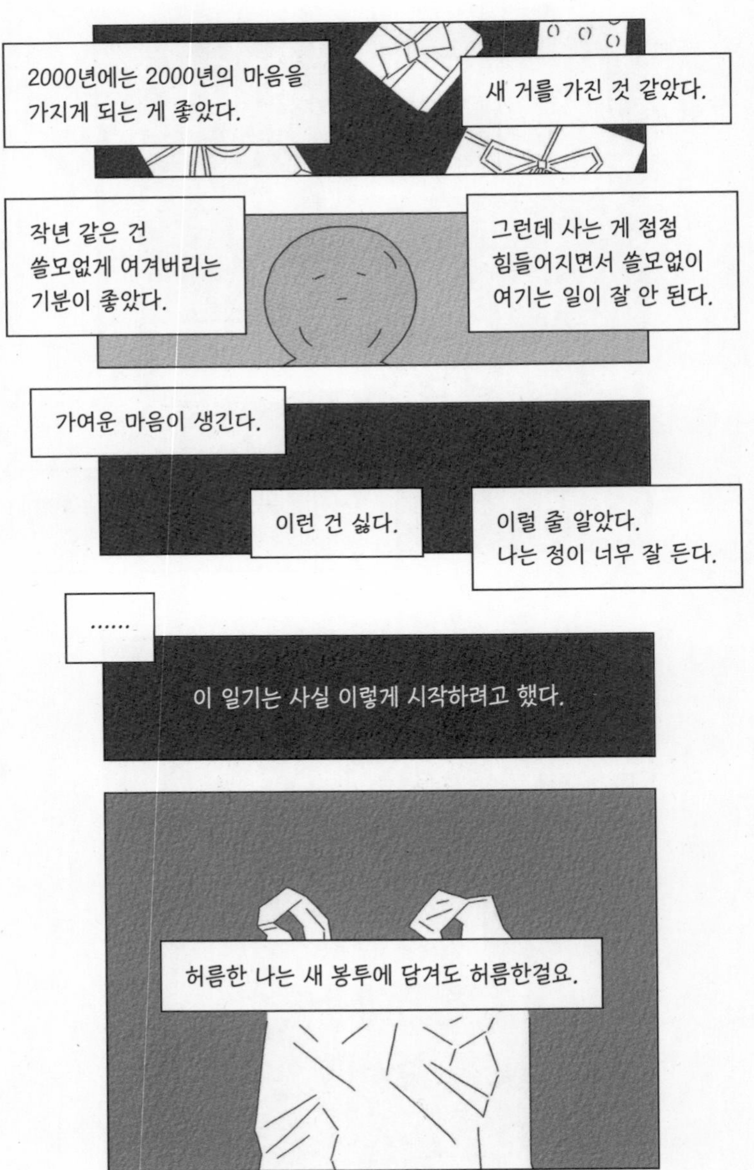
2000년에는 2000년의 마음을
가지게 되는 게 좋았다.
새 거를 가진 것 같았다.
작년 같은 건
쓸모없게 여겨버리는
기분이 좋았다.
그런데 사는 게 점점
힘들어지면서 쓸모없이
여기는 일이 잘 안 된다.
가여운 마음이 생긴다.
이런 건 싫다.
이럴 줄 알았다.
나는 정이 너무 잘 든다.
……
이 일기는 사실 이렇게 시작하려고 했다.
허름한 나는 새 봉투에 담겨도 허름한걸요.

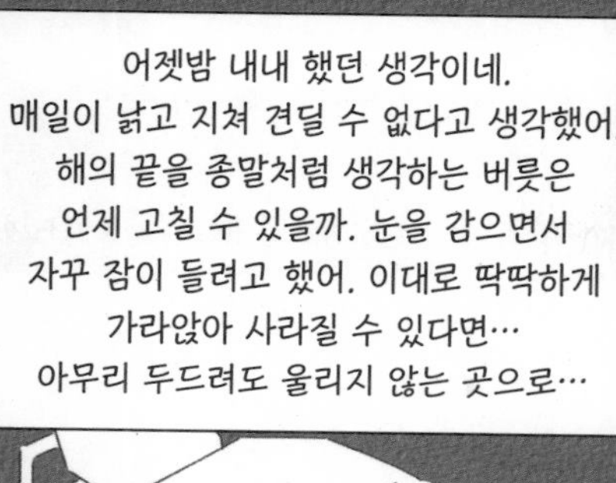

어젯밤 내내 했던 생각이네.
매일이 낡고 지쳐 견딜 수 없다고 생각했어.
해의 끝을 종말처럼 생각하는 버릇은
언제 고칠 수 있을까. 눈을 감으면서
자꾸 잠이 들려고 했어. 이대로 딱딱하게
가라앉아 사라질 수 있다면…
아무리 두드려도 울리지 않는 곳으로…

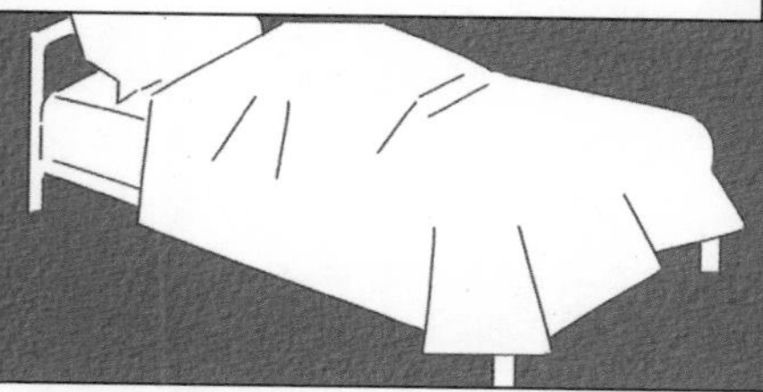

그런데 오늘은 또 아니네.

나는 사랑을 생각하네.

너를 생각하네.

창을 열고 네 이름을 불러봐.

산산이 부서지는 입김들.

그런데 이 가슴에 남은 건 뭐지?

……
12월 31일.
우리는 왜 종말처럼 서로의 얼굴을
확인하고 탄생처럼 케이크를 먹을까?

작년의 12월 31일에 저는 이런 일기를
썼습니다. 서로의 얼굴을 볼 수 없는
올해의 12월 31일. 쾅쾅이는 오늘도
쾅쾅했고, 저는 마침내 이 일기를 그리다가
쾅쾅이에게 정이 들어버렸습니다.

쾅쾅군… 건강하고 행복하기를…

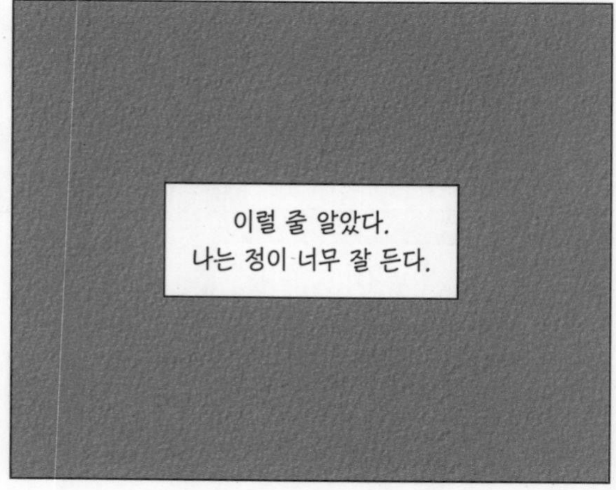
이럴 줄 알았다.
나는 정이 너무 잘 든다.

쾅앙
음. 쾅쾅이
아침부터 건강하구만~

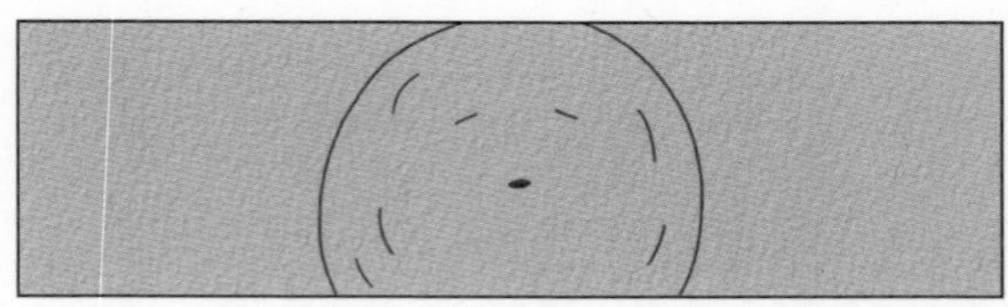

행복하라는 말을 들으면
가슴이 미어지는 것 같아
자주 어떤 대답도 돌려줄 수 없었다.

문법에 맞지 않는
문장을 만난 것처럼.

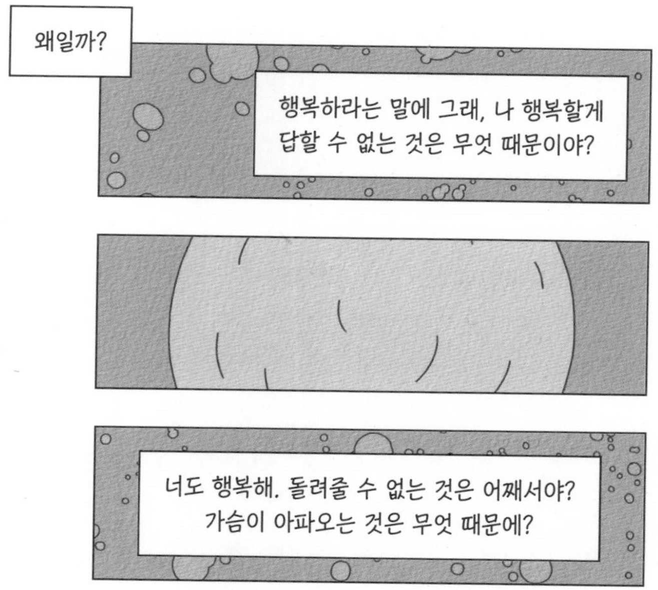
왜일까?
행복하라는 말에 그래, 나 행복할게
답할 수 없는 것은 무엇 때문이야?
너도 행복해. 돌려줄 수 없는 것은 어째서야?
가슴이 아파오는 것은 무엇 때문에?

행복하라는 말에 겨우
고마워 받아 들고 말았어.
그게 거짓은 아니었지만.
내가 행복하지 않기를
바라는 것은 아니지만.
네가 행복하다면 좋겠지만.

행복하라는 말에
도무지 답할 수 없는
마음이 되는 것은 무엇 때문에?

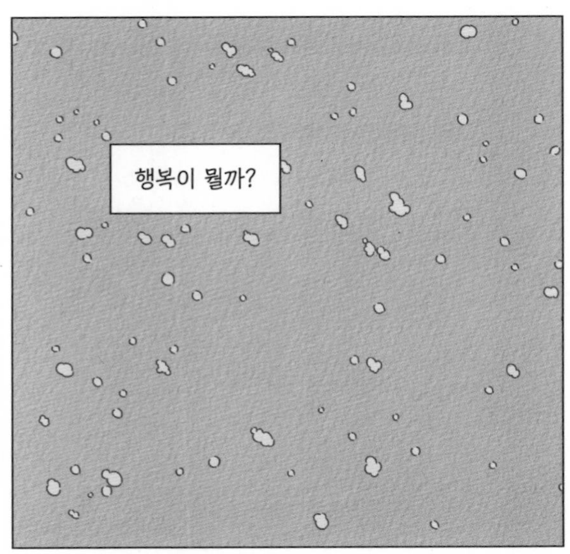
행복이 뭘까?

행복이 무엇이냐고 물으면
행복은 행복이라고밖에
답할 수 없는 막연함이
때로 슬픔이 되기도 해.

왜 막연함이 행복이 되지는 않을까.
그것을 왜 미래라고 부를 수 없을까.

슬픔이 되지 않는 미래가
내 행복의 행색이라면
너무 초라하구나.

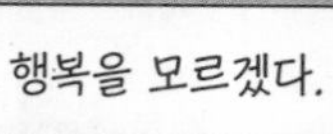
행복을 모르겠다.

내가 행복을 몰라서
네가 건네는 행복의 인사를

돌려주지 못한다 생각하면
마음이 미안해.

미안해. 그래도 말해봐.
네가 좋은 것을
많이 가졌으면 좋겠다.

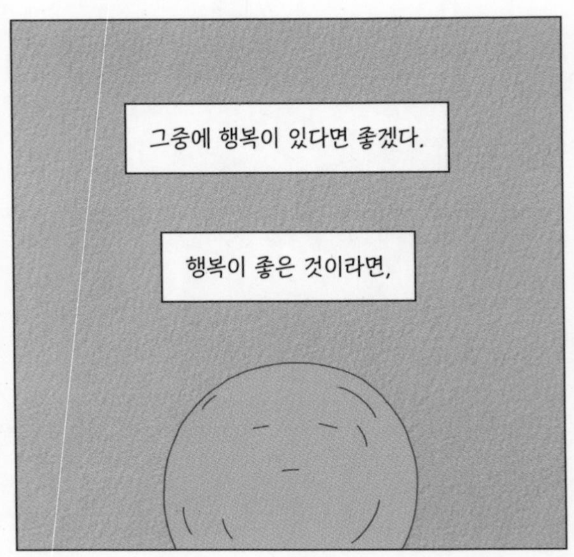
그중에 행복이 있다면 좋겠다.
행복이 좋은 것이라면,

반드시 행복하세요.

문법에 맞지 않는
문장을 만난 것처럼.

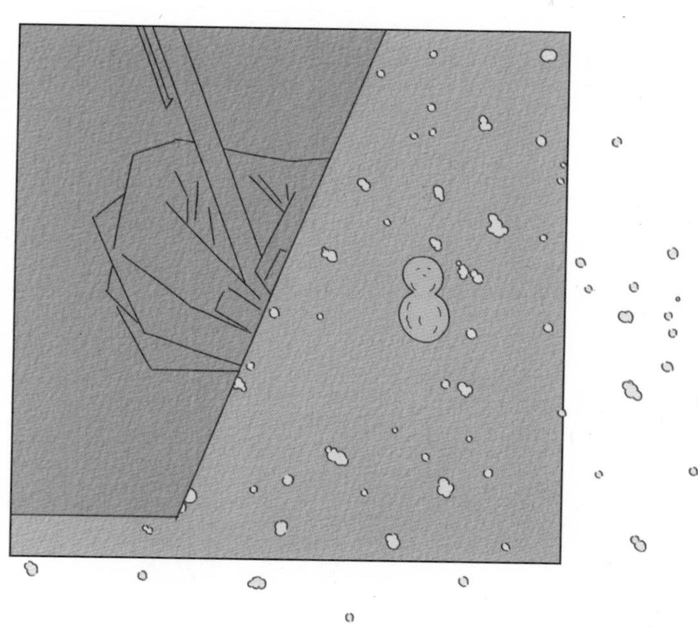

그러나 존재하는 마음처럼.

땅콩아 내가 최근에
생각해봤는데,
나는 이때까정 겸손이
미덕인 줄 알고 살아왔거든.

그래서 남들이
나를 인정하려는 말을 할 때,
괜히 손사래치곤 했어.
겸손이 미덕이니까.
아몬드 씨는
참 이런 점이
대단해
어휴,
아니에요-

근데 그동안
겸손했으면
이제 된 거 같아.

타인이 나에 대해 해주는
칭찬이나 인정의 말들을
그대로 받아들이고
좀 나대려고 해.

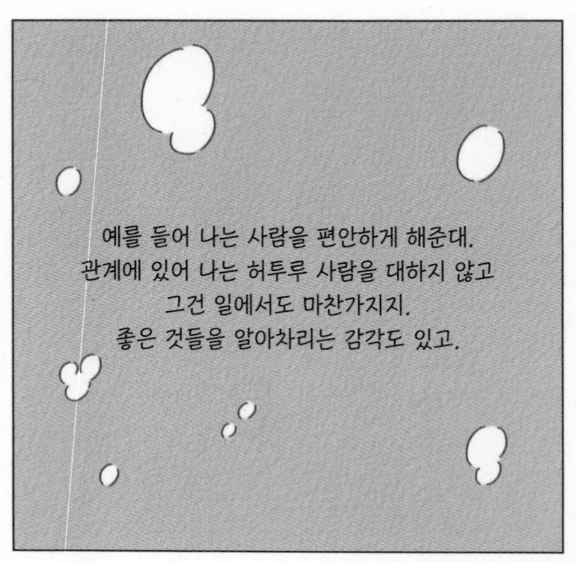
예를 들어 나는 사람을 편안하게 해준대.
관계에 있어 나는 허투루 사람을 대하지 않고
그건 일에서도 마찬가지지.
좋은 것들을 알아차리는 감각도 있고.

응. 이제 나 그런 것들에
겸손하지 않으려고 해.
좀 나대야 돼.
맞아 맞아. 넌 그래.
내가 늘 말했잖아.
응. 나를 영업도 좀 하구.

누구에게나 어떤 것이든
'가진 것'들이 있다고 봐.
재능으로 불리는 것들 같은 것…
발견했다면, 누군가가
발견해주었다면
겸손이라는 이름으로
부정할 필요는 없어.
물론 오만은
경계해야 하지만.

언젠가 들었던 말인데,
땅콩아.

재능을 소홀히 하지 마.
너에게도, 세상에도.

그러니까
땅콩일기
꾸준히 그리라고!
왜 갑자기
화를 내
미친 놈
아니냐

그렇게 재능을
소홀히 하지 않아
『땅콩일기』가 세상에
나오게 되었습니다~!

작가 후기

『땅콩일기』를 그리면서 가장 많이 들은 말은
스스로 알 수 없던 본인의 감정을 세심히 살펴 그려주어
고맙다는 말이다. 참으로 감사하면서도 어리둥절했다.
나중에야 가만 짐작하게 됐다. 『땅콩일기』에서
위로, 사랑, 그리고 무언가를 읽었다면 읽어주는
사람이 세심으로, 선명한 다정으로 읽어준 덕이다.
나도 가지지 못한 성실로 『땅콩일기』를 읽어준
독자님들이 계신다. 그것이 대개는 큰 기쁨이,
때로는 미어지는 마음이 되었다. 그렇게 이 일기가 엮였다.
『땅콩일기』를 기꺼이 읽은 모든 이에게 감사를 드린다.

『땅콩일기』 출간 파티
땅콩
나한테
관심 좀….
책에도
관심 좀….
그래도
브라질
너트
아몬드
밤톨이
매실이
키티
S

땅콩일기

1판 1쇄 펴냄 2021년 12월 8일
1판 8쇄 펴냄 2024년 2월 8일

지은이 쩡찌
펴낸이 손문경
편집 송승언, 서윤후
디자인 정유경, 한유미

펴낸곳 아침달
출판등록 제2013-000289호
주소 04029 서울시 마포구 양화로7길 83, 5층
전화 02-3446-5238
팩스 02-3446-5208
전자우편 achimdalbooks@gmail.com

ISBN 979-11-89467-34-0 03810

* 책값은 뒤표지에 있습니다.